CORAÇÃO VALENTE

KATY REGNERY

Autora bestseller do NY Times

Copyright © 2020 Katy Regnery
Copyright da tradução © 2020 por Editora Charme

Todos os direitos reservados.

Nenhuma parte deste livro pode ser reproduzida, digitalizada ou distribuída de qualquer forma, seja impressa ou eletrônica, sem autorização.

Este livro é uma obra de ficção e qualquer semelhança com qualquer pessoa, viva ou morta, qualquer lugar, eventos ou ocorrências, é pura coincidência. Os personagens e enredos são criados a partir da imaginação do autor ou são usados ficticiamente.

O assunto não é apropriado para menores de idade. Por favor, note que este romance contém situações sexuais explícitas e consumo de álcool e drogas.

1ª Impressão 2021

Produção Editorial: Editora Charme
Capa e Projeto gráfico: Verônica Góes
Tradução: Bianca Carvalho
Preparação de texto: Alline Salles
Revisão: Equipe Charme
Foto de capa: AdobeStock

FICHA CATALOGRÁFICA ELABORADA POR
Bibliotecária: Priscila Gomes Cruz CRB-8/8207

R341c   Regnery, Katy

Coração Valente/ Katy Regnery; Produção editorial: Equipe Charme; Capa e projeto gráfico: Verônica Góes; Tradução: Bianca Carvalho; Preparação de texto: Alline Salles. – Campinas, SP: Editora Charme, 2021.
276 p. il.

Título Original: 978-65-5933-006-5

1. Ficção norte-americana, 2. Romance Estrangeiro -
I. Regnery, Katy. II. Equipe Charme. III. Góes, Verônica. IV. Carvalho, Bianca V. Salles, Alline VI. Título.

CDD - 813

www.editoracharme.com.br

Editora **Charme**

CORAÇÃO

VALENTE

Tradução: Bianca Carvalho

KATY REGNERY

Autora bestseller do NY Times

Para minhas meninas #RR19:
Amy, Carey, Emma, Ilsa, Julie, Mia, Suzie e Tia.
Escritoras que arrasam.
Mulheres fortes.
Amigas incríveis.
#Sorteaminha
Com amor

CAPÍTULO UM
Ashley

Trinta e quatro anos de idade é jovem demais para morrer.

Pelo menos, é o que todo mundo fica me dizendo.

Mas se pensar bem...

Ela *também* era jovem demais para engravidar aos quinze.

Jovem demais para se tornar mãe solteira aos dezesseis.

Jovem demais para ser descoberta aos dezoito.

Jovem demais para se tornar uma supermodelo internacional aos dezenove.

Jovem demais para uma overdose aos vinte e quatro.

Jovem demais para estar acabada aos vinte e sete.

Jovem demais para se casar com meu padrasto de quarenta e seis anos aos vinte e nove.

Jovem demais para morrer de overdose aos trinta e quatro.

Ela *sempre* foi jovem demais.

Consistente até o amargo fim.

O pensamento gira na minha cabeça enquanto eu me sento ao lado de seu túmulo com o braço pesado do meu padrasto em volta dos meus ombros e mais de trezentas pessoas — fotógrafos, editores de revistas, estilistas e outros modelos — chorando lindamente atrás de mim.

Em um instante, tenho vergonha de mim mesma. Eu deveria estar pensando gentilmente sobre ela — sobre Tígin, minha mãe biológica, que a maior parte do mundo acreditava ser minha irmã mais velha. Apenas três pessoas sabem que sou realmente sua filha: meus avós biológicos, que estão sentados firmemente do meu outro lado, e, em algum lugar da multidão, meu padrinho, Gus, o cabeleireiro e maquiador da minha mãe durante os cinco anos em que ela conquistou o mundo.

Meu coração aperta quando penso nos olhos de Gus, quando tocou meu braço mais cedo, oferecendo breves pêsames. Vermelhos e rajados. Tanta tristeza.

Aperto as contas do rosário de ônix e olho para o padre, que pigarreia alto.

— Para muitos de vocês, Tígin, que foi batizada Teagan Catrin-Mairwen Ellis, não passava de uma figura pública, uma mulher que exibia seu corpo por dinheiro e fama. Uma Maria Madalena moderna. Mas, aos olhos de Deus, ela era uma criança, imperfeita e amada...

Amada.

A palavra me faz parar.

Minha mãe era amada por Deus?

Por *quem* minha mãe era amada?

Não pelos meus avós conservadores, que ficaram profundamente envergonhados de sua gravidez fora de um casamento, de sua filha bastarda e as inúmeras fotos dela em trajes de banho e lingerie que anunciavam o início de sua carreira como modelo. A desaprovação deles era sua companheira constante e, embora ela agisse como se isso não importasse, ouvi conversas telefônicas suficientes durante toda a minha infância, de em uma Tígin bêbada pedindo perdão. Tenho certeza de que eles nunca lhe concederam, embora se dignassem a viver confortavelmente com a riqueza dela, na casa que comprou para eles — primeiro em Ohio, depois em Nova York —, com todo o luxo que poderiam imaginar.

Eles a amavam? Não sei. Só sei que não demonstravam. E, ocultando esse amor, forçaram-na a procurá-lo em outro lugar.

Em outro lugar.

Olho por cima do ombro para as pessoas que choram por Tígin, arrancando das minhas lembranças seus primeiros anos como namoradinha da América.

No começo, quando ela era uma loira natural, com um rosto limpo, olhos azuis brilhantes e um sorriso encantador, eles a amavam. E minha mãe, faminta por carinho, deliciava-se com a aprovação do mundo. Mas, para uma mãe solteira de dezoito anos, religiosa, de Loveland, Ohio, foram atenção e fama demais. Era muito dinheiro e muita aprovação não correspondida para uma garota desesperada por amor. E, como a maioria das crianças que finalmente se livra de pais opressores, ela começou a atuar.

Com o passar dos anos, ficou cada vez mais instável. Chegava horas atrasada para uma sessão de fotos, com olhos vermelhos, pálidos e a pele cinzenta, seus cabelos lisos e loiros ainda cheirando a cigarros fumados na noite anterior. Nenhuma ajuda de Gus poderia disfarçar o fato de que o sorriso de menina e o rostinho jovem e reluzente estavam desaparecendo sob a tensão da vida louca que levava. Envergonhado, por suas façanhas exageradas pelo excesso de bebida em público, e sem paciência, por conta de seus rompantes de diva, o mundo da moda se mostrou inconstante em seu amor, abandonando-a quando ela mais precisava.

Os convites foram revogados. Sessões de fotos minguaram. Os contratos não foram renovados. E o mundo que uma vez a recebeu como uma garota especial desviou o olhar, ou pior: ficou de lado, observando-a entrar em uma depressão que ela tratava com *mais* álcool, *mais* drogas e *mais* escolhas destrutivas.

Levando-a à escolha mais destrutiva de todas...

O marido dela.

Meu padrasto.

Mosier aperta meu ombro quase dolorosamente, seu rosto denso e pálido ao lado do meu. Não há lágrimas nos olhos dele. Nenhum tremor em seus lábios. Sua esposa está morta, seu corpo frágil no caixão diante de nós, mas ele está calmo, quase entediado. Casou-se com uma supermodelo descontrolada, acabada e outrora bonita, mas a oprimiu. Da última vez que a vi, ela era uma concha do seu antigo eu: obediente, tímida e retraída.

A pergunta que perambula por minha mente ainda exige uma resposta:

Por *quem* minha mãe era amada?

Talvez por Gus, a quem ela foi proibida de ver após o casamento, devido ao fato de que ele era, segundo Mosier, "um viado negro" e uma "má influência do caralho".

Sim, penso, enquanto lágrimas brotam nos meus olhos, *talvez Gus a amasse.*

Lembro-me de tantas noites em que a levou para casa em segurança, para nosso bangalô em Hollywood. Ela estava chapada e gritando, sua maquiagem manchada pelo choro enquanto quebrava copos e vasos e gritava coisas terríveis para Gus e para mim. Quando suas birras finalmente diminuíam, e ela estava fraca de exaustão, ele a carregava para cima e banhava seu corpo nu com gentileza e respeito, enquanto eu segurava uma panela entre sua boca e a água do banho para que pudesse vomitar. Ele cantarolava alguma canção antiga, conforme passava os dedos escuros por seus cabelos claros e ela chorava até dormir.

— *Gus-Gus está aqui, pequena Tig.*

Enquanto as lembranças preenchem minha mente com uma mistura de profunda tristeza e gratidão ainda mais profunda, tenho certeza: Gus-Gus a amava.

Quanto a mim? Ashley Carys Ellis? A "irmãzinha" dela? Sua filha secreta? Se eu a amava?

Não sei.

Só sei que ela se foi.

— A Você, ó, Senhor, confiamos a alma de Teagan Catrin-Mairwen, sua serva. Aos olhos deste mundo, ela agora está morta, mas, aos Seus, que ela viva para sempre em graça. Perdoe os muitos pecados que ela cometeu através da fraqueza humana e, em Sua bondade, conceda-lhe a paz eterna. Em nome do Pai, do Filho, do Espírito Santo. Amém.

Ela se foi, sussurra meu coração, que chora as lágrimas que meus olhos não conseguem.

— Amém.

— *Sinto muito por sua perda, Ashley.*
— *Sua irmã era tão linda! Tão cheia de vida!*
— *Pobre Tígin. Que pena.*
— *Você se parece muito com ela! Já pensou em modelar?*

Passo pela multidão espessa de pessoas presentes no velório.

Para a ocasião, meu padrasto alugou um clube de campo em Rye, Nova York, perto do cemitério. A sala está cheia de flores brancas fúnebres e fotos em tamanho de pôster da minha mãe são exibidas em brilhantes molduras douradas. Paro à frente de uma e olho. A foto é anterior aos seus dias de supermodelo e sempre foi uma das minhas favoritas.

Ela tem dezoito anos, e eu, dois. Estamos sentadas lado a lado em um banco de pedra em frente à igreja que meus avós frequentavam, vestindo nossa melhor roupa de domingo na manhã de Páscoa. As duas loiras, com cachos naturais que emolduram o rosto. Nossos idênticos olhos azuis brilhantes encaram esperançosamente a câmera.

Meu olhar se volta para ela, e não é de se admirar que ela tenha sido descoberta no mesmo ano em que a foto foi tirada, e não é de admirar que tenha se tornado uma das mulheres mais reconhecidas do mundo.

Alta e esbelta, com membros longos e bronzeados ao lado do vestido de bainha creme que ela está vestindo. Mesmo com uma rápida olhada, dá para dizer que o corpo dela é naturalmente magro.

Mas foi o rosto dela que cativou o público.

Seu fotógrafo favorito, Jacques Renard, disse uma vez à revista *Time* que nunca havia trabalhado com alguém tão classicamente lindo. O rosto de Tig era perfeitamente simétrico: olhos azuis-turquesa, com cílios longos e escuros, maçãs do rosto altas e um nariz grego perfeito. Os lábios dela eram exuberantes, mas não obscenos, disse ele, e os cabelos, que ela manteve loiros por toda a carreira, eram de um tom deslumbrante de cinza platinado. A cor foi registrada pela Orion Beauty em um dado momento e oferecida em salões em todos os lugares como Tíg White.

No entanto, uma manequim bonita não teria vendido tantas revistas quanto minha mãe.

A questão sobre Tig era que havia uma vulnerabilidade inesperada em seu olhar, o tipo de nostalgia com a qual todo ser humano consegue se identificar.

Reconheço sua expressão agora que tenho a mesma idade que ela na foto. Ela parece esperar por algo que acredita estar além de seu alcance. Parece sonhar com algo, mas teme não se tornar realidade.

O que seria? Eu me pergunto. *O que você estava esperando?*

Sucesso? Elogios? Fortuna?

Um ano e cinco meses depois, o rosto da minha mãe enfeitaria a capa da ilustre edição de setembro da Vogue.

Era isso que ela esperava? Era isso que queria?

Ou talvez fosse algo mais profundo e efêmero, como pertencer, ser aceita, sentir-se amada ou saber que estava segura?

Suspiro suavemente. Esses são os *seus* sonhos, minha mente sussurra, *não os dela.*

— Ela era *loucamente* linda. Uma perfeição trágica.

Gus está atrás de mim, encarando o sorriso hesitante da minha mãe com lágrimas nos olhos.

— Gus! — digo baixinho.

Ele abre os braços para mim.

— Como está minha pequena Ash?

Envolvo-me nele, fechando os olhos enquanto inspiro o cheiro familiar de cravo dos cigarros que ele fuma. *Você cheira a outono*, penso. *Cheira a salvação. Cheira a bondade.*

— Não chore nos meus fios de seda, senhorita.

Inclino-me um pouco e olho para o seu terno cinza brilhante, perfeitamente ajustado ao seu corpo elegante e largo.

— Não estou chorando.

— Não — ele fala lentamente, restos de um sorriso triste desaparecendo em uma expressão de profunda preocupação quando olha nos meus olhos —, não está.

— Estou feliz que esteja aqui — digo, rapidamente examinando a sala em busca de Mosier ou de seus filhos, Damon e Anders. Relaxo um pouco quando não os vejo.

— Esperei até que eles saíssem para fumar — revela Gus, estendendo a mão para inclinar meu queixo para cima, então sou forçada a olhá-lo. — Mas vou embora em breve. Já me disseram que não sou bem-vindo.

— Você é! — insisto. — Você é bem-vindo! Nós éramos os únicos que realmente...

— Quieta, Ash — interrompe ele, balançando a cabeça enquanto coloca um dedo sobre os lábios. — Não diga ou pode se tornar verdade.

Ele me solta e enfia a mão no bolso, retirando uma pequena caixa de prata. Pega um cartão de dentro e pressiona o papel duro na minha mão.

— Nosso tempo está acabando. Se precisar de mim, é aqui que vai me encontrar.

Leio o nome e o endereço de uma galeria de arte impressos em letras pequenas na parte inferior do cartão.

— Ela estava limpa — deixo escapar, procurando seus olhos. — Eu a vi na Páscoa, e ela estava limpa. Não estava bebendo. Não estava tomando nada.

Gus estremece.

— Boneca, uma vez viciada...

— Estou lhe dizendo — afirmo. — Ela não tocava em nada há anos. Ele não permitia. Ela mal saía de casa, Gus. Onde conseguiria heroína suficiente para uma overdose? Não entendo! Não sei como aconteceu!

— Ela sempre encontrava um jeito. Era *parte* dela, querida. Era o que fazia quando os tempos ficavam difíceis.

Minha mãe era muitas coisas no final, mas, até onde eu sabia, não era mais uma viciada em drogas. Não tomara nada além de Advil ou bebera uma taça de champanhe desde que se casou com Mosier. Eu observava atentamente toda vez que estava com ela — sem olhos vermelhos, sem fala arrastada, sem tremores. Sem mencionar que Mosier e seus capangas ficavam de olho nela, e seria quase impossível esconder isso dele.

— Não faz sentido, Gus.

— Eu gostaria... — Sua mandíbula aperta quando ele dá um passo para longe de mim. — Gostaria que pudéssemos conversar mais. Cuidado, Ash — ele diz, dando outro passo para trás. — Fique em segurança, ouviu? E...

— Gus, não vá ainda! Por favor, fique! — sussurro, observando como qualquer traço de ternura é drenado de seu rosto. Ele endireita as costas e o pescoço, o mais alto que pode, os olhos escuros e cautelosos.

— Minhas condolências, srta. Ellis — disfarça ele, sua voz baixa e formal quando seus olhos se voltam para algo, ou alguém, parado atrás de mim.

— Meu pai pediu para você sair — ordena Damon para Gus, enquanto coloca a mão na parte inferior das minhas costas.

Para quem nos observa, o gesto pode parecer conciliador ou protetor — um meio-irmão confortando sua meia-irmã em luto —, mas meu corpo enrijece e meu estômago se agita com seu toque indesejado, querendo afastá-lo.

— Estou indo embora — diz Gus, olhando para mim, com os olhos escuros tristes e preocupados. — Cuide-se, ouviu?

— Por favor — choramingo, e lágrimas que não derramei no túmulo da minha mãe, de repente, iluminam meus olhos e desfocam a imagem de Gus em retirada.

Mas Gus, minha versão masculina de fada madrinha, minha única lembrança boa de uma infância despedaçada, já se foi e, com um toque mais incisivo nas costas, sou guiada para outro lugar.

Horas depois, em uma sala de reuniões privada no mesmo clube, estou sentada em volta de uma pequena mesa com meus avós, padrasto e meios-irmãos, enquanto um advogado lê o testamento da minha mãe. A propriedade dela pertence ao meu padrasto agora, mas ela pediu que todas as suas joias fossem passadas para mim.

Recebi uma lista de itens avaliados e estou surpresa que Tig tenha conseguido guardar uma pequena fortuna em joias para mim. Eu tinha quase certeza de que ela destruíra todas em seus rompantes.

O advogado de Tígin, sr. Blanchard, levanta as sobrancelhas para meu padrasto.

— Tudo bem, sr. Răumann, Ellis ficar com as joias da sra. Răumann?

Seu sotaque da Europa Oriental, que o faz parecer um vampiro, é forte quando ele responde com um movimento da mão que carrega um anel e um encolher de ombros:

— O que eu quero com essas coisas de mulheres?

Há muito tempo, Tig mencionou algo sobre Mosier ser da Romênia. Ela disse que ele era um dos oito filhos de um casal pobre numa época em que o governo oferecia incentivos financeiros para mães de cinco filhos ou mais. Aparentemente, fazia parte de um programa para aumentar a taxa de natalidade e a população do país, mas transformou muitas mulheres em máquinas de fazer bebês, e elas não tinham recursos nem desejo de criar seus filhos.

Mosier, como muitos outros de sua geração, acabou em um orfanato estatal, e só Deus sabe o que aconteceu lá para transformá-lo no homem que ele é hoje.

— Certo. — O sr. Blanchard olha para mim e assente. — As joias são suas, srta. Ellis.

Sinto o calor do olhar do meu padrasto contra minha bochecha, mas não olho para ele. Assinto para o advogado, depois olho para a mesa. Modéstia e compostura são de suma importância e, depois de cinco anos, consigo projetar os dois sem esforço; meu rosto é um verniz de paz e graça, não importa o que esteja acontecendo dentro da minha cabeça.

— Sua falecida esposa também pediu que alguns de seus ativos remanescentes pagassem pelo restante da educação da srta. Ellis. Acredito que ela frequente... — Ele vasculha alguns papéis. — Ah, sim. A Academia da Santíssima Maria? Em New Paltz?

Meu padrasto suspira.

— Ela tem dezoito anos. Uma mulher. Quanto mais de escola precisa?

Eu olho para a mesa, cerrando a mandíbula enquanto esses dois homens, que não têm relação alguma comigo, decidem meu destino.

— Srta. Ellis? — pergunta Blanchard. — Quanto mais de tempo você ainda precisa para se formar?

Levanto a cabeça para observar o advogado, que encontra meu olhar firme. É início de maio.

— Um mês, senhor.

Ele assente, fazendo uma anotação antes de olhar para meu padrasto.

— E depois há a faculdade... pós-graduação...

— Sem faculdade. Nada de pós-graduação. Não é necessário. Ashley trabalhará para mim — determina Mosier, seu tom inegociável. — Tenho planos para ela.

A expressão de Blanchard é profundamente desconfortável, pois ele reitera suavemente:

— Acredito que a sra. Răumann quisesse que a irmã terminasse o Ensino Médio, no mínimo.

— Porra... — Mosier murmura uma série de palavrões baixinho, depois bufa de irritação. — Bem. Um mês. Por que me importo? Isso não muda nada.

O advogado parece um pouco aliviado e continua rapidamente.

— Sua falecida esposa também pediu que seus pais fossem cuidados.

Volto os olhos para meus avós, que estão sentados do outro lado da mesa. Apesar de eu ser sua filha pública e neta biológica, nunca fomos próximos. Qualquer que seja o amor que eles possam ou não ter tido por minha mãe, tiveram ainda menos por mim. Não fizeram nenhum esforço para esconder o fato de que eu era a grande vergonha de Teagan e certamente não impediram minha mãe muito jovem e emocionalmente instável de me levar para morar com ela em Los Angeles quando eu tinha apenas cinco anos. Tig queria "tentar" ser mãe. Meus avós ficaram muito felizes em se livrar de mim.

Meu padrasto aperta os lábios para o advogado, o leve gesto cheio de aborrecimento.

— Quais são as exigências?

O sr. Blanchard se vira para meus avós.

— Os senhores desejam permanecer em sua casa, aqui no estado de Nova York?

— Humm...

Levanto os olhos e meu avô está olhando para mim, seus lábios apertados e os olhos azuis redondos. Seu olhar desliza brevemente para Mosier, antes de se virar para o advogado. Seu sotaque galês desapareceu, depois de anos na América, mas ainda posso ouvi-lo.

— Não. Desejamos voltar para casa em Anglesey agora que nossa Teagan se foi.

A ilha de Anglesey, na costa norte do país de Gales, é onde minha mãe nasceu e onde meus avós moravam antes de imigrar para Ohio, trinta anos atrás.

Não posso deixar de ofegar baixinho, porque, se meus avós voltarem ao País de Gales, não terei mais família de sangue aqui nos Estados Unidos. Minha mãe se foi, e eu nunca conheci meu pai. Um leve pânico faz meu coração disparar. Não que fôssemos próximos, porém, se eles partirem, não terei ninguém aqui, a não ser... a não ser...

Mosier coloca a mão na minha coxa, debaixo da mesa, e prendo a respiração porque, apesar de cinco anos de olhares lascivos, ele nunca foi *tão* ousado — nunca me tocou *tão* intimamente. Tento afastar a perna, mas seus dedos cavam minha pele através do tecido preto do meu vestido na altura do tornozelo. Ele está emitindo um aviso. Eu congelo, com medo de mover um músculo.

— Tudo bem — diz Mosier. — Pagarei sua passagem ao País de Gales, seus custos de mudança, uma casa de sua escolha e colocarei uma quantia em dinheiro em uma conta bancária para garantir que fiquem confortáveis até morrer. — Os dedos de Mosier me acariciam através do fino tecido preto. A voz dele tem uma finalidade sinistra quando acrescenta: — Mas vocês não voltarão para cá.

O sr. Blanchard fala rapidamente, as sobrancelhas franzidas em confusão.

— Não voltarão? Mas certamente vão querer visitar a outra filha de vez em quando...

— Estão de acordo? — exige Mosier, ignorando o advogado e encarando meus avós.

As bochechas do meu avô ficam vermelhas, mas ele não olha para mim, enquanto minha avó mantém seu olhar de aço fixo na mesa. Sinto que estou perdendo alguma coisa. *O que estou perdendo?*, eu me questiono, e a pergunta me enche de um pânico ofegante. Parece que meus avós e Mosier criaram um acordo para que eles me abandonassem e Mosier assumisse toda a responsabilidade por mim.

— *Mam-gu* — digo, usando a palavra galesa para "vovó". — Por favor, não me deixe.

Quando ela olha para mim, seus impiedosos olhos azuis se estreitam em fendas, frios como gelo glacial, uma parede congelada de ódio profundo e intransigente.

— *Dyma'ch bai chi* — ela sibila.

Estou familiarizada com essa expressão galesa. Significa *a culpa é sua*.

Minha culpa. Porque sou "filha da vergonha".

Em virtude da minha própria existência, sou a culpada pela queda da minha mãe em desgraça, seus vícios e sua morte aos trinta e quatro anos. Leio os olhos da minha avó claramente e vejo a longa lista das minhas transgressões, começando por meu nascimento. Não vejo amor... nem compaixão... nem simpatia. Meus avós cumprem um plano de se livrar de mim, e sinto um calafrio.

Engolindo a bile na garganta, paro de encará-la. A mão do meu padrasto mergulha levemente em direção ao meio das minhas coxas. Seus dedos, terrivelmente perto da minha feminilidade, deslizam para a frente e para trás por um momento muito longo antes de ele remover a mão. Eu respiro fundo, grata por essa pequena misericórdia, e olho para cima a tempo de vê-lo esticar os dedos na frente do rosto, inspirando profundamente pelo nariz e gemendo baixinho, como se cheirasse algo delicioso.

Minha pele se arrepia.

O sr. Blanchard limpa a garganta ruidosamente.

— Isso é entediante — Mosier diz, com um tom irritado e impaciente. Ele deixa os dedos no colo. — Terminamos?

— Suponho que sim — confirma Blanchard, o queixo cerrado e as sobrancelhas profundamente franzidas. Ele ajeita os papéis sobre a mesa em uma pilha organizada e os coloca em uma pasta de papel pardo. Parece ansioso para sair, e eu me sinto cada vez mais sozinha.

Ele coloca o arquivo em uma pasta de couro preto, depois olha diretamente nos meus olhos, seu olhar estranhamente endurecido. É um olhar muito íntimo, de alguém que não conheço muito bem. Isso me faz sentir que a visão dele sobre minha vida e futuro é muito maior do que a minha.

— Sinto muito por sua perda, srta. Ellis — sussurra.

Depois de um instante, ele rapidamente olha de mim para a minha família adotiva e meus avós, acenando com a cabeça com empatia para cada um deles, embora eu sinta que seja mais por uma questão de obrigação do que por condolências.

Seus olhos retornam aos meus por um último momento, e não posso evitar o frio sinistro que desliza pela minha espinha quando ele repete:

— Sinto muito, muito mesmo.

16   KATY REGNERY

CAPÍTULO DOIS

Ashley

Meus avós se despedem de mim de forma curta e fria na frente do clube de campo antes de me darem as costas e seguirem para o carro. Eu os observo se afastarem, perguntando-me se os verei novamente. Acho que não, o que é inacreditável, embora os tenha testemunhado concordando com os termos de Mosier. Não moro com eles desde que era muito jovem, e nunca fomos próximos, mas ser abandonada por minha mãe e avós no mesmo dia me faz sentir descartável e — lembrando da sensação dos dedos de Mosier na minha coxa — assustada.

Uma limusine preta e elegante chega sob o pórtico do clube para Mosier, Damon, Anders e mim. Como é comum em todos os funcionários do meu padrasto, o motorista, Eddie, não me olha nos olhos nem fala comigo quando abre a porta traseira e espera que eu entre no banco de trás. Assim que me sento ao lado de Mosier, em frente a Damon e Anders, a porta se fecha e, logo depois, estamos em movimento.

Enquanto dirigimos para a casa de US$ 8 milhões de Mosier, em Scarsdale, que é muito bem guardada, eu seguro meu rosário com força, fecho os olhos, encosto a cabeça na janela e finjo dormir.

O que Mosier quis dizer quando disse que eu "trabalharia" para ele e que tinha "planos" para mim? Nunca discutimos que eu teria um emprego com ele depois do Ensino Médio. O que ele tem em mente para mim?

Quando Tígin e eu fomos morar com os Răumann pela primeira vez, há cinco anos, era verão e eu tinha apenas treze anos, mas Mosier me proibiu de usar algo mais revelador do que uma camiseta e uma saia até o pé ou calças largas. Não importava o quanto estivesse quente. Nada de short. Nada de saias curtas. Nada de vestidos de verão. Além disso, a camiseta não poderia ter decote. Precisava cobrir até a base do meu pescoço. Tendo vivido a maior parte da infância em Los Angeles, onde passava o verão inteiro andando de maiô, bermuda e camiseta, foi um ajuste difícil, mas minha mãe insistiu em minha obediência, dizendo que Mosier valorizava a decência e só queria o melhor para mim.

À certa altura, no final do verão, Damon e Anders, com dezesseis anos na época, estavam nadando na piscina em um dia especialmente quente, enquanto minha mãe e meu padrasto participavam de um evento em Nova

York. Embora Tig tivesse me avisado para ficar no meu quarto enquanto ela estava fora, senti-me entediada e sozinha e acabei indo para o deque da piscina do lado de fora, procurando companhia.

— Anders — chamou Damon, que parou no meio de uma partida de vôlei aquático. — Olha quem é: a tia Ashley.

Anders lançou um olhar para mim.

— Você deveria voltar para dentro.

— Por quê? — perguntei.

Mas Anders me ignorou, gesticulando para a bola.

— Jogue de volta.

— Não, não, não, mano — disse Damon. — Nossa nova tia *finalmente* saiu do quarto. Deveríamos ser sociáveis. Acolhedores. — Ele me olhou de cima a baixo em minha calça folgada e sem forma e a blusa de gola alta. — Aposto que você é bem bonita por baixo dessa roupa, hein? Bronzeada por todo o sol da Califórnia.

Damon e Anders eram gêmeos idênticos, de cabelos e olhos escuros, mas os de Damon eram paqueradores e brincalhões, enquanto Anders mantinha seu olhar cuidadosamente desviado de mim.

— *Tată nu-i va place* — falou Anders para seu irmão, um aviso em sua voz.

— *El nu este aici. Taci*! — rebateu Damon, gesticulando para seu irmão e ainda me encarando. — É um dia quente. Por que você não entra? Junte-se a nós!

Eu sorri para ele, encolhendo os ombros.

— Não tenho maiô.

— *Dă-mi pace* — disse Damon, colocando a mão sobre o coração e dando uma piscadinha para mim. — Está usando lingerie debaixo dessas roupas?

— Talvez — respondi, piscando para ele.

Desabotoei as calças lentamente, fazendo um pequeno strip-tease para meus irmãos adotivos antes de puxar minha blusa por cima da cabeça e jogá-la no deque da piscina. Vestindo apenas calcinha branca de algodão e um sutiã combinando, dei um mergulho perfeito na parte mais funda, juntando-me à equipe de Damon para o vôlei aquático, apesar da desaprovação de Anders.

Uma hora depois, minha mãe e Mosier voltaram e me encontraram nos ombros de Damon, sacando a bola para Anders.

— O que está acontecendo aqui?

Moser e seu sotaque...

Damon ofegou, lutando para me tirar de seus ombros, então caí para trás na piscina. Quando cheguei à superfície, meus irmãos adotivos estavam saindo da água, lado a lado no deque da piscina.

— *Dracu' să vă ia*! — Mosier trovejou. — Existe apenas *uma regra*! Ela precisa se manter *pura*!

De pé, sozinha na piscina, meus olhos se arregalaram em choque quando o punho dele disparou, quebrando o nariz de Damon com um ruído alto antes de enegrecer o olho de Anders com um golpe rápido que fez sua cabeça tremer.

— *Du-vă* în pula mea! — Mosier rugiu. — Saiam da minha frente!

Com os olhos baixos, eles correram para a casa sem olhar para mim.

Mosier se voltou para minha direção. Escuros e furiosos, seus olhos me encararam com desgosto evidente. Suas narinas dilataram. Suas bochechas estavam quase roxas de fúria.

— Saia da porra da piscina — rosnou. — Agora! — Ele se virou para minha mãe. — Pegue algo decente para ela!

Icei meu corpo para a lateral da piscina, e minha mãe me apressou para dentro para que me vestisse.

— Pare de me apertar tanto! — choraminguei, tentando puxar o braço.

— No que estava pensando? — ela exigiu em um sussurro tenso enquanto me puxava pelas escadas. — Como pôde ser tão burra, Ash?

— Eu estava nadando — expliquei, ainda chocada com a visão do sangue dos meus meios-irmãos.

— Praticamente nua!

— Mas, Tig — argumentei —, eu nadava o tempo todo em LA.

— Teagan! — ela sibilou. — Não Tig!

— Tá bom! — gritei. — Eu nadava o tempo todo em LA, *Teagan*!

Ela me puxou para o patamar e se virou para mim, com os olhos cheios de lágrimas.

— Casa de Mosier, regras de Mosier! Como você *não* entende isso? — Puxando-me contra ela com um soluço desesperado, ela me apertou com força, murmurando no meu ouvido: — Cresça, Ash. Cresça rápido.

Então ela me arrastou pelas escadas até o meu quarto, onde escolheu minhas roupas: uma blusa branca de mangas compridas, de gola alta, e uma saia longa e esvoaçante. Ela me disse que eu precisava me desculpar com Mosier e prometer ser melhor.

— Melhor? De que maneira? — perguntei, sentindo medo.

— Diga a ele que será mais recatada — disse ela, acenando para mim encorajadoramente, embora sua voz estivesse cheia de pânico. — Você será... você será a irmãzinha que ele nunca teve. Uma *boa* menina. Respeitável.

— Ele não é meu guardião! — Bufei, coçando o decote prurido da blusa esquisita.

— Sim — Tígin ralhou, agarrando meus braços com força enquanto olhava nos meus olhos. — É exatamente o que ele é agora.

Descemos as escadas juntas em silêncio, de mãos dadas, depois fomos para o escritório de Mosier. Minha mãe bateu na porta e nós o ouvimos gritar:

— Entre!

Olhei para cima para ver sua mandíbula tensa antes que ela levantasse o queixo e me puxasse para o cômodo.

O escritório de Mosier era a sala mais intimidante da casa. Sinistra também, com seu cheiro de charuto e uísque envelhecido, seus móveis eram de madeira escura e couro. Uma adaga com uma ponta afiada e brilhante era exibida em um aparador, e espadas se cruzavam sobre uma enorme lareira de mármore preto. Debaixo da espada havia uma placa que dizia: *Christus remittit. Nos non oblivisci.*

Anos mais tarde, aprendi o significado dessas palavras em latim: *Cristo perdoa. Nós não esquecemos.*

— Mosier — iniciou minha mãe, sua voz aguda e apaziguadora —, Ashley tem uma coisa a dizer.

Seus olhos castanho-escuros e enojados desviaram da minha mãe para mim. Verificando minha aparência, seu rosto suavizou um pouco com um aspecto modesto.

— Então, *cenuşă* — ele disse, olhando para mim de trás de sua mesa enorme —, você age como uma prostituta e me faz machucar meus filhos... e agora quer falar comigo?

Cenuşă significa "cinzas" em seu idioma, e é assim que ele sempre me chamou. Nunca Ashley. Sempre *cenuşă*.

A voz da minha mãe é hesitante.

— Ela é apenas uma criança, Mo...

— Cale a boca — ele disparou sem desviar o olhar de mim. — Nem mais uma palavra sua. — Ergueu o queixo um milímetro, os olhos ardendo. — Agora você vem a mim vestida como um anjo. Mas eu te vi mais cedo... — Seus olhos baixaram para meus seios, e ele os manteve lá. — Seus peitos em exibição. Uma *ispită*. Provocante. Pecadora. Suja. Nua na piscina com dois homens adultos...

— Com seus *filhos*! E eles não estavam nus. Mosier, eles só estavam nadando...

— Se falar de novo — disse ele, erguendo os olhos para minha mãe —, vai precisar de um médico. *Mă înțelegi?*

Ela arfou baixinho e assentiu, olhando para os pés enquanto apertava minha mão.

— Então, pequena *cenușă*, pequena aprendiz de prostituta, o que tem a me dizer?

Meu coração estava disparado e meu corpo inteiro tremia.

— Eu... Eu sinto muitíssimo. Sinto muito por ter quebrado suas regras.

— Minhas regras? — ele repetiu baixinho, inclinando-se para a frente e apoiando os cotovelos na mesa. Ele fungou, depois fez uma careta, como se tivesse sentido um cheiro desagradável.

— Não quis aborrecê-lo — consegui dizer, agarrando a mão da minha mãe por sobrevivência.

Meu padrasto ficou de pé atrás de sua mesa, levantando um punho trêmulo.

— Aborrecer-me? Você aborreceu a Deus, sua *târfă* barata!

Não sabia o que estava fazendo de errado, porém não estava dizendo as coisas certas, deixando-o mais irritado. Olhei para cima e vi a cor no rosto da minha mãe sendo drenada quando ela me puxou para mais perto, dando um passo para trás e me levando consigo.

— As putinhas que exibem seus corpos devem ser tratadas como as vagabundas que são! — declarou, pegando a fivela do cinto. — *Você tem que pagar por seus pecados!*

Ao dar a volta na mesa, ele avançou sobre nós, com o rosto vermelho-escuro de fúria enquanto puxava o cinto das presilhas da calça com um som de chicote.

Minha mãe me colocou atrás de suas costas, balançando a cabeça.

— Não! Não! Ela tem apenas treze anos! É só uma criança! — Ela estava respirando tão forte e tão rápido que eu não sabia como conseguia falar. — Faça isso comigo! O que quiser fazer com Ash, faça comigo! Eu sou um mau exemplo, eu pago! Por favor!

Ele parou na frente da minha mãe, seu cinto dobrado como em um laço em sua mão.

— Você? Você vai pagar, porra?

Sua respiração estava alta e superficial quando descansei minha bochecha em suas costas, meus braços apertados firmemente em torno de sua cintura.

— Mosy — ela implorou —, ela ainda é pura. Juro. Ela é pura. Ela é. Pura como a neve. — Pegando minhas mãos, ela as afrouxou para poder dar um passo em direção ao meu padrasto sem mim. — Mas eu não sou. De modo algum. Eu sou... ruim. Eu sou... suja. — Sua respiração engatou quando ela se aproximou dele, uma das mãos aparecendo atrás das costas, gesticulando para que eu saísse do cômodo. Recuei até a porta, observando-a, ouvindo suas palavras e tentando processá-las, mas não entendia o que estava acontecendo. — Faça isso comigo. Eu mereço.

— Sim — ele afirmou, seus olhos mortos examinando o corpo dela enquanto assentia lentamente. — Você merece, sim.

— Isso mesmo. Eu mereço — ela sussurrou, sua voz baixa e pesada, mas tingida de alívio.

Então, por cima do ombro, ela fez contato visual comigo. E, pelo resto da minha vida, eu me lembraria do pavor em seus olhos azuis. Eles não mais estavam vulneráveis e, definitivamente, não estavam esperançosos. Eles mal estavam suportando. Ela não tentou sorrir para mim. De fato, seus lábios mal se moveram quando ela murmurou:

— Saia.

— Isso — disse Mosier, ajustando o cinto nas mãos enquanto olhava por cima do ombro da minha mãe para mim. — Saia, *cenușă*. Cristo te perdoará.

Eu não precisava entender a inscrição na placa sobre a lareira para terminar o resto de seu pensamento... *mas eu nunca esquecerei*.

Saí do escritório e fechei a porta.

Os gritos da minha mãe duraram horas.

No dia seguinte, fui enviada para a Academia da Santíssima Maria.

Meu quarto na casa de Mosier nunca pareceu realmente meu próprio espaço. Era apenas um lugar para ficar quando voltava da escola por dois meses durante o verão e por alguns dias no Dia de Ação de Graças, no Natal e na Páscoa.

A escola é onde me sinto mais confortável, cercada pelas freiras e professoras que nos ensinam e vivem entre nós, e pelo Padre Joseph, que tem sido meu guia e confessor espiritual desde que cheguei à Academia da Santíssima Maria, há cinco anos. Ele é o pai que nunca tive, e desejo vê-lo agora — pedir sua orientação e orações pelo meu futuro. No jantar, perguntarei a Mosier se posso voltar para a escola amanhã.

Sento-me na beirada da cama de solteiro, que está coberta por um edredom rosa e branco e com cortinas transparentes cor-de-rosa amarradas nos dois lados da cabeceira. É um quarto adequado para uma princesa, com carpete de pele sintética branca, um sofá estofado em frente à lareira branca e um lustre de prata brilhante. Adorei quando cheguei em Scarsdale, mas rapidamente comecei a odiar. É demais. Muito imponente. Muito ornamentado. Muito caro. Como se tem um quarto que custa tanto?

Consegui esconder o cartão de Gus no meu sutiã quando Damon não estava olhando, e agora o retiro, examinando-o cuidadosamente e guardando as informações na memória. Sou boa em memorizar as coisas. Sempre fui.

Galeria La Belle Époque ~ 5900 Shelburne Road ~ Shelburne, VT ~ 05482

Augustus Egér e Jock Souris, Proprietários

Jock. Humm. Eu me pergunto quem é Jock. *Alguém especial ou apenas um parceiro de negócios?*

E Shelburne. *Onde fica Shelburne, Vermont?*

Repito as informações várias vezes na cabeça, depois viro o cartão, agradecida por perceber que consigo absorver tudo. Rasgo-o em pequenos pedaços e jogo-os na lata de lixo de vime branca ao lado da mesa de cabeceira rosa-clara.

E na hora certa.

Toc Toc.

Uma batida dupla e nítida. É Mosier.

Não tive tempo de processar a maneira como meu padrasto me tocou durante a leitura do testamento, mas me sinto nervosa e assustada quando penso nisso. O jeito como Mosier olha para mim — o jeito como me tocou hoje — parece errado. Tudo errado.

Toc Toc.

Mais alto agora. Mais insistente.

Sentada na lateral da cama, pressiono os joelhos sob a saia e grito, com uma voz instável:

— Entre.

A porta se abre e Mosier entra no quarto.

Meu padrasto de 51 anos, que acredita ser meu cunhado, é alto, moreno e musculoso. As mangas de seu paletó cinza-escuro se esticam em seus braços, embora suas calças sejam costuradas perfeitamente. Obviamente, isso é feito para mostrar ao mundo seus músculos, desafiar homens menores a darem um soco nele e se arrependerem mais tarde.

Seu cabelo, raspado e modelado com óleo, faz sua cabeça parecer uma bola de boliche preta brilhante. Cheira fortemente ao produto que usa, que é picante e forte, e sempre revirou meu estômago.

Não preciso olhá-lo para imaginar seu rosto: ele mantém uma barba por fazer permanente na mandíbula, provavelmente escondendo as inúmeras marcas e cicatrizes que cobrem sua pele. Seus olhos são castanho-escuros e o nariz está torto, provavelmente por ser quebrado várias vezes e nunca ter sido bem consertado.

Uma vez, quando Tig e eu estávamos em frente a Mosier e seus filhos, ela chamou minha atenção para os lábios e os cílios dele. Seus lábios são cheios e carnudos, e os cílios pretos são tão longos que parecem quase deslumbrantes.

— É como se ele tivesse tido uma chance de ser bonito alguma vez — ela notou com um sussurro amargo. — Antes que sua alma negra assumisse seu rosto.

Desde que conheci Mosier, ele sempre deixava a porta um pouco aberta quando estávamos sozinhos em um local juntos. O fato de ele não deixar hoje faz meu coração disparar e meu estômago revirar. Olho nervosamente para o meu colo enquanto ele atravessa o quarto em seu terno escuro para ficar diante de mim, uma ilha evidente de masculinidade sombria neste santuário fofo e rosa.

Seus sapatos pretos param sob o meu olhar, e eles são tão brilhantes que posso ver meu reflexo embaçado neles.

— *Cenușă*, olhe para mim.

Entrelaço as mãos para que elas parem de tremer e olho para ele.

— Hummm — ele geme, inclinando a cabeça para o lado e esfregando os pelos pretos na mandíbula entre o polegar e o indicador. — *Tão* bonita. — Ele abaixa a mão e inclina a cabeça para o outro lado, sedutoramente. — Não vai me dar oi?

— Oi, *frate*.

— *Frate*. Irmão. Hummm — ele cantarola baixinho, estreitando os olhos para mim. — Sua irmã se foi agora. Você pode me chamar de Mosier.

Engulo em seco, sem saber o que dizer. Chamá-lo de *frate* foi ideia dele. É como o chamo desde o dia em que nos conhecemos. Por que devemos mudar isso agora?

— Diga — ele ordena. — Diga meu nome. Diga: "Oi, Mosier".

Por que parece errado dizer o nome dele, não tenho certeza, mas ele está olhando para mim com expectativa, então sussurro:

— Oi, M-Mosier.

— Isso — diz ele, seus lábios carnudos erguendo-se em um sorriso enquanto se abaixa de joelhos no chão diante de mim. — *Cenușă, cenușă, cenușă* — ele geme baixinho, sua boca não muito longe dos meus joelhos. — Bonita *cenușă*. Meu anjo.

Ele não me tocou, mas tudo em mim rejeita sua proximidade e a ternura em sua voz quando ele muda meu apelido e me chama de anjo. Ele cheira fortemente a gel de cabelo espesso e picante misturado com charutos, e isso faz meu estômago borbulhar desconfortavelmente. Não gosto do jeito como está olhando para mim e nem do jeito como me tocou debaixo da mesa durante a leitura do testamento. Não gostei dos barulhos que ouvi vindos do quarto que ele compartilhou com minha mãe ou dos gritos que ouvi — mais de uma vez — vindos de seu escritório. Não gosto de saber que minha mãe morreu de overdose quando a vi duas semanas atrás na Páscoa e ela parecia estar bem. Talvez não estivesse bem, mas não estava usando nada.

Não há quase nada que eu goste no homem de joelhos diante de mim. Gostaria que ele se levantasse, se virasse e fosse embora. Por que a porta está fechada? Por que ele está aqui? O que quer de mim?

Minha curiosidade me vence, e eu olho para ele, instantaneamente arrependida por não manter o olhar baixo. Por trás de seus olhos castanho-escuros, não vejo bondade ou compaixão. Vejo desejo insaciável. Vejo crueldade. Vejo desejo e exigência.

Consigo ouvir meu coração pulsando.

CORAÇÃO VALENTE 25

Quando ele estende a mão e a coloca no meu joelho esquerdo, eu a afasto.

— Oh, *cenuşă* — diz ele, apertando a mão no meu joelho e cavando os dedos através do fino crepe e na minha pele macia. — Seu pudor a torna confiável. — Ele inclina a cabeça escura para baixo e descansa a bochecha no meu joelho direito, de frente para a mão. — Mas você aprenderá a dar boas-vindas ao meu toque. — Girando a cabeça levemente, o movimento força meus joelhos a se separarem, e ele pressiona seus lábios no tecido que cobre minha coxa. — Ou não.

— O que... — Estou sem fôlego, tentando descobrir o que está acontecendo aqui. — O-o que você quer dizer?

— Diga-me, doce *cenuşă*, você estudou o Livro de Deuteronômio? Na escola? — Ele levanta a cabeça, mas não a mão, que desliza mais alto, amassando minha coxa através do crepe preto do vestido. — Em Deuteronômio, existe algo chamado casamento levirato. Já ouviu falar disso?

Tenho bastante conhecimento das Escrituras, mas minha mente está confusa demais para me concentrar no texto específico ao qual ele está se referindo.

— Eu... hum...

— É uma lei antiga que diz que, se um homem morrer, sua viúva se casará com seu irmão.

— Eu... Eu me lembro agora — ofego, desesperada para ele remover a mão.

— Mas não sou sexista, *cenuşă*. Acredito que pode funcionar nos dois sentidos.

Luto para seguir seu raciocínio.

— Nos dois sentidos?

— Se eu perder minha esposa, devo ficar sozinho?

Respiro fundo, tentando me concentrar em suas palavras, enquanto sua mão desliza mais para cima. Descansa, quente e pesada, a meio caminho entre o meu joelho e o ápice das minhas coxas.

— Eu não... Não sei — respondo com sinceridade, sentindo medo e confusão.

— Não acho que deveria ter que sofrer com a solidão. E você?

— Você pode... você pode encontrar alguém novo para se casar — sussurro, suas palavras começando a se transformar em uma ideia à qual sou contra, pela qual sinto repulsa. — Quando estiver pronto.

— Por que eu não estaria pronto... agora? — ele pergunta, sua voz baixa e suave, mas sublinhada com uma insistência que faz meu estômago revirar de pavor.

— Tig. Minha ir-irmã. Ela era... ela era sua esposa. Você a amava. Vai precisar de um... um tempo...

— *Tempo*? — ele questiona, seus dedos apertando minha pele com tanta força que estremeço. Ele deve ter percebido minha reação, porque seus dedos se tornam mais gentis, acariciando-me como se tentasse me acalmar. — Você é tão inocente. Sua mão desliza mais alto, esfregando minha coxa insistentemente, seu polegar cada vez mais perto de um local que as freiras e os padres nos proibiam de pensar, tocar... e muito menos deixar alguém tocar. Seus olhos são cruéis quando ele olha para mim e indaga: — Acha que me casei com sua irmã vagabunda porque a amava? Você não pode ser tão burra.

Congelo, presa em seu olhar intenso.

— Minha pequena *cenuşă* — ele diz devagar, inclinando-se para pressionar os lábios no meu joelho direito antes de erguer os olhos para mim. — Eu me casei com ela... por *você*.

O quarto gira, e meu estômago, que ficou indisposto o dia inteiro, solta bile e ácido que queima a base da minha garganta.

— P-por *mim*?

— Eu te quis na primeira vez que te vi. Mas você tinha apenas treze anos... — Sua voz desliza quando o polegar circula e pressiona. — Tão fresca. Tão jovem. Linda. Pura. Sabe o que enxerguei quando você desceu a Rodeo Drive ao lado de sua irmã burra e viciada? Enxerguei alguém que eu poderia moldar para mim. Alguém que seria tudo o que eu queria em uma mulher. Piedosa. Recatada. Toda minha.

*Isso não está acontecendo. N*ão pode estar acontecendo.

— Mas... você-você... você era casado com m-mi... min...

— Você não está ouvindo — interrompe ele. — Casei-me com sua irmã prostituta por você. Tudo por você, minha queridinha. Um meio para o fim. — Sua risada é baixa e satisfeita, e eu aperto a mandíbula para impedir um arrepio. — A Bíblia diz que é permitido. Não há necessidade de sentir vergonha. Não será pecado se nós fodermos...

Foder é uma palavra que ouvi muito na minha infância quando morei com Tígin. Mas, quando se casou com Mosier, minha mãe parou de xingar, e essa profanação não existe na escola. Mosier e seus meninos xingam regularmente, é claro, mas a grosseria brusca da sugestão dele ainda me choca, provocando um suspiro surpreso.

— ... assim que formos marido e mulher — ele termina.

Enquanto seu polegar continua pressionando a parte interna da minha coxa, sua mão livre cai do meu joelho para sua virilha.

Marido e...? Ele quer... Não! Não, isso é impossível. Meus pulmões congelam, e eu o encaro, lábios abertos, olhos arregalados, ardendo em lágrimas e horror.

— Esperei muito tempo para te foder demais e com força, minha doce *cenuşă*. E, quando o belo sangramento terminar, vou te foder até o sol nascer. E então irei até você novamente. Toda noite. A noite toda.

Ele murmura algo sobre eu ser sua jovem noivinha, enquanto a mão esfrega insistentemente a protuberância crescente em suas calças. Estremeço porque suas palavras são aterradoras e seu toque é revoltante, e, apesar de ele estar sendo tão grosseiramente específico, ainda estou tentando entender exatamente o que está dizendo.

Minha mãe foi enterrada esta manhã.

Ele está realmente me propondo casamento na noite do funeral dela?

Levanto a cabeça e encontro seus olhos. Eles estão escuros e dilatados. Um tom de marrom-café, cercado por um fino anel de ônix. Bêbado de desejo.

Crueldade implacável.

— *Frate*, você não pode...

— *Mosier*! — ele rosna para mim, a mão em seu colo se movendo mais rápido. — Acostume-se a me chamar de Mosier!

— Não pode estar...

— Sim! Posso — ele geme, seu rosto balançando lentamente para cima e para baixo. Sua outra mão aperta minha coxa, e seu polegar encosta em minha feminilidade. Ele desliza para a frente e para trás no ritmo que sua mão está esfregando a si mesmo, e eu sou assolada por um terror, uma repulsa tão forte que não consigo me conter.

Meu estômago se contrai, e eu vomito, sem aviso, por toda a cabeça e a mão dele e no meu colo.

— *Futu-ti pizda mă-tii*! — ele grita, afastando as mãos e caindo para trás sentado, com o rosto chocado e enojado quando meu vômito escoa entre os pelos de sua barba e desliza pelas laterais do rosto feio. — *Futu-ti dumnezeii mă-tii*!

O gosto de vômito na minha boca me faz vomitar de novo, e vou para a frente repetidas vezes até que haja uma pequena poça de comida regurgitada por todo o meu colo, vestido, sapatos e o antigo tapete de princesa de Mosier, outrora intocado. Neste ponto, eu também estou chorando, com saliva cheia de vômito pendurada nos lábios.

Coloco a mão na boca devagar e olho para Mosier, que agora está de pé. Meus olhos deslizam por sua forma, parando brevemente com a protuberância maciça e aterrorizante na frente de suas calças antes de pular para os olhos.

Ele levanta um dedo e o aponta na minha direção.

— Você vai *receber* o meu toque! Vai *implorar* por isso!

Nunca.

— Ou *não* — ele rosna. — Não ligo, de qualquer maneira. Eu comprei você. Comprei você. Seu corpo é meu! Sua virgindade é minha! Sua boceta é minha! Seu ventre é meu, e vou enchê-lo de esperma e de filho após filho, até que você me construa um belo império, está me ouvindo?

Oh, Deus.

Ele passa a mão pelos cabelos, sacudindo o vômito de seus dedos com um sorriso de escárnio:

— Você e sua irmã viciada em drogas eram um pacote. Eu a comprei por você, sua idiota!

*Isso não está acontecendo. N*ão pode estar acontecendo.

Ele se inclina para a frente e agarra meu queixo com força, fazendo-me chorar de dor.

Sua voz é baixa e letal quando ele fala comigo, tão perto do meu rosto que consigo sentir o calor do seu hálito na minha pele. Seus olhos escuros e furiosos miram nos meus.

— E quando um mês de luto católico decente se passar... o dia após a sua maldita graduação... você *vai* se tornar minha esposa, *cenușă*. Está entendendo? *Mă înțelegi?* E será a esposa perfeita, piedosa e obediente que eu esperei, pela qual paguei e que *mereço*.

— Não — murmuro baixinho, lágrimas escorrendo pelo meu rosto enquanto tento escapar de seu alcance.

— Sim! — ele grita, reforçando seu aperto contundente na minha pele escorregadia. — Para ser bem claro, *irmã*: você será minha para *foder*... do jeito que eu *quiser*... para o resto da minha maldita vida. Esse é o seu futuro, *cenușă. Esse* é o seu destino. *Esse* é o plano.

— Por favor — soluço, deixando meu queixo cair no peito quando ele o solta.

— Um mês — ele grita, depois se vira e sai do quarto, batendo a porta.

Caio na cama, puxando os joelhos até o peito, e choro.

CAPÍTULO TRÊS
Ashley

Um mês.

Um mês.

Um mês.

Agora, suas palavras na leitura do testamento — Ashley trabalhará para mim, tenho planos para ela — fazem sentido.

Meu trabalho? Ser esposa dele. Sua... fabricante de bebês.

Ana, uma das empregadas, vem pegar minhas roupas sujas e limpar meu tapete enquanto entro em um banho fumegante, descansando a testa contra a parede de azulejos, e repito suas palavras na minha cabeça: *casei-me com sua irmã prostituta por você... Alguém que eu poderia moldar para mim... Piedosa. Recatada. Toda minha... Eu tenho você, cenușă... Seu ventre é meu... Você será minha pra foder... do jeito que eu quiser... pelo resto da minha maldita vida.*

Esse é o seu futuro, cenușă.

Esse é o seu destino.

A bile sobe para minha boca e cuspo, observando o muco amarelo deslizar lentamente pela parede até o chão do chuveiro, onde é levado pelo ralo... Se eu pudesse escapar com facilidade assim...

Esse era o plano dele o tempo todo. Desde o princípio. Encontrar uma mulher vulnerável com uma jovem filha ou irmã e se casar com ela... como uma espécie de acordo pervertido de dois por um. Ele planejou isso desde o primeiro dia em que nos viu fazendo compras juntas. Casar-se com minha mãe era um meio para atingir um fim. E o fim, aparentemente, sou eu.

Um soluço rasga minha garganta quando meus ombros tremem com a força do meu choro.

— *Você* sabia? — soluço em voz alta, minha voz lamentável afogada pela corrente da água. — Meu Deus, Tig... *Você sabia?*

Ela nos vendeu, voluntariamente, para esta vida?

Tígin não era uma *boa* mãe, mas ela era tudo que eu tinha, e eu acreditava que ela se importava comigo à sua maneira. Como ela pôde fazer isso conosco? Como pôde nos vender para alguém tão cruel quanto Mosier Răumann?

Embora eu não saiba muito sobre os negócios de Mosier, minhas interações com ele e as observações que pude fazer de sua vida nos últimos cinco anos foram suficientes para ilustrarem seu personagem.

Sua casa, uma enorme propriedade de tijolos no Condado de Westchester, Nova York, é cercada por uma alta cerca de metal preto, e uma segurança de seis homens, em turnos alternados, sempre guarda o perímetro da propriedade. Eles carregam armas e walkie-talkies, e nenhum deles tem permissão de olhar para mim. Se e quando o fizeram, Mosier foi rápido em enegrecer os olhos ou quebrar seus narizes, como fez com os próprios filhos naquele dia à beira da piscina.

Anders e Damon não podiam ser meus irmãos de verdade. Não tínhamos permissão para nadar juntos ou assistir TV sozinhos. Quando eu estava em casa nos feriados, uma mulher chamada sra. Grosavu me seguia. Disseram-me que ela estava lá para cuidar de mim e das minhas necessidades, mas sempre parecia que estava me observando, certificando-se de que eu me comportasse de certa maneira, lembrando-me de quando eu deveria ser mais disciplinada, rir mais baixo ou cruzar meus tornozelos. Com o tempo, eu a vi mais como carcereira do que como ajudante, e fiquei aliviada quando cheguei em casa, na Páscoa passada, e me disseram que ela havia aceitado um emprego em outro lugar.

Mais de uma vez, vi Mosier despachar seus homens depois de conversas irritadas no celular em um idioma estrangeiro e, embora quisesse saber para onde eles estavam indo, não ousaria questionar. Quando perguntei à minha mãe, ela respondeu que as preocupações comerciais de Mosier não eram da nossa conta.

Pelo menos duas vezes, minha mãe e eu fomos acordadas e enviadas para a adega, na escuridão da noite. Lá, atrás de uma porta falsa que parecia uma parede de vinho, tínhamos todo o conforto, mas um guarda armado ficava do lado de fora, proibindo-nos de sair, até que Mosier, Anders ou Damon chegassem para nos levar de volta para o andar de cima.

Sei que Mosier é algum tipo de criminoso, envolvido nos tipos de negócios que poderiam matar um homem e sua família.

Mas também sei que ele gosta da vida agitada, estreias de filmes e fins de semana em Las Vegas — sempre com uma grande força de segurança, é claro — e, independente do quanto ele falou de forma desdenhosa dela, minha mãe era um diamante em seus braços por causa do antigo *status* de supermodelo que tinha.

No entanto, nunca suspeitei, nem por um instante, que eu fazia parte dos planos dele. Meu Deus, ela sabia? *Tig... você fez isso comigo?*

Fecho os olhos, entrelaço os dedos e rezo: *Por favor, Deus, que ela não soubesse. Por favor, não permita que ela tenha escolhido alguém como Mosier para mim. Amém.*

Quando abro os olhos, pego o xampu, despejo um pouco nas mãos e massageio-o no meu cabelo loiro-claro, tentando manter a calma.

Mosier ligou para minha escola há dois dias com a notícia da overdose e morte da minha mãe, avisando que Eddie e Anders iriam me buscar para o funeral no dia seguinte.

No começo, não acreditei nas notícias. Embora minha mãe tivesse enfrentado um intenso problema de abuso de substâncias entre 20 e 29 anos, ela se endireitou quando se casou com Mosier. E observei cuidadosamente durante os cinco anos seguintes — toda vez que o vinho era servido em sua taça no jantar, toda vez que o champanhe era passado em um evento, ela nunca tomava um gole, nem levava um copo aos lábios. Fui para casa um mês atrás, para a Páscoa, e seus olhos estavam tristes e retraídos, mas claros. Como ela poderia ter retrocedido tão rápida e completamente? E com o olhar vigilante de Mosier sobre ela, onde, na face da Terra, teria conseguido obter heroína, e ainda por cima para uma overdose? E como, com um verdadeiro exército de guardas e empregados na casa, ninguém a encontrou até que estivesse morta?

Tenho muitas dúvidas, mas tenho medo de perguntar a Mosier ou a seus filhos o que aconteceu. E acho que não receberia uma resposta direta. Entretanto, depois da conversa no meu quarto, há uma preocupação mais urgente e imediata em minha mente: estou condenada a ser a noivinha de um monstro trinta e três anos mais velho do que eu, com o único objetivo de parir seus filhos.

Inclino-me para trás e enxáguo o cabelo, colocando as mãos sobre o coração.

Sexo. Algo sobre o qual quase nada sei. Algo que minha mãe sabia muito.

Lembro-me dela trazendo homens com bastante frequência quando morávamos em Los Angeles. Eu deveria chamá-los todos de tio. Tio John. Tio Frank. Tio Ken. Ela entrava com eles, apontava para mim assistindo TV e dizia:

— Essa é minha irmã mais nova. Ash, este é o tio Wes. Diga oi.

Eu dizia oi sem desviar o olhar da TV enquanto ela os levava para o quarto. Eu aumentava o volume de qualquer programa que estivesse assistindo, para não ouvir seus gemidos e gritos, seus grunhidos e suspiros. Quando terminavam, meus "tios" não ficavam muito tempo. Iam embora rapidamente quando a ação acabava. A porta da frente sendo fechada era a minha sugestão para trancá-la, desligar a TV e ir pelo corredor até o meu quarto.

Quando eu tinha 8 anos, já havia descoberto, mais ou menos, o que minha mãe estava fazendo. Tive meu primeiro beijo, com o filho de uma das antigas amigas supermodelos da minha mãe, quando eu tinha 10 anos, e deixei um garoto da escola tocar meus seios sobre a camisa na salinha do zelador aos 11. Analisando o passado, eu provavelmente teria perdido a virgindade com 13 anos, mas esse foi o ano em que tudo mudou.

Minha mãe conheceu Mosier um mês depois que fiz 13 anos.

Três semanas após conhecer Mosier Răumann através de um casamenteiro de luxo de Hollywood, minha mãe se casou com ele e nos mudamos para sua casa nos arredores de Nova York. Ela me disse que ele era o namorado dela velho e rico e que nunca precisaríamos nos preocupar com mais nada pelo resto de nossas vidas. Também falou que Nova York seria tão divertida quanto LA e que seria uma aventura. Disse que eu teria um novo pai e irmãos, e um lustre no meu quarto! Eu não era a criança mais sortuda do mundo?

Quando chegamos lá, não me senti muito sortuda. Minhas roupas favoritas foram tiradas e substituídas por um guarda-roupa aprovado por Mosier. Eu não estava mais autorizada a sair de casa desacompanhada. Não deveria falar a menos que fosse permitido. Fui matriculada em um internato religioso, longe da minha mãe, depois de algumas semanas lá.

Chegamos à casa dele em junho e, durante todo o verão, os brilhantes olhos azuis de Tig perdiam um pouco mais de brilho a cada dia. Certa vez, quando lhe perguntei se poderíamos voltar para Los Angeles, ela me disse, sem muita confiança, que assim estava mais fácil e, além disso, acrescentou que Mosier cuidaria de nós... não importava o que acontecesse.

Vale lembrar que o "não importava o que acontecesse" agora me provoca um calafrio na espinha e me faz pensar que Tígin sabia de seus planos para nós — principalmente, para mim.

Ao me virar, enxáguo o condicionador e rapidamente ensaboo e lavo o resto do corpo.

Mosier prometeu que eu poderia voltar para a escola até a formatura.

O que significa que tenho exatamente um mês para descobrir o que fazer.

No jantar, Mosier senta-se à cabeceira da mesa. Estou à sua direita e seus filhos gêmeos estão à minha frente, à sua esquerda. Na última vez que os visitei, minha mãe sentou-se entre mim e Mosier, mas agora tomei o lugar dela, e tudo parece errado. Eu gostaria que, por esta noite, pudéssemos ter deixado seu assento vago em lembrança, mas Mosier já delineou seus planos para nosso futuro, e lembro que minha mãe não se encaixa na fantasia que ele criou.

Mosier convida Anders a dizer a bênção, e ele a apresenta em latim, que é padrão nos jantares da família Răumann. Até minha mãe sabia como oferecer pelo menos uma bênção no latim apropriado.

— Amém — murmura Mosier, pegando sua colher com um suspiro. — Agora podemos comer.

As refeições eram, na maioria das vezes, momentos tranquilos, com Anders e Damon proibidos de olhar para cima para que não olhassem para mim ou para minha mãe. Só podiam nos olhar se uma de nós estivesse falando e, mesmo assim, suas expressões eram cuidadosamente educadas para serem imparciais. Para ser sincera, sempre fiquei agradecida quando conseguíamos terminar o jantar sem conversar, o que significa que meu estômago está revirado, porque tenho algo a dizer hoje à noite.

— Mosier — começo suavemente, mantendo os olhos baixos, esperando sua permissão para continuar.

Sua colher brinca contra a lateral de seu prato de sopa com aborrecimento. Ele ainda está chateado comigo por vomitar nele.

— O quê?

Eu engulo em seco, olhando para ele.

— Não me confesso há dois dias, e minhas aulas serão retomadas na segunda-feira. Será que posso voltar para a escola amanhã?

Ele olha para mim, seus olhos deslizando para meu peito e descansando lá. Meus seios estão cobertos por uma blusa de seda azul-marinho, mas o calor dos olhos dele me faz sentir nua.

CORAÇÃO VALENTE 35

— Não — ele resmunga.

Meu corpo inteiro fica tenso. *Ele está renegando seu acordo de me deixar terminar a escola? Oh, Deus, será que estou presa aqui? Minha condenação começa agora?*

— Eu tenho que estar em Newark amanhã — diz ele. — Não posso levá-la até quarta-feira.

Relaxo, meus ombros caindo e minha cabeça desanuviando um pouco.

— Oh — murmuro, olhando para minha sopa.

— Eu posso levá-la — oferece Damon.

Meu pescoço se dobra porque os Răumann gêmeos e eu raramente passamos um tempo juntos, portanto, é uma sugestão ousada.

— Você? Ah! Como se eu fosse mandar uma raposa para cuidar das minhas ovelhas. — Ele desvia o olhar para Anders. — Você a levará.

Anders sempre foi o filho mais quieto, o mais esperto, o filho em que Mosier confia mais.

— Era para eu ir com você para Newark — rebate Anders baixinho, seu rosto bonito se contraindo em protesto.

— E daí? — exige Mosier. — Agora você irá com ela.

Anders aperta a mandíbula enquanto assente.

— Sim, *Tată*.

— *Sim, pai* — imita Mosier, pegando sua colher de sopa. — Ela é obediente. Pura. Dedicada. Quer confessar os pecados com um padre, pelo amor de Deus! Vocês poderiam aprender alguma coisa com a devoção dela, seus malditos monstros. — Ele toma uma colherada de sopa. — Agora vamos comer. Todos vocês, calem a boca.

Eu levanto minha colher e arrisco um olhar rápido para Anders, surpresa ao descobrir que ele está fazendo o mesmo: olhando para mim com os olhos estreitos. Nós nos encaramos por um longo segundo, por quanto tempo conseguimos ousar, antes de voltarmos nossa atenção para a sopa.

Na manhã seguinte, olho pela janela e vejo Mosier e Damon deslizando no banco de trás de um carro, e Eddie batendo as portas com força. Dou um grande suspiro de alívio, sabendo que só voltarei a ver Mosier daqui a um mês. Embora eu não tenha a menor ideia de como escapar de suas garras, estou determinada a criar um futuro alternativo para mim quando voltar para a escola.

Estou pronta para ir às oito horas, quando Ana chega no meu quarto. Ela me diz que Anders está em uma ligação com Mosier e quer sair às nove. Com meia hora de silêncio, minha mente se volta, mais uma vez, para Tig.

Quando Tig tinha 21 anos, após dois anos dividindo seu tempo entre Manhattan, Milão e Paris, ela se estabeleceu em Los Angeles, onde foi escalada como uma supermodelo com o ego inflado em um seriado cômico sobre uma revista de moda. Foi quando seu vício começou de verdade. Durante seus anos de modelo no exterior, ela havia tomado champanhe, martinis e cosmopolitans, mas não se tornara um problema... ainda. Ela estava viajando pelo mundo; era muito popular e em constante demanda. Estar tão ocupada a mantinha longe do vício. Contudo, quando se estabeleceu em Los Angeles, onde alugou um bangalô e começou a trabalhar todas as noites na boate, seu comportamento se deteriorou rapidamente.

Depois de três anos na *Lure Me*, ela teve uma overdose uma noite.

Eu a encontrei no banheiro, fria, no chão de azulejos, sobre uma piscina de vômito seco. Liguei para Gus, que ligou para o 190 e meus avós. Eles ficaram em um hotel perto do hospital até sua alta e admissão em um centro de reabilitação em Ojai. Então eles voltaram para casa em Ohio. Gus ficou no bangalô comigo. Eu tinha 8 anos.

Os sessenta dias que morei com Gus, foram, sem dúvida, os mais felizes da minha vida. Ele costumava receber telefonemas muito cedo para preparar maquiagem e cabelo, mas me levava junto, saindo para me deixar na escola às oito. Estava me esperando todos os dias às três horas, com seu VW bug cromado azul brilhante sob o sol da Califórnia. Ele era um pai substituto amoroso e paciente, servindo-me o jantar toda noite no mesmo horário e lendo uma história antes de eu dormir. Durante esses dois meses, ele não saiu à noite e nunca me deixou sozinha, e eu conheci um lar seguro, que nunca tivera desde que me mudei para Los Angeles.

Quando Tig voltou para casa, eu sabia que deveria ficar feliz, mas senti uma quase profunda sensação de perda. Uma pura e genuína tristeza. Dizer adeus a Gus foi doloroso. Embora eu ainda o visse com frequência, não era a mesma coisa. Eu sentia falta de tê-lo por perto o tempo *todo*.

Minha mãe foi demitida da *Lure Me* após a overdose, mas isso não importava. O nome dela estava em todas as revistas e jornais, e toda publicidade é boa. Os trabalhos de modelo começaram a aparecer novamente. As pessoas comemoraram sua recuperação, e Tig se deliciou com seu ressurgimento. Por um tempo, pelo menos. Mas o problema da reabilitação é que não mudou o que a cercava. Velhos hábitos são difíceis de perder, não importa o quanto você queira mudar. Três anos depois, Tig estava abusando novamente: bebendo em boates todas as noites, cheirando cocaína e, ocasionalmente, picando-se nos tornozelos para evitar marcas nas mãos e nos braços.

Então, um dia, logo após eu completar 13 anos, fomos fazer compras juntas na Rodeo Drive.

Fazer compras com minha mãe não era uma atividade incomum. Ela adorava nos vestir, depois posar para fotos quando éramos flagradas por paparazzi. Usava óculos de sol, é claro, para esconder os olhos vermelhos.

O cartão de crédito dela foi negado naquele dia. Lembro-me claramente porque isso nunca havia acontecido. Ela começou um ataque na Fendi, jogando uma bolsa de couro rosa-claro de três mil dólares na vendedora quando esta devolveu o cartão de crédito negado. Fomos escoltadas da loja por seguranças, e lembro-me vividamente dela sibilando:

— Fendi é uma merda. Esta rua inteira não passa de uma merda caríssima demais!

Deve ter sido o dia em que Mosier nos viu caminhando juntas.

Foi antes ou depois da cena na Fendi?, eu me pergunto, levantando-me da cama e indo até a porta. Destranco-a, abrindo-a o mais silenciosamente possível, e espio pelo corredor. Minha mãe e Mosier não compartilhavam o quarto e, antes de sair, quero dar uma olhada no dela. Nem sei o que espero encontrar. Só sei que não posso deixar de sentir a mentira sobre a morte dela, e quero saber a verdade.

Pouco tempo depois daquele dia na Rodeo Drive, minha mãe recebeu uma ligação de Chanel Harris-Briggs, a maior casamenteira de Hollywood, que tinha seu próprio reality show chamado Soul Mates. Eles disseram que tinham um novo cliente, um empresário muito rico de Manhattan, que estava insistindo em um jantar com ela.

Minha mãe riu da ligação, mas, quando a fatura do cartão de crédito chegou no dia seguinte, ela ligou para Chanel e disse que aceitaria o encontro. Em um gesto que chamou totalmente a atenção de Tig, Mosier enviou seu jato para Los Angeles a fim de levá-la a Nova York para um encontro à noite.

Quando ela chegou em casa no dia seguinte, contou que iríamos nos mudar para a costa leste.

Eu nunca tinha visto Mosier. Ela o vira apenas uma vez.

— Ele é um *sugar daddy*, Ash. Vai cuidar de nós — disse, mexendo os dedos para que o anel solitário de diamante de cinco quilates fizesse arco-íris em todo o bangalô.

A principal condição da proposta de casamento de Mosier?

Parar de beber. Parar de usar drogas.

Tig ignorou essa condição nas duas semanas que antecederam nossa mudança, festejando por toda Beverly Hills com o dinheiro dele, enquanto uma empresa de mudança embalava cuidadosamente todos os nossos pertences e os enviava para Nova York. Quando chegamos, minha mãe e eu fomos separadas no aeroporto sem explicação. Depois, descobri que ela foi levada direto para uma clínica de desintoxicação, enquanto eu era conduzida a um hotel em Manhattan, onde fiquei com meus avós em quartos adjacentes por dez dias solitários.

No décimo primeiro dia, Eddie nos buscou e nos levou a uma igreja ortodoxa no Brooklyn.

Minha mãe não sorriu quando me viu. Na verdade, ela nem fez contato visual comigo. Nunca vira alguém mudar tão rápido. Seu rosto estava chupado e, sem Gus para fazer a maquiagem, ela parecia doente em vez de chique. Seus cabelos, que sempre foram lisos e secos, estavam cacheados e amontoados na cabeça como uma princesa da Disney em um baile. Embora um simples vestido branco fosse sua preferência, seu vestido de noiva tinha uma enorme saia de baile coberta com centenas de cristais que brilhavam como diamantes sob o sol de junho. Ela passou o dia inteiro de uma maneira tranquila e obediente que era estranha para mim. Sorriu para fotos, mas, em todos os outros momentos, manteve os olhos baixos e os pensamentos para si mesma.

Entretanto, suas mãos não tremiam como se precisasse de drogas.

Eu nunca as vi tremer de novo.

Movendo-me rapidamente, corro pelo corredor e viro a maçaneta para entrar no quarto dela, fechando a porta o mais silenciosamente possível. O perfume da minha mãe permeia todas as superfícies desta suíte, e eu fico na porta, encostada nela. Fecho os olhos e inspiro o perfume, meio que esperando ouvir a voz dela.

Pequena? É você?

Lágrimas repentinas ardem em minhas pálpebras.

Sim. Sou eu.

Você sabia? Você escolheu isso para nós? Para mim?

Como você morreu, Tig? Como e por quê?

Atravesso o vestíbulo mal iluminado, sem meus pés fazerem barulho no tapete felpudo quando me aproximo de seu quarto luminoso, onde a luz do sol da manhã entra pelas janelas do chão ao teto. Mas, quando olho para o quarto, paro. Há um homem sentado ao pé da cama dela, com a cabeça apoiada nas mãos. Olhando mais de perto, percebo que é Anders, e o movimento sutil de seus ombros me diz que ele está chorando.

Então noto algo rosa saindo de debaixo do colchão de Tig. Aperto os olhos, percebendo que é a ponta de uma pena rosa choque. Estou curiosa, mas não deveria ficar sozinha em um quarto com Anders. Provavelmente é melhor eu sair e...

— Saia — ele murmura sem levantar a cabeça.

Eu nunca estive particularmente perto de Anders, mas a agonia em sua voz me deixa sem fôlego.

— *Saia, porra* — ele repete baixinho, ainda curvado. — Você pode limpar aqui mais tarde.

Ele acha que sou a empregada.

Meus olhos deslizam para a pena rosa e dou um passo à frente, alcançando-a.

— SAIA, PORRA!

Eu a puxo com força, e um diário, com uma caneta de penas rosa choque firmemente presa, desliza entre o colchão e o estrado. Eu o agarro antes que ele caia no chão, depois saio do quarto antes que ele se vire para me ver. Segurando o livro contra o peito, bato a porta do hall de entrada e corro pelo corredor até o meu quarto.

Tremendo, enterro o livro no fundo da minha mala, esperando encontrar algumas respostas mais tarde... enquanto cem novas perguntas enchem minha cabeça.

CAPÍTULO QUATRO

Ashley

A viagem para New Paltz leva cerca de uma hora e somos levados de carro pelo motorista substituto e jardineiro de Mosier, Cezar.

Anders senta-se à minha esquerda, olhando para o celular, e o suporte de couro entre nós permanece abaixado durante todo o percurso. Não conversamos, embora não consiga afastar minha curiosidade pela presença inesperada de Anders no quarto da minha mãe hoje de manhã. Por que ele estava lá? E por que estava chorando?

Penso no relacionamento deles, mas não consigo identificar nada que indique que tenham sido especialmente íntimos. Não vivi muito por lá nos últimos cinco anos, mas passava alguns dias com Tig no Dia de Ação de Graças, no Natal e na Páscoa todos os anos e voltava novamente por dois meses no verão.

Anders tinha se tornado próximo dela? Será que a amava como figura materna?

Não sei muito sobre a primeira esposa de Mosier, mas o retrato dela ainda está pendurado no escritório dele, com uma vela acesa debaixo dele o tempo todo. Na pintura, a mulher está sentada em uma poltrona formal ao lado de uma piscina, usando um vestido branco e véu. Ela segura um rosário de rosas vermelhas e pérolas rosadas, o qual Mosier me deu no meu décimo sexto aniversário. Ela está olhando para a esquerda, então é difícil distinguir sua expressão, mas um cacho loiro escapa por debaixo do véu, e seu perfil sob o pesado véu branco é muito bonito. Não sei como morreu, mas imagino que tenha significado muito para Mosier, por ele ainda ter o retrato dela em exibição.

Seus filhos quase nunca a mencionavam, embora eu tenha ouvido o nome dela uma vez.

Rozalia.

Rose.

— Anders?

— Humm? — ele grunhe, sem levantar os olhos do telefone.

— Quantos anos você tinha quando sua mãe faleceu?

Ele olha para mim, seu rosto sem expressão.

— Quatro.

Assinto, olhando para as mãos entrelaçadas no meu colo.

— Você deve ter sentido falta dela.

— Nós nos mudamos para cá logo depois — ele responde, dando uma olhada no espelho retrovisor e encontrando os olhos de Cezar brevemente.

É a conversa mais longa que tivemos em anos, mas continuo ciente de que chegaremos à escola nos próximos dez a quinze minutos e, da próxima vez que tiver a oportunidade de falar com Anders, posso ser a — engulo em seco — madrasta dele.

— Quando minha irmã começou a usar drogas de novo? — sussurro, olhando para ele.

Sua mandíbula se contrai como no jantar de ontem à noite, e seus olhos, brilhantes e profundamente infelizes, encontram os meus, piscando duas vezes rapidamente.

— Ela não estava... Quero dizer... Não sei.

— Ela estava limpa há anos.

Ele não me responde, apenas fecha os olhos e passa a mão pelos lábios e queixo.

— Eu não entendo — continuo. — Só quero...

— Não importa — diz ele. — Ela se foi. Deixe-a ir.

Meus ombros caem e olho pela janela quando saímos da estrada.

— *Por favor* — sussurro, meus olhos ardendo novamente como aconteceu naquela manhã quando senti o perfume dela. Penso no diário escondido na minha mala e espero que, se Anders não falar comigo, pelo menos o diário possa lançar alguma luz sobre seus últimos dias.

Paramos no semáforo, e Anders murmura alguma coisa.

— O quê? — pergunto, virando-me para encará-lo.

— Ela te amava — ele murmura, seus olhos brilhando quando pisca para mim novamente.

Não. Não, acho que não.

— Ela te disse isso?

— Não precisava.

Ela não me amou, meu coração protesta. Não poderia ter amado. Ela nos vendeu para Mosier. Ela me vendeu a um monstro em troca de uma bolsa Fendi cor-de-rosa.

— Eu não acho que...

— Ela *amava* — ele rosna. — Agora cale a boca.

Voltando a olhar para a janela pelo resto da viagem, uma única lágrima escorre pela minha bochecha e percebo que é a primeira vez que choro por ela desde que soube que estava morta.

Fico aliviada ao ver Anders e Cezar irem embora, deixando-me na porta da frente do edifício semelhante a um convento que serve como dormitório e sala de jantar. Do outro lado de um pequeno e bem conservado quarteirão, há um prédio acadêmico de pedra de dois andares, com uma dúzia de salas de aula para as cinquenta e duas meninas que frequentam o Ensino Médio aqui. Entre os prédios do internato e da academia, há a Capela da Santíssima Maria, o ponto central do pequeno campus. E, no meio da quadra, há uma estátua de Jesus na cruz, no topo de uma piscina quadrada, com uma fonte no meio que borbulha suavemente.

Estou em casa.

Há sete meninas na minha série, e todas são como irmãs para mim. Vivemos junto às meninas do Ensino Fundamental, no último andar, cada uma em um quarto muito pequeno e simples, com cama, cômoda, mesa e cadeira, pia e espelho pequeno. Há uma área comum de sala de estar, com sofás confortáveis, luzes de leitura, quebra-cabeças e jogos de tabuleiro, onde somos incentivadas a passar algum tempo estudando, jogando ou orando.

Não há televisões. Nenhum telefone, exceto o do escritório da Madre Superior, no térreo, perto da cozinha. Sem espelhos de corpo inteiro. Nada que encoraje o mundanismo ou a vaidade. A Santíssima Maria oferece uma educação simples e silenciosa para moças cujas famílias desejam uma experiência escolar católica ultratradicional e cuidadosa.

Minhas colegas estão na aula, mas às 11h45 os sinos tocam para a oração do meio-dia na capela, e elas retornam à sala de jantar para comer, e à tarde acontecem as aulas de música e etiqueta. A oração noturna é das 16h45 às 17h15, e o jantar é servido às 17h30 todas as noites.

Subo as escadas para o terceiro andar, observando que tenho cerca de uma hora antes da oração e do almoço para desfazer a mala e me refrescar. Coloco minhas roupas recém-lavadas de volta na cômoda e visto o uniforme da escola: uma blusa de algodão branco, saia com cinto azul-marinho, sapatilhas azul-marinho e suéter azul-marinho com o brasão da escola em vermelho. Escovo meu cabelo e faço uma trança embutida nele, deixando-o tão longo que quase toca o cinto, depois o prendo com um simples elástico azul-marinho.

Com mais de quarenta minutos de sobra, pego o diário da minha mãe da mala quase vazia. Enquanto parte de mim está desesperada para saber o que há lá dentro, outra parte tem medo do que vai encontrar. Sento-me à mesa, olhando para a capa.

É uma foto de Marilyn Monroe ajoelhada em uma cama rosa com uma caneta também rosa entre os dentes. Um chumaço redondo de penas na parte de trás da caneta toca sua bochecha e seu sorriso é amplo, como se ajoelhar em uma cama com uma caneta fofa na boca fosse a coisa mais divertida que ela já fez. Coloco a mão sobre a capa do diário e fecho os olhos, fazendo uma rápida oração:

Querido Senhor, o que quer que esteja neste diário, oro para que me dê respostas, mesmo à custa da paz. Preciso saber o que aconteceu com Tig, Senhor. Sinto que não poderei seguir em frente até saber mais sobre como minha mãe viveu e como ela morreu. Por favor, ajude-me. Em nome do Pai, do Filho, do Espírito Santo. Amém.

Respirando fundo, abro os olhos e começo.

Dia 1 da NOVA VOCÊ!

Querido Diário,

Jesus, isso é brega. Posso ser tão brega assim? Acho que posso. Quem vai ler esta merda triste além de mim? Ninguém. Só eu mesma.

Além disso, veja só esse maldito título: NOVA VOCÊ!

(Dá vontade de vomitar.)

A dra. Covey me deu este diário no meu último dia de reabilitação. Ela disse que poderia me ajudar a me fortalecer se eu anotasse meus pensamentos. Ok, certo. Isso foi há mais de dois anos, e essa coisa está na minha gaveta, acumulando poeira desde então.

Toda essa porcaria que eles me ensinaram na reabilitação sobre "um dia de cada vez" e "você vai conseguir" é besteira. É a primeira coisa que quero dizer. Nada disso ajuda. Nada disso me faz parar. Eu sei que deveria parar. Até sei que isso vai me matar. Mas quer saber? Não ligo. O quanto isso é patético? Não dou a mínima se morrer, exceto... Porra. Exceto pela criança.

Meus pais a colocariam em um orfanato para que não tivessem que cuidar dela, e depois? Acabou de fazer 13 anos, já tem peitinhos e uma bundinha linda. Ela é adorável, assim como eu. Seria estuprada dez vezes no domingo antes de fazer 14 anos. Gus tentaria levá-la, mas ele não está em melhor situação que eu, passando de um filho da puta sádico para outro antes que seu traseiro mal tenha chance de parar de sangrar. Eu vou ter uma overdose, e Gus vai morrer de AIDS, e podem nos enterrar lado a lado por toda a eternidade. Ah, porra. Seria engraçado se não fosse tão trágico.

Além disso, tem a garota. A âncora de mil pesos amarrada ao meu pescoço. Não me sinto livre desde o dia em que a tive.

Vejo os olhos dela quando trago alguém para casa. Tento não olhar, mas vejo. Ela me odeia e pensa que sou uma vagabunda. Bem, eu sou uma vagabunda. E ela pode me odiar o quanto quiser. Eu sou tudo que ela tem.

Nós ficamos bem por um tempo. Eu fiquei limpa. A garota estava indo para a escola particular. Não sei quando as coisas começaram a desandar. Só sei que estão desandando agora e devo parar de usar, mas não consigo. Não consigo, ok?

Perdi a hora para o trabalho esta manhã e eles contrataram Jane "Peitos Falsos" Simpkins para fazer as filmagens. Um pouco atrasada e estou fora. Bem, fodam-se eles. Se querem Jane Falsa, eles podem tê-la. Vou encontrar um programa diferente. Miranda diz que sou um pé no saco e venenosa e ninguém quer me contratar, mas, porra, eu também sou Tígin. A vadia mais jovem a reinar na passarela desde Twiggy. Então ela pode estofar a calcinha de vovó e me ligar quando estiver pronta. Vogue, Elle ou alguém vai ligar. Até então, vou usar este diário e fazer minha própria reabilitação por um tempo.

Vou seguir um dia de cada vez na PORRA do meu tempo: TIG, você VAI CONSEGUIR, e eu farei macarrão com queijo para o jantar para a criança e a deixarei assistir Survivor comigo depois, porque ela gosta.

Vou me colocar de volta nos trilhos.

Vai ficar tudo bem.

Tig

Xxxxxxx

Dia 2 da NOVA VOCÊ!

Caro MALDITO Diário,
FODA-SE MIRANDA.
FODA-SEFODA-SEFODA-SE.
FODA-SE SUA TRISTE VIDA PATÉTICA COMO AGENTE PORQUE ELA NÃO PODIA ME CORTAR EM FRENTE À PORRA DAS LENTES, que foi exatamente o que eu disse a ela.

Um catálogo? Um maldito catálogo? Está me zoando? Faz quatro semanas que não tenho um trabalho, então ligo para ela, para ver o que está acontecendo, e ela me oferece uma porra de uma sessão de catálogo?

Eu pareço uma modelo de catálogo para você, sua vaca míope?

"O que você acha, Tig? É o melhor que posso fazer."

Sabe o que eu disse?

Eu disse: "ENFIE A PORRA DO CATÁLOGO NO CU."

Então ela falou que era o fim.

Bem assim. Depois de oito anos, porra. ERA O FIM.

Bem, FODA-SE, MIRANDA, e boa sorte em conseguir oito anos com a Jane Falsa.

Eu já estava de saco cheio dela, de qualquer maneira. Vou encontrar outra pessoa para me representar, pelo amor de Deus.

Liguei para Gus e ele disse para enviar flores para Miranda, pedir desculpas e aceitar o trabalho do catálogo. Então, enquanto estava conversando com ele, o proprietário ligou novamente por causa do aluguel de abril, mas foda-se também. Ele pode enfiar seu dinheiro no cu também. Eu voltarei. Eu <u>sempre</u> volto.

Foda-se o proprietário.

Foda-se Gus.

Foda-se Miranda.

Foda-se este diário.

E foda-se a garota olhando para mim com olhos grandes, esperando que eu fique em casa esta noite. De jeito nenhum. Vou sair.

Tig

Xxxxxxx

48   KATY REGNERY

CAPÍTULO CINCO
Ashley

Fecho o diário com firmeza e me levanto, encarando-o como se fosse uma cobra enrolada.

Lembro-me daqueles dias logo após o meu décimo terceiro aniversário, pouco antes de minha mãe conhecer Mosier. Foram apenas algumas semanas, mas Tig estava fora de controle, bebendo e fumando todas as noites. Mal parecia viva quando eu saía para a escola e mal ficava acordada quando eu chegava em casa, apenas para começar o ciclo novamente às nove ou dez da noite.

Foi um período confuso, desesperador e caótico. Enquanto ela estava se movendo em espiral, eu estava apenas tentando terminar a sétima série sem mãe, sem pai, sem ninguém.

Ela amou você.

Lembro-me das palavras de Anders desta manhã e levanto meu queixo, desafiando-as. Ela me *amou*? Ela nem usa meu nome no diário dela. Eu era uma inconveniência para seus planos de suicídio. Amor? Não enxergo isso. Não enxergo nem sinal disso. Apenas alguma responsabilidade relutante para que eu não fosse estuprada.

Uau, penso, tremendo com a grosseria dos pensamentos dela sobre mim. *Que mãe!*

Ela pode me odiar o quanto quiser.

— Que bom — soluço, afastando-me da mesa, enquanto vejo o sorriso radiante de Marilyn —, porque te odeio, *sim*!

Minhas colegas de classe me abraçam enquanto eu me sento para a oração do meio-dia, e mais tarde a irmã Agnes se senta ao meu lado no jantar. A Madre Superiora faz uma oração especial pela alma de Tig, e meu espírito e batimentos cardíacos lentamente retornam ao normal, enquanto permito que a doce paz da escola me envolva.

No entanto, o que realmente desejo é ficar a sós com o Padre Joseph.

Ele é um dos dois padres que trabalham na Academia da Santíssima Maria e o único que trabalha lá em período integral, vivendo em uma pequena reitoria adjacente à capela. Ele tem mais de 60 anos, cabelos brancos e rugas, entretanto, depois de Gus, eu o amo mais do que tudo no mundo. Embora nosso relacionamento se limite principalmente ao confessionário, ocasionalmente, temos longas conversas sobre vida e fé. Certa vez, cronometrei nossa conversa mais longa: quase duas horas. A maneira como ele me escuta, interrompendo-me de vez em quando para esclarecer um ponto ou sugerir algo, me diz que sou ouvida. E valorizo o fato de ser ouvida, já que poucas pessoas na minha vida se importam com isso.

Ele não me abraça, me beija, nem sorri para mim mais ou menos do que para as outras garotas da escola. Não me favorece nem se esforça para me fazer sentir especial. Contudo, ele me entende, e é mais um pai para mim do que Tig já foi mãe.

Ele me ama como Jesus ama a todos nós — de uma maneira paterna, quase sobrenatural, que não tem começo nem fim, um amor entregue livremente não porque o merecemos ou o conquistamos, mas porque algo em seu coração o obriga a nos amar, não importa o que aconteça. Às vezes, me pergunto se o amor incondicional do Padre Joseph é o que existe entre minha vida e uma vida como a de Tig. Por causa dele, acredito que Deus nos ama. Por causa dele, eu quero ser boa.

E espero, desesperadamente, que ele possa me ajudar.

A confissão é oferecida seis vezes por semana, porém o Padre Joseph está no confessionário apenas nas manhãs de quarta e sábado, por isso tenho que esperar um dia até poder falar com ele.

Acordo às cinco da manhã para tomar banho e me vestir.

Evitara o diário de Tig nos dois últimos dias, embora pareça que o rosto de Marilyn me provoca com seu sorriso sexy sempre que olho para minha mesa. Tentei virá-lo, mas a parte de trás do diário mostra a bunda dela, e Deus me livre que uma das freiras o veja! Parte de mim quer guardar o diário na gaveta dos fundos da mesa e esquecê-lo, mas uma parte maior está reunindo coragem para voltar a ler.

Preciso entendê-la. Tig. Teagan. Minha irmã falsa. Minha mãe secreta. Quero saber como ela morreu.

Às seis horas, atravesso o campus tranquilo e entro na Capela da Santíssima, aliviada ao ver que a luz verde sobre o lado do confessionário do Padre Joseph está acesa, o que significa que ele está disponível. Não são muitas as adolescentes que gostam da ideia de acordar de madrugada para jogar conversa fiada com um padre, então sei que provavelmente não seremos interrompidos.

Abro a pesada porta de madeira à direita da dele e entro no pequeno espaço escuro e silencioso. Ajoelho-me sobre a almofada de veludo e me benzo. Quando abro os olhos para o perfil obscuro do Padre Joseph, atrás da tela de metal que nos separa, minha alma cansada se eleva.

Certamente aqui vou encontrar meu caminho.

— Perdoe-me, padre, porque pequei.

— Quanto tempo faz desde a sua última confissão, minha filha?

— Uma semana — sussurro, as palavras soando estranhas em meus ouvidos.

Como minha vida pode ter mudado tanto em uma semana tão curta?

— Continue.

— Minha irmã se foi — conto —, e não sei como me sentir. Minha mente vaga ao funeral dela. E... e meus sentimentos têm sido muito misturados, muito confusos, desde que ela morreu.

Faço uma pausa, como sempre faço durante a confissão, para deixar o Padre Joseph falar.

Ele limpa a garganta.

— É normal sentir-se confusa após a morte de um ente querido. Há coisas que gostaríamos de ter dito, perguntas que gostaríamos de ter feito. Você teve a chance de se despedir dela?

— Não — sussurro. — A morte dela foi repentina e inesperada.

Ele inspira fundo, depois libera o ar.

— Mais uma razão para se sentir inquieta, minha filha.

Meus olhos ardem em lágrimas, mas eu os pisco, o que me lembra de Anders no carro.

— O enteado da minha irmã parece muito chateado com a morte dela.

— Todos os membros de uma família, não importa o quanto sejam próximos ou distantes, sofrerão de maneira diferente.

— Mas ela não era mãe dele de verdade.

— Você o inveja pelos sentimentos dele?

— Não — respondo rapidamente, inclinando-me para apoiar os cotovelos na prateleira entre nós. — Simplesmente não sabia que ele se importava com ela.

O Padre Joseph fica em silêncio por um momento antes de responder.

— Tenha cuidado para não fazer suposições, minha filha. A morte de sua irmã pode ter bagunçado suas memórias.

Penso no porta-retrato rosa e assinto.

— Claro.

— Gaste tempo em oração. Busque a voz de Deus em seus momentos calmos. Ele te confortará. Ele é o único que pode lhe dar a paz que você deseja.

— Obrigada, padre.

Ficamos em silêncio enquanto eu absorvo suas palavras, um tratado de paz que me envolve apenas com sua voz. Fecho os olhos e respiro profundamente, deixando o ar expandir meus pulmões e nutrir meu sangue. É tão bom estar de volta à escola...

... exceto por meu tempo aqui ser finito. E meu futuro paira pesado e horrível no horizonte após a formatura.

— Padre — começo, mas minha mente se enche de imagens de Mosier ajoelhado diante de mim, suas mãos invadindo partes sagradas e proibidas do meu corpo. Um renovado senso de horror me arrepia. Fecho os olhos com força enquanto estremeço. — Padre, meu... m-meu... ele... ele...

— Minha filha?

Abro os olhos e deixo escapar.

— Meu padrasto tem planos de se casar comigo.

— Seu... *padrasto*?

— Sim. Marido da minha mãe. Ele... ele diz que devo me casar com ele. Ele citou o livro de Deut...

— Srta. Ellis — ele diz subitamente.

— Padre?

— Quem é esse *padrasto*? Li o obituário de sua irmã há três dias. Pelo que entendi, seus pais estão vivos e ainda casados.

Oh, Oh, meu Deus. Oh...

— Meu cunhado! — choro, percebendo meu erro como um raio. Nunca contei a ninguém na Santíssima Maria que Tig é minha mãe biológica. Nem mesmo ao Padre Joseph, a quem eu amo. — Falei errado, padre! Quis dizer o meu... meu cunhado!

Há um movimento no espaço ao meu lado, e o Padre Joseph se levanta. Um momento depois, a porta se abre e se fecha. Dentro do confessionário, sinto-me congelada. Não sei o que fazer.

— Srta. Ellis, saia do confessionário.

Com pernas trêmulas, levanto-me. Ao dizer a verdade, expus minhas mentiras. Na Igreja. Ao Padre Joseph. Girando a maçaneta lentamente, saio para a capela, mantendo os olhos baixos.

— Olhe para mim, senhorita.

Cerrando a mandíbula, levanto os olhos e o encaro, meus nervos se desgastando a cada segundo.

— Parece que há uma confusão. Você se referiu ao homem casado com sua falecida irmã como seu padrasto com certa convicção.

— Não. — Engulo em seco. — Padre Jo...

— Sim. "Marido da minha mãe", foi o que você disse. Foi muito clara há um segundo. — Seus olhos azul-claros perfuraram os meus. — O viúvo de sua irmã é seu cunhado. O viúvo de sua mãe seria seu padrasto. Não podemos avançar em nossa conversa sem transparência. Então, por favor, me diga a verdade: qual é?

Olho para ele com os olhos arregalados, a mandíbula frouxa e a boca seca. Não posso mentir para ele. Não posso.

O Padre Joseph respira fundo e suspira, acenando com a cabeça, seus olhos mudando de suspeita para empatia diante dos meus.

— Srta. Ellis — ele diz, apontando para um banco. — Sente-se.

Com pernas moles como geleia, vou até o banco e me sento. Durante a maior parte da minha vida, fui proibida de falar de Tig como minha mãe. Na minha certidão de nascimento, está o nome da minha avó. Gus sabe a verdade apenas porque Tig contou a ele, uma noite, muito, muito tempo atrás, quando ela estava mais louca do que o Batman. Mas ninguém mais sabe.

Exceto agora... alguém sabe. E, quando ele se senta no banco em frente ao meu e se vira, apoiando o cotovelo na parte de trás do banco entre nós, posso ver a compreensão em seus olhos castanhos.

— Somos formais no confessionário — ele fala gentilmente —, mas sei que é você quando nos falamos nas manhãs de quarta-feira, srta. Ellis. É a única aluna que vem às confissões às quartas-feiras e, preciso dizer, fico muito ansioso por nossas conversas, por vê-la crescer, amadurecer e se tornar uma bela jovem. — Ele faz uma pausa, apertando os lábios por um momento antes de continuar. — Mas você também é um cordeiro em um rebanho maior. Meu amado rebanho. Conheço todas as minhas alunas e rezo por todas vocês regularmente. — Seus olhos procuram os meus. — Eu sei, por exemplo, que sua irmã mais velha partiu recentemente desta vida, srta. Ellis. Sei que ela e o marido eram financeiramente responsáveis pela sua mensalidade. Seus pais, como eu entendo, são galeses e escolheram se envolver pouco na vida de suas filhas.

Ele conhece o roteiro da minha vida falsa.

Inclina a cabeça para o lado.

— Olhe nos meus olhos e diga que as informações que declarei, que foram escritas em seus formulários de admissão, são verdadeiras.

Não consigo. Então olho para longe.

Ele suspira pesadamente.

— Srta. Ellis, você é católica. Eu sou católico. Embora os tempos estejam mudando, em algumas famílias, uma criança nascida fora do casamento ainda é considerada um ponto de profunda vergonha para aqueles de nossa fé. No confessionário, você se referiu à sua irmã como sua mãe e mencionou um padrasto. Preciso reiterar que, antes que possamos continuar, deve haver transparência entre nós, ou não poderei guiá-la e aconselhá-la. A mulher que você identificou durante toda a sua vida como sua irmã, na verdade, é sua mãe?

As lágrimas que se acumulam em meus olhos deslizam pelas bochechas, trilhando um caminho para o meu queixo.

— É — murmuro, olhando para o colo, ainda incapaz de olhar o Padre Joseph nos olhos.

— Entendo.

— Me desculpe, eu menti para o senhor. Quebrei o nono mandamento.

— Sim, você mentiu — ele responde gentilmente —, mas obedeceu ao quarto, por honrar sua mãe e seus desejos de aparecer como sua irmã aos olhos do mundo.

Levanto os olhos agora, porque sou muito grata por sua gentileza, pelo modo como ele entende, como releva meus anos de mentira e os perdoa em um instante.

— Obrigada, padre — sussurro.

— Você é filha única?

— Sim, padre.

— E sua irmã... Desculpe, quero dizer, sua mãe, se casou vários anos antes de sua morte, sim? Com um homem chamado Mosier Răumann. Seu *padrasto*.

— Sim, padre.

— Agora podemos prosseguir. Por favor, repita o que me disse no confessionário, srta. Ellis.

Usando as costas das minhas mãos para enxugar as lágrimas, levanto os olhos, encontrando os dele.

— Ele... bem, parece que meu padrasto tem um plano em mente há algum tempo. Ele quer que eu... Quero dizer, *insiste* que eu me case com ele depois da formatura.

— Insiste? — pergunta o Padre Joseph. — Mas o casamento é uma união de consentimento mútuo.

— Ele é muito... forte.

Por favor, me ajude, oro silenciosamente. *Por favor, padre, por favor, me ajude.*

Padre Joseph estremece, seus olhos profundamente perturbados quando olha para mim.

— Além do fato de você não apreciar, ele é consideravelmente mais velho do que você.

— Sim, Padre. Mais de trinta anos.

O Padre Joseph recua, afastando-se de mim enquanto partilho essas informações, embora seus olhos permaneçam fixos nos meus. Finalmente, ele levanta o queixo.

— Srta. Ellis, aos olhos da Igreja, um relacionamento entre padrasto e enteada é considerado consanguinidade. Incesto. É totalmente proibido.

— Ele acredita que eu seja sua cunhada.

— Sim, claro. — O Padre Joseph assente. — E é por isso que você deve contar a ele sua verdadeira identidade. Deixe claro que não pode se casar com ele. Afinal, seria um pecado mortal. Depois que ele entender que você é realmente sua enteada, retirará sua oferta.

Eu não me importo, de qualquer maneira. Eu possuo você, cenuşǎ. Comprei você. Seu corpo é meu! Sua virgindade é minha! Sua boceta é minha! Seu ventre é meu, e vou enchê-lo de...

Um som louco e estridente escapa dos meus lábios. É uma risada feia, e ecoa pelo espaço sagrado, misteriosa e errada.

— Srta. Ellis?

— V-você não o conhece. — Minha voz vacila. Respiro fundo, tentando acalmar meus nervos, sem sucesso. — Padre, acredite em mim quando lhe digo: ele me forçará a ser sua esposa. Independentemente de qualquer coisa.

— Ele colocaria sua alma em perigo?

Em um piscar de olhos, penso. *Ele não se importa comigo, com meu coração ou com minha alma. Sente que é meu dono. Deixou isso bem claro.* Sentindo-me sem esperança, deixo a cabeça cair para a frente e cubro o rosto com as mãos, sentindo medo e vergonha me inundarem como chuva fria.

Um longo silêncio permanece pesado entre nós antes que o Padre Joseph fale novamente.

— Srta. Ellis, talvez seus avós possam falar com ele. Poderiam explicar que sua mãe era muito jovem quando você nasceu, e eles entraram como figuras paternas para você?

Meus avós já estão de volta ao País de Gales, mas lembro-me de seus rostos do outro lado da mesa de reunião no funeral da minha mãe, e estou mais certa do que nunca de que eles sabiam dos planos de Mosier para mim, mas foram convencidos a ignorá-los em troca de uma vida confortável. Ou talvez apenas me odiassem tanto por existir que não se importavam com o que aconteceria comigo. Ou estivessem felizes por eu ser forçada a me casar com Mosier, condenando minha alma ao inferno. Isso também é possível.

— Eles deixaram o país — digo suavemente — e não voltarão.

— Por que não? — Ele estreita os olhos.

— Meu padrasto só irá mantê-los financeiramente se permanecerem no País de Gales. Eu não tinha certeza, na época, mas agora acredito que ele, deliberadamente, se livrou deles para que não pudessem interferir nos seus planos de se casar comigo.

O Padre Joseph suspira profundamente:

— E seu pai? Você tem contato com ele?

— Nunca o conheci. Minha mãe nunca me contou quem ele era.

— Sinto muito — lamenta o Padre Joseph, com os olhos tristes, mas sempre bondosos. — Sem família para intervir em seu nome, srta. Ellis, posso me responsabilizar a entrar em contato com seu padrasto e explicar...

— Não! Por favor, não! — Meus olhos devem estar arregalados enquanto me inclino para a frente no banco. — Ele viria me pegar. Ele me levaria. Eu ficaria presa com ele. Por favor, não diga nada a ninguém, padre. Por favor, não ligue para ele! — Soluço ao me lembrar da crueldade aterradora de seus planos, da falta de humanidade sombria em seus olhos. — Ele foi muito claro sobre seus... desejos. Quer que eu tenha muitos filhos para ele e...

Ele levanta uma única mão para me parar.

— Não preciso de mais detalhes.

— Não ligue para ele — peço, minha voz sumindo em um soluço.

— Acalme-se, minha filha. — Ele dá dois tapinhas na minha mão gentilmente. — Você deve entender que ele merece saber a verdade.

— Por favor — imploro. — No momento em que souber, virá aqui e me levará. Ele é poderoso, padre. Determinado. Virá me pegar, e eu ficarei sob o controle dele. Indefinidamente. Para sempre.

— Você está perturbada — observa o Padre Joseph, olhando-me atentamente. — Acho que será bom se distanciar por alguns dias, srta. Ellis. Sua mãe foi enterrada na segunda-feira. Você precisa de um pouco de tempo em algum lugar calmo para fazer as pazes com a perda.

Penso nisso por um momento. Ser mandada para longe do Padre Joseph e da escola parece assustador por um lado, mas, por outro, quanto mais distante eu ficar de Mosier, melhor.

— Enquanto estiver fora, vou ligar para o seu padrasto e explicar tudo. — Ele se mexe no assento. — Seus avós estão no exterior, mas você tem outro lugar para ir? Apenas por alguns dias, enquanto essa situação estiver resolvida?

— Não. Não há ninguém. Estou completamente s... — *La Belle Époque Galerie ~ 5900 Shelburne Road ~ Shelburne, VT ~ 05482.* Claro. Gus. — Sim. Tem alguém. O melhor amigo da minha mãe. Meu padrinho.

— Seu padrinho. — A expressão do Padre Joseph relaxa. — Ele ficaria com você por alguns dias? Se pudesse passar uns dias com ele, me daria a oportunidade de falar com seu padrasto em seu nome e resolver isso.

Um plano instantâneo se materializa em minha mente: se eu pudesse chegar a Gus, talvez, apenas talvez, estivesse a salvo de Mosier. Poderia me esconder com ele por um tempo. Para sempre.

Gus. Seu nome é uma bênção na fúria da minha mente. Lembro-me dos meses felizes que passei com ele enquanto Tig estava em reabilitação, a visão bem-vinda de seu rosto no funeral na segunda-feira, e um sentimento caloroso toma conta de mim, meu coração trovejando com repentina esperança.

— Você gostaria de usar o telefone na reitoria para fazer os planos?

— Não preciso — respondo, enxugando os restos de lágrimas nas minhas bochechas. — Sei que sou bem-vinda. — *A qualquer hora, a qualquer dia.*

— Muito bem. Vou escrever uma permissão de saída para você. Pode ir na sexta-feira à noite, quando terminarem as aulas do dia. Vou levá-la até a estação de trem ou de ônibus.

— E o senhor entrará em contato com Mosier?

— Sim. Deixe-me ser muito claro, srta. Ellis: sinto fortemente que é necessário saber a verdade. Visto sob certa luz, ele é tão vítima quanto você, recebendo mentiras de sua cônjuge durante toda a união deles. Peço-lhe, também, que procure em seu próprio coração. Os relacionamentos entre padrastos e enteados são, muitas vezes, desafiadores, mas talvez ele não seja tão ruim quanto você teme. Talvez a oferta de se casar fosse apenas uma maneira equivocada de garantir que fosse cuidada após a morte de sua mãe. Mas, se ele tiver Cristo em seu coração, entenderá que um casamento entre vocês é impossível.

O rosto de Mosier, furioso e determinado, aparece na minha mente, e eu estremeço, pegando a mão do Padre Joseph.

— Ele está ligado... a coisas ruins, padre. Eu temo pelo senhor.

— Que tipo de coisas ruins?

Não sei como responder — por onde começar. Quando me atrapalho, ele continua falando, e o momento está perdido.

— Acalme-se, srta. Ellis. Eu sou padre. Deus vai me proteger. — Ele dá um tapinha na minha mão antes de soltá-la. — Mas tenho certeza de que não precisarei de proteção. Seu padrasto é um homem de negócios, certo?

Concordo com a cabeça lentamente, perguntando-me se o Padre Joseph pode entender o tipo de "negócio" sórdido com o qual Mosier trabalha.

— Então tenho certeza de que é um homem razoável. Tenho plena fé de que, assim que souber a verdade, retirará sua oferta. E então você poderá voltar para a escola e se reconciliar com ele.

A maneira como o Padre Joseph diz tudo isso, com tanta convicção silenciosa, me faz pensar se é realmente possível. Não que eu quisesse um relacionamento com Mosier e seus filhos depois da minha formatura na escola — na verdade, agora que um plano para me conectar com Gus se formou em minha mente, eu sei exatamente para onde quero ir quando terminar a escola —, mas gostaria de participar da minha família adotiva em bons termos. Afinal, tínhamos minha mãe em comum.

— Não tenho dinheiro para chegar a Gus.

— A irmã Agnes pode preparar comida para que leve, e eu pagarei a passagem de ônibus ou trem — diz o Padre Joseph — para que você possa chegar aonde precisa ir.

Assinto.

— Meu padrinho mora em Shelburne, Vermont, padre. O senhor sabe onde fica?

— Não. Mas podemos procurar em um mapa e descobrir como chegar até lá. — Pela primeira vez, desde que começamos a falar, ele sorri para mim. — Lembre-se de não se acostumar muito a Vermont, srta. Ellis. Espero que volte para cá na próxima semana.

Visto sob certa luz, ele é tão vítima quanto você... Seu padrasto é um homem de negócios... um homem razoável... Talvez a oferta dele de se casar seja apenas uma maneira equivocada de garantir que fosse cuidada após a morte de sua mãe.

Examino as palavras do Padre Joseph, testando-as para ver se elas repercutem comigo. A sensação não é boa, mas sempre me senti desconfortável com Mosier, porque nossa vida mudou drasticamente quando nos mudamos para morar com ele. Talvez o Padre Joseph tenha razão, e eu esteja muito próxima da situação para ver claramente.

Será que fui injusta com Mosier? Ele é grosseiro e cruel, é claro, e a segurança em sua casa sempre fez minha mente contar histórias maldosas, mas ele também pagou pela minha educação e foi financeiramente responsável por minha mãe enquanto estavam casados.

Confusa com meus pensamentos caridosos, franzo a testa, muito certa de uma coisa:

— Acho que ele ficará com muita raiva.

— Ele tem direito à raiva — diz o Padre Joseph. — Foi enganado por sua esposa por muitos anos, e as revelações que compartilharei com ele podem ser dolorosas de serem processadas em vários níveis. Mas acredito que, uma vez que conheça todos os fatos, perceberá que cuidar de você no futuro não pode incluir o casamento. Confie em mim, minha filha. Acredite em Deus.

Acredite em Deus, penso, respirando profundamente pela primeira vez em dias e sentindo todos os meus músculos tensos e doloridos finalmente relaxarem.

Arrisco um pequeno sorriso para o meu salvador e protetor.

— Então posso ficar com Gus por um tempo? Simples assim?

— Você concluiu todos os requisitos para a graduação, srta. Ellis. Além disso, tem dezoito anos. Uma adulta. Pode ir aonde quiser, mas, sim. Vou escrever uma permissão para você ficar longe de nós por mais ou menos uma semana. O tempo fora vai fazer bem. Estou certo disso. — O Padre Joseph sorri de volta para mim. — Enquanto isso, vou resolver as coisas com seu padrasto e você pode voltar para a escola quando estiver pronta. O que acha?

Com um suspiro de intenso alívio, concordo e meu sorriso se amplia.

É um plano. Um plano real. Um bom plano, com o melhor homem do mundo no comando. Estou tão esperançosa por seu sucesso que meus ombros relaxam e lágrimas de gratidão começam a cair.

— Obrigada. Muito obrigada. Eu estava tão assustada, padre. Tão assustada.

— Não há necessidade — diz o Padre Joseph, levantando-se quando a sirene toca para o café da manhã. — O que temos aqui, mais do que tudo, é um mal-entendido, minha filha. Tenho certeza de que, assim que esclarecermos, tudo ficará bem.

Na sexta-feira à noite, enquanto minhas colegas de classe são convocadas para jantar por um arauto de sinos, o Padre Joseph me leva até a estação Amtrak de Poughkeepsie, e meus olhos se enchem de lágrimas quando dou adeus a ele da janela do trem.

O que minhas amigas e irmãs sabem é que vou passar uns dias fora com um amigo da família, algo que acontece regularmente entre os estudantes da Santíssima Maria. Mas meu coração não está leve como o deles estaria. Desde quarta-feira de manhã, tenho mergulhado em pensamentos e orações, e o que estou fazendo neste trem pode ser resumido em uma palavra: *fugir*.

Eu estou fugindo.

Deitada na cama nas duas últimas noites, olhando para o teto, repetira as palavras de Mosier na cabeça em um ciclo interminável: *casei-me com ela... por você. Eu possuo você,* cenuşă*. Eu te comprei.*

Os últimos cinco anos foram um jogo de espera para Mosier, o que me faz pensar se é uma coincidência que, um mês depois do meu décimo oitavo aniversário, minha mãe tenha morrido misteriosamente. O *timing* é, no mínimo, inquietante.

Quando o trem se afasta da estação, aceno para o Padre Joseph uma última vez, observando enquanto ele deixa a plataforma e volta para o estacionamento. Quando não consigo mais vê-lo, fico de frente, pensando no encontro com Mosier.

Ele prometeu não ligar para Mosier ou marcar a reunião até que eu saísse da cidade, mais por consideração aos meus sentimentos, acredito, do que porque ele pense que meu padrasto seja capaz de ações nefastas. Ainda hoje, a caminho da estação de trem, o Padre Joseph reafirmou sua crença de que, uma vez que Mosier entendesse as circunstâncias do meu nascimento, retiraria sua oferta de casamento.

Eu gostaria de ter a fé do Padre Joseph em Mosier, mas não tenho.

Tenho muito mais fé no temperamento de Mosier e na vontade implacável de conseguir o que ele quer. Acho que a revelação de quem são meus pais deixará meu padrasto furioso, contudo, não acredito que isso o impeça de querer me possuir.

É pouco depois das cinco horas, e o trem chegará à estação em Westport, Nova York, logo após as nove, o que me deixa com várias horas para ler. Respiro fundo. É hora de enfrentar meus demônios novamente.

Inclinando-me, puxo minha mala de debaixo do assento na minha frente, abro-a e encontro o diário de Tig.

Dia 8 da NOVA VOCÊ!

Querido Diário,

Grande dia.

HOJE FOI UMA PORRA DE UM GRANDE DIA.

Levei a garota às compras na Rodeo, para deixá-la felizinha e, porque FERREI MINHA VIDA, eu precisava de um tempo sem me sentir uma merda. Então, coloquei um macacão ridículo da Zimmermann da temporada passada que praticamente mostrava minha bunda inteira e disse à criança que ela poderia pegar emprestado o que quisesse do armário. É claro que ela escolheu meus jeans Alexander Wang, porque é uma biscatezinha pequena e magra e sabe que não caibo nele.

Seria um diazinho de merda entre mãe e filha, andando empertigadas na Drive, quando um idiota em uma limusine encosta e baixa sua janela.

A criança está tomando sorvete e olhando para os fones de ouvido na vitrine da B&O, então paro perto do carro e abaixo meus óculos de sol aviadores Gucci. ENTÃO?

O maldito me pergunta QUANTO?, como se eu fosse uma prostituta.

Que idiota.

QUANTO? Pergunto de volta, HUMM. CINCO MILHÕES DE DÓLARES E UMA MANSÃO NO INTERIOR.

FEITO, diz o filho da puta, olhando para a garota e depois para mim. ENTRAREI EM CONTATO.

Sorri para mim, fecha a porra da janela e vai embora.

Okkkk. Esquisito.

Eu me viro e vejo essa putinha rica caminhando em direção à criança. Estilo zero, gorda pra caralho, mas ela tem uma bolsa Fendi rosa-clara no ombro e foda-se se minha filha não merece uma bolsa Fendi também.

Agarro o braço dela e vamos para Fendi, mas, PUTA MERDA, meus cartões não funcionaram, e eles pegaram a maldita tesoura para cortá-los. Dei um ataque, porque... POR QUE VOCÊ TEM QUE SER UMA CADELA, MARY? Elas obviamente sabem quem eu sou, porque pedem um segurança para escoltar a "srta. Tig" da loja.

A criança fica toda nervosa, puxando meu braço e dizendo que não quer a bolsa, de qualquer maneira. Então jogo essa merda bem na mulher do caixa e digo a ela o que penso. A garota me arrasta porta afora, pegamos um táxi e damos o endereço para o motorista antes que os policiais possam chegar.

NÃO PRECISO DE UMA BOLSA FENDI, ela diz, como se eu fosse uma inútil de merda, e preciso controlar tudo dentro de mim para não tirar aquele tom hipócrita de sua voz com um tapa.

Ligo para Gus a fim de saber para onde iremos hoje à noite, mas ele não atende. O filho da puta provavelmente deve estar trepando com um pau grosso matador que tem problemas com o pai. Ele precisa ser mais cuidadoso.

Quando chegamos em casa, a luz da secretária eletrônica está piscando.

Foda-se a minha vida, por favor, faça com que seja trabalho.

E é.

Bem, mais ou menos.

É um tipo diferente de trabalho.

Sente só...

A casamenteira de Hollywood, Chanel Harris-Briggs — observação: que tipo de nome é esse? — quer marcar um encontro comigo e com o cara da limusine. O nome dele é Mosher, acho, e ele é cheio da grana. SE EU CONCORDAR, ele enviará seu MALDITO JATO para mim no sábado, para que possamos jantar em NOVA YORK.

SE EU CONCORDAR, PORRA? Está brincando comigo?

Claro, respondo. Eu ficaria encantada em jantar com o sr. MOSHER.

ROWMAN, ela diz. MOSHER ROWMAN.

ÓTIMO, eu digo. SÁBADO SERÁ.

Então ela me diz que uma limusine vai me buscar às quatro horas, jantaremos em Manhattan às nove e estarei em casa em Los Angeles na manhã seguinte no voo da madrugada.

SR. ROWMAN terá prazer em enviar uma babá para a criança, diz a porra da Chanel Bunda Mole.

Mas a garota prefere que Gus seja sua babá, porque gosta mais do traseiro de viado dele do que de qualquer outro, então eu digo: NÃO, OBRIGADA, ELA JÁ TEM QUEM CUIDE DELA.

Desligo o telefone e tenho que admitir que talvez minha mãe estivesse certa.

BOAS COISAS ACONTECEM COM PESSOAS QUE NÃO AS MERECEM.

E eu acabo de achar um sugar daddy para mim, na hora certa.

Tig

Xxxxxxx

Dia 11 da NOVA VOCÊ!

Querido Diário,

PORRA.

PORRA PORRA PORRA.

O que vou fazer? Que porra eu vou fazer?

Estou no Centro de Tratamento Hillendale em Irvington, Nova York. Cheguei aqui hoje. Como? PORRA! Prepare-se. Vou contar.

Lembra do cara da Rodeo Drive? O velho que fui conhecer em Nova York? Isso foi há duas semanas, e um monte de coisas aconteceram desde então.

Ele me pediu em casamento naquela noite. No nosso primeiro encontro. Pensei que estivesse brincando, então eu disse que sim.

Quero dizer, tudo correu de acordo com o cronograma. O jato dele me pegou no aeroporto de Los Angeles. Um helicóptero me levou de Newark para Manhattan. Entrei no restaurante mais chique da cidade e descobri que ele havia alugado a adega.

Caviar? Sim, por favor. Champanhe? Pode ser. Filé mignon? Meu favorito.

E olha só: ele não coloca a mão em mim em nenhum momento. Puxa minha cadeira. Paga meu jantar. Não fala muito, e não, ele não é exatamente uma pessoa atraente, mas, porra, é como estar de férias.

Ele está bebendo seu vinho, mas, em um instante, faz uma pausa e me olha por cima de sua taça.

QUERO CASAR COM VOCÊ, TEAGAN, ele diz. DAREI A VOCÊ CINCO MILHÕES PARA SER MINHA ESPOSA.

Pensando que ele está brincando, então dou de ombros e aceito.

SÉRIO?, ele pergunta. VOCÊ SE CASARÁ COMIGO?

Foi quando percebi que ele estava falando sério. Totalmente, 100% sério. Hum. Certo.

Pensei rapidamente...

Não tenho nenhum trabalho no momento. Estou sem dinheiro. Já vendi a maioria das minhas bolsas e sapatos legais no eBay. Graças a Deus, guardo minhas joias no banco, ou elas também sumiriam.

Estou basicamente com a corda no pescoço e, como o mocinho de um velho-oeste, esse filho da puta rico aparece do nada e diz que me dará cinco milhões se eu me casar com ele. A garota e eu poderemos nos mudar para sua mansão em Nova York. Ele cuidará de nós.

Era isso que eu queria, certo? Cinco milhões e uma mansão?

Isso mesmo.

DUAS SEMANAS, ele diz, ainda me encarando dessa maneira intensa e fodida. VOCÊ VOLTARÁ A NOVA YORK EM DUAS SEMANAS E SE CASARÁ COMIGO.

Sorrio para ele e peço dez mil para me segurar até o casamento, imaginando que vá me mandar me foder. Mas não. Ele estala os dedos e um cara sai da sala onde estamos comendo e volta com o dinheiro.

Porra.

Então era de verdade, REAL.

Enfim... Volto para Los Angeles, festejo por duas semanas, como se estivesse cheia de fogo no rabo, e gasto os dez mil. Ele envia pessoas para arrumarem nossas coisas e viajamos ontem. Só que, quando chegamos ao aeroporto, mamãe e papai estão esperando a criança, e Mosier está me esperando.

LEVEM ASHLEY PARA O HOTEL, ele diz aos meus pais.

Então pega meu braço, me leva até uma limusine do lado de fora e partimos.

Ok, penso. Nem fodemos ainda. Agora que estou aqui, ele quer um tempo sozinho comigo.

AONDE ESTAMOS INDO?, pergunto-lhe.

VOCÊ VAI SE DESINTOXICAR, diz ele, sentado à minha frente no carro olhando para o telefone.

Desintoxicar? Será que ouvi direito?

COMO É QUE É? NÃO CONCORDEI COM NADA DE...

EU NÃO QUERO ESPOSA VICIADA CURVA.

CURVA? ISSO SIGNIFICA GORDA?

SIGNIFICA VAGABUNDA, ele diz, erguendo os olhos do telefone.

Só o conheci pessoalmente uma vez, porém já conversamos por telefone algumas vezes e ele nunca usou esse tom comigo. Tudo o que falamos é no quanto ele está ansioso para que eu e a garota nos mudemos para sermos uma grande família feliz. Um calafrio percorre minha espinha, mas também estou brava e me concentro na minha raiva, deixando que ela se acumule rapidamente.

QUEM DIABOS VOCÊ PENSA QUE É?, grito, pulando através do assento até ele.

Mas esse filho da puta, apesar de todo o seu tamanho considerável, é rápido. Ele estende a mão e agarra meu pescoço, apertando-o apenas o suficiente para me deixar tonta.

SENTE-SE, ele diz suavemente, inclinando-me contra o assento. E NUNCA MAIS FAÇA ISSO.

Pisco para ele porque meus olhos estão queimando. Não consigo respirar fundo.

VOCÊ VAI SE DESINTOXICAR, ele acrescenta, ajoelhado no chão entre os assentos enquanto olha para mim. Seus olhos estão frios. Sua voz é calma. Seus dedos me machucam.

Finalmente, as pontas dos dedos dele soltam e eu respiro fundo.

Que merda acabou de acontecer?

Ergo a mão e massageio meu pescoço. Seus dedos vão deixar marcas.

MINHA ESPOSA NÃO PODE AGIR COMO UMA VAGABUNDA. Ele se recosta no assento, abre o cinto e o zíper da calça, tirando o pau semiereto. AGORA ME CHUPE.

Olho para o seu pau por um segundo antes de voltar meus olhos para os dele.

QUÊ?

TEMOS UMA HORA ATÉ O LOCAL. Ele olha para o pênis, que está ficando mais grosso a cada segundo. CHUPE.

VÁ SE FODER, sussurro.

Esse cara é doido. Vou sair dessa. Não vou me casar com ele. Foda-se tudo isso.

VOCÊ TEM MUITO O QUE APRENDER, ele diz.

Ele pega a parte de trás do meu pescoço e puxa minha cabeça até o seu colo, minha bochecha pousando contra sua carne. Eu luto, mas ele mantém seu punho de ferro na parte de trás do meu pescoço.

SE ME MORDER, ele diz suavemente, EU MATO VOCÊ. CORTAREI SEUS PULSOS E FAREI COM QUE PAREÇA SUICÍDIO. AGORA CHUPE.

Senti como se fosse desmaiar novamente, mas lambi os lábios, pegando seu pau e guiando-o em minha boca.

Estou surpresa por não ter quebrado meu maxilar.

Fiquei com o pau dele na boca por pelo menos quarenta minutos antes de ele rosnar e apertar, gozando em jorros quentes na minha garganta, o que me fez ter ânsia.

Sua mão afrouxou na parte de trás do meu pescoço, e eu me inclinei, colocando as costas da mão nos meus lábios e enxugando as lágrimas no rosto enquanto ele olhava para mim.

Não sei o que eu esperava. Um elogio? Agradecimento? Alguma coisa?

Mas ele simplesmente olhou para mim, finalmente estendendo a mão para fechar as calças e reajustar o cinto quando a limusine entrou na garagem da instalação de tratamento.

Mosier beijou minha bochecha na frente do médico-assistente e disse que voltaria em uma semana. UMA MALDITA SEMANA.

E MINHA GAROTA?, perguntei a ele, percebendo que mal tinha pensado nela desde o aeroporto.

EM UM HOTEL COM SEUS PAIS ATÉ O CASAMENTO, ele disse. Então inclinou a cabeça para o lado, acariciando gentilmente minha bochecha com um dedo atarracado. ACHO QUE ELA SERÁ LINDA... COMO VOCÊ.

Todo mundo sempre dizia coisas assim para mim. Ela é minha imagem cuspida. É verdade.

Percebo que ele falou que sou bonita de maneira indireta, e essa é a coisa mais legal que me falou desde que cheguei, o que me faz sentir algo. O quê? Não sei. Um pouco menos assustada, talvez. E é a primeira vez que percebo: tenho medo dele.

SEJA UMA BOA MENINA, ele diz, seus olhos ficando frios novamente quando tira o dedo do meu rosto. SEJA UMA BOA MENINA, TEAGAN.

Eles não tiraram este diário de mim. De fato, o dr. Kazmaier disse que o registro no diário é um "passo na direção certa" e pediu aos funcionários que me deixassem mantê-lo.

Estou no meu quarto e é luxuoso, mas há barras na janela e a porta fica trancada por fora. Parece mais uma prisão do que qualquer outra instalação de tratamento em que já estive.

Não tenho telefone no quarto, eles levaram meu celular e, depois de duas semanas de festa, estou começando a me sentir uma merda. Tremendo, com calor e com frio, como se eu tivesse que vomitar. Porra. Abstinência. Já está começando a me foder.

Talvez não seja tão ruim. Talvez desintoxicação seja bom para mim. Talvez um homem mais velho como Mosier também seja bom.

Não sei, porra.

Só sei que parece tarde demais para voltar atrás agora.

Tig

KATY REGNERY

CAPÍTULO SEIS
Ashley

— Senhorita... senhorita, acorde. Eu acho que essa é sua parada.

Abro os olhos com um gemido suave, perguntando-me quem está sacudindo meu ombro. Inclinando a cabeça para longe da janela, viro-me para a mulher mais velha sentada ao meu lado.

— Humm?

— Chegamos em Westport. Essa não é a sua parada?

Balanço a cabeça para olhar pela janela para a plataforma do trem.

— Sim! — Baixo os joelhos do assento da frente e o diário de Tig cai no chão com um estalo. Inclino-me, lutando para pegá-lo, e o enfio na mochila.

— É melhor se apressar, querida. Vamos sair em um segundo.

— Obrigada — agradeço, colocando a mochila nas costas e me levantando.

A mulher mais velha vai para o corredor, e eu a sigo, virando-me para pegar minha pequena mala da prateleira do alto.

— Boa sorte, querida — deseja ela com um sorriso simpático.

— Obrigada — digo, sabendo o quanto preciso de toda a sorte do mundo.

Corro pelo corredor até a porta, bloqueada por um condutor que se aproxima da outra direção. Ele sorri para mim.

— Vai descer aqui, princesa?

Olho por cima do ombro para a porta.

— Sim.

Ele estala a língua.

— Que pena. Foi bom te olhar.

Ouvi versões desse sentimento, desde o tom meloso doce até o grosseiro indutor de vômito, desde quando era pequena, por isso tento ignorar.

— Obrigada. Posso...?

Seus olhos ficam cruéis por um segundo, como se eu tivesse feito algo errado, como se não tivesse cumprido minha parte de um acordo com o qual nunca concordei.

— Certo. — Ele se inclina a meio caminho do corredor, mas ainda o bloqueia o suficiente para que eu tenha que deslizar meu corpo contra o dele para chegar à porta.

Cerro a mandíbula, prendendo a respiração para tocá-lo o mínimo possível.

— Vadia — ele murmura enquanto meu rosto desliza pelo dele.

Por dentro, sinto a palavra feia como um soco e pisco, surpresa, mas, por outro lado, não registro nenhuma emoção. Olho para o chão enquanto dou alguns passos até a porta deslizante e saio para a plataforma no momento em que a sineta de aviso toca. Mantenho as costas viradas para o trem enquanto ele passa, finalmente me deixando na escuridão silenciosa.

O Padre Joseph pesquisou a rota para mim e sei que o terminal de balsas em Essex fica a vinte minutos de carro ao norte. A última para Charlotte, Vermont, sai às 21h30, portanto, não tenho muito tempo. Encontro um telefone público e ligo para o número memorizado de uma empresa de táxi. Eles dizem que mandarão alguém me buscar em dois minutos, então sento em um banco e espero. Enfiando a mão na mochila, encontro o boné de beisebol do Mets contrabandeado pelo Padre Joseph, torço o cabelo em um coque e o enfio no chapéu enquanto o achato na cabeça.

O estacionamento está escuro e vazio, e engulo em seco de forma nervosa, esperando ficar em segurança por alguns minutos.

Segura.

Salva.

A palavra, a mais cobiçada que conheço, traz lágrimas afiadas e dolorosas aos meus olhos. *Será que algum dia vou saber como é estar segura?* Durante a maior parte da minha vida tumultuada, a segurança tem sido um sonho distante e inatingível.

Quando morei com meus avós, senti o desprezo.

Quando morei com Tig, senti sua indiferença.

Quando morei com Mosier, senti sua malevolência.

Quando morei com o Padre Joseph, senti sua impermanência.

E agora...

Meus avós viajaram.

Minha mãe está morta.

Meu padrasto é um monstro.

Meu confessor está longe.

Aqui, no escuro, uma figura transitória em uma cidade que não conheço, estou totalmente sozinha e, por um segundo desesperado e terrível, tenho certeza de que nunca vou conhecer segurança. Desdém, indiferença, malevolência e impermanência? Sim. Claro. Segurança? Não, nunca.

Aperto a alça da mala até meus dedos ficarem brancos à luz da lâmpada que zumbe no alto.

Acredite em Deus.

A voz calorosa e bem-vinda do Padre Joseph ecoa, acalmando meu coração acelerado quando os faróis se aproximam. Um táxi para na minha frente, e eu entro no banco de trás, carregando minha mala comigo.

— Terminal de balsas, certo?

— Sim, por favor.

— Veio no trem das nove? — ele pergunta, afastando-se do meio-fio.

— Sim, senhor.

— Senhor, hein? Humm. Educada. Essa é nova.

Aperto o botão embaixo da janela, e o vidro abaixa, a brisa da tarde fria no meu rosto.

— Então — ele diz. — Está indo para Vermont, hein?

— Sim, senhor.

— Você parece jovem. Para viajar sozinha, quero dizer.

Não respondo, porque não há nada a dizer. Sou jovem. Estou sozinha.

— Não é tagarela, é? Bem, se importa se eu colocar um pouco de música?

— Não, senhor.

— Hum. "Não, senhor." Ok. Ok.

Ele se inclina para a frente e a música pop enche o carro.

Na escola, os eletrônicos são mal vistos. Não há sinal de celular no campus, e o Wi-Fi é disponível para estudantes apenas das sete às oito da noite, portanto, se você quiser enviar uma mensagem ou olhar a sua página do Instagram, terá cerca de uma hora após o jantar.

Se precisar ligar para alguém, existe um telefone comum no escritório da Madre Superiora ou pode pedir para fazer uma ligação na reitoria. Também não há TV na sala comum — apenas quebra-cabeças, livros e jogos — e nenhum sistema de áudio.

Então, não ouço muita música pop, exceto durante o raro tempo que passo na casa de Mosier. E, mesmo assim, apenas minha mãe ouvia as quarenta melhores, e meu padrasto e meus irmãos odiavam a música comercial americana em relação à europeia, com palavras que eu não entendia.

Estarei lá, canta a voz no rádio, e eu respiro fundo o vento que sopra no meu rosto. *Eu estarei lá para você.*

Não tenho ideia de quem é a cantora, e, talvez, as palavras dela devessem ampliar minha solidão, mas não o fazem.

Acredite em Deus.

As palavras me fazem sentir forte por algum motivo. Talvez porque, por mais que o Padre Joseph fosse apenas um amigo emprestado para mim, ele ainda facilitou essa fuga. E, por mais que Gus não saiba que estou a caminho, ele vai me receber de braços abertos.

Eu poderia deixar meu passado me derrubar. Poderia fazer isso, mas, sentada no banco de trás deste táxi, indo em direção a um terminal de balsas que me levará através de águas negras para uma cidade desconhecida em outro estado, tomo uma decisão importante: não sei o que está por vir, mas prometo a mim mesma que sairei inteira do outro lado. E, quando o fizer, encontrarei a segurança que desejo, mesmo que eu tenha que criá-la.

Chegamos na pequena parada de balsa em Charlotte trinta minutos depois e, após a balsa atracar, eu ando do nível mais baixo até o cais com outros três passageiros a pé. Não há terminal aqui, pois a balsa é usada principalmente pelos passageiros, mas há uma pequena bilheteria e fico aliviada ao ver que há alguém dentro. Bato na janela e uma mulher mais velha olha para mim.

— Posso te ajudar?

— Sim, por favor. Posso usar o seu telefone?

— Não tem telefone público aqui.

São cerca de dez quilômetros daqui até o endereço no cartão de visita de Gus, e o Padre Joseph, que pesquisou a parada da balsa na internet, avisou-me para não tentar ir andando, pois as estradas entre a balsa e a casa de Gus são muito arborizadas de ambos os lados.

Eu levanto meu queixo.

— Tem um celular, senhora?

Ela olha para cima novamente.

— Sim. Por quê?

— Posso pagar para usá-lo, por favor?

— Você não tem telefone?

Balanço a cabeça.

Ela revira os olhos, bufando.

— Estou saindo. Vou deixar você fazer uma ligação rápida.

Observo pela janela quando ela fecha e a trava, coloca a bolsa jeans no ombro, apaga as luzes do pequeno prédio e sai por uma porta lateral. Ela se aproxima de mim, olhando para o meu rosto, pensativa por um momento, depois aperta os olhos.

— Eu te conheço? — ela pergunta.

Por causa da semelhança surpreendente entre mim e minha mãe, ouvi essa pergunta muitas vezes na minha vida. As pessoas enxergam o rosto dela no meu, porém é diferente o suficiente para enganá-las. Às vezes, uso isso em minha vantagem, mas não hoje à noite. Hoje à noite, quero que me esqueçam.

— Não, senhora. Nunca estive aqui.

Ela inclina a cabeça para o lado, tentando me olhar melhor.

— Você parece familiar. Tem parentes aqui?

— Não, senhora.

— Então o que está fazendo aqui?

— Visitando um amigo — respondo, ajustando meu boné, puxando a aba sobre minha testa.

— Um garoto? — ela indaga, sua voz soando mais cálida conforme enfia a mão na bolsa e pega o telefone.

— Aham — digo. Pego o telefone dela e ligo para o número de Gus.

— Bem, seja rápida. Também tenho um homem me esperando em casa.

O telefone do outro lado da linha toca e sinto uma pontada no meu estômago. Esperança. Tão aguda que quase me faz chorar.

— Alô?

— Hum... oi. Posso falar com Gus, por favor?

— Gus? Ele está dormindo. Pode ligar de manhã, por favor?

— Não! — ergo a voz, preocupada que ele desligue. — Eu realmente preciso falar com ele agora, senhor.

Há uma pausa e a voz do outro lado pergunta:

— Quem é?

Olho para a dama ao meu lado. Ela acendeu um cigarro e a fumaça exalada de seus lábios pega uma carona na brisa. Eu me afasto dela e coloco a mão em concha na boca para abafar o que vou falar ao telefone.

— Ash — sussurro, rezando para que ela não me ouça. Entre o rosto de minha mãe e meu primeiro nome, a internet pode revelar minha identidade rapidamente.

O homem do outro lado do telefone suspira. Quem quer que seja, ele sabe quem eu sou.

— Gus. Gus, acorde. Acorde, amor. É a Ashley. Ashley está no telefone!

— O quê? Ash? Onde?

— Aqui. Ela está aqui.

Um momento depois, meu Gus está falando comigo.

— Ash? Pequena Ash? Você está aí, querida?

— Estou na parada de balsas de Charlotte — digo. — Vem me pegar?

— Está...? Espere! Você está aqui? Oh, meu Deus! Isso! Fique aí, querida! Fique aí. Estou a caminho! — A voz de Gus está distante quando ele diz: — Fale com ela por um minuto. Preciso me vestir.

— Ash? Ash, é Jock, parceiro de Gus. Ele está a caminho.

Eu estarei lá. Estarei lá para você.

Pela terceira ou quarta vez hoje à noite, lágrimas pinicam meus olhos.

— Eu tenho que ir.

— Fique aí. Estamos a caminho. Estaremos aí em alguns minutos. Ashley! Você é bem-vinda aqui.

Cerro a mandíbula para conter um soluço agradecido, acenando com a cabeça, mesmo que ele não possa ver. Tiro o celular da orelha e pressiono o botão para encerrar a ligação. Antes que eu possa apagar o número, a vendedora do bilhete arranca o aparelho dos meus dedos.

— Tudo pronto? Namorado a caminho?

— S-sim — consigo responder com uma pequena fungada. — Obrigada.

— Quer que eu espere com você?

Olho em volta do estacionamento vazio, silencioso, exceto pelo burburinho dos insetos que bombardeiam a luz da cabine e os passos se aproximando de nós quando o capitão e a tripulação da pequena balsa passam.

— Boa noite, Maude.

— Boa noite, rapazes. Até amanhã.

— Outro dia no paraíso — um deles brinca, seus olhos se demorando em mim por um segundo extra enquanto ele caminha, dirigindo-se para um grupo de quatro carros na esquina do estacionamento.

— N-não — sussurro, sentindo-me incerta sobre os arredores, mas também sabendo, instintivamente, que preciso ser o mais discreta possível durante minhas viagens.

Até aqui, chamei a atenção da mulher ao meu lado no trem, do condutor, do motorista de táxi, da tripulação da balsa e da vendedora de bilhete. Não estou fazendo um bom trabalho para não ser notada.

— Não, obrigada, senhora — digo, puxando a aba do boné novamente. — Ele está a caminho. Ficarei bem.

Ela exala uma nuvem de fumaça e pigarreia.

— Certo. Cuide-se, então.

— Obrigada por me deixar usar seu celular.

Ela se vira e se dirige para o único carro restante no canto do estacionamento e, de repente, para e volta, espalhando pedrinhas do cascalho sob os tênis brancos de lona.

— Tígin! Tig!

Meu coração afunda no peito e meu estômago dá um salto. Por um segundo, fico grata por não ter comido nada desde o almoço ou poderia ter vomitado tudo que comi pelos últimos dez anos.

Fique calma, Ashley. Fique calma.

Olho para a mulher.

— Ãh?

— É com ela que você se parece! — ela exclama, dando um passo em minha direção enquanto examina meu rosto. — Cuspida e escarrada.

Franzo a sobrancelha, como se não tivesse ideia do que ela está falando.

— Eu não...

— A modelo — diz ela, seu tom abrangendo impaciência e admiração. Ela dá um passo indignado em minha direção. — Ela era a Christie Brinkley dos anos 2000, você não conhece?

Até parece. Christie era uma modelo de maiô glorificada. Tig modelou a alta costura parisiense e nova-iorquina.

— Hum?

— Vamos! Você sabe quem ela é, não é? Já ouviu falar dela!

Dou de ombros e balanço a cabeça.

— Desculpe. Não gosto muito de revistas de moda.

— Bem, você é uma sósia dela — fala Maude, apertando os olhos para mim enquanto dá outra tragada longa no cigarro. — Ei, como disse que era seu nome?

Eu não disse.

Pense rápido, Ashley.

— Christy — respondo no mesmo tom arrogante que Tig usava quando não estava disposta a lidar com as pessoas.

— Não precisa tirar sarro de mim. — Maude faz beicinho.

Cruzo os braços à frente do peito e suspiro como se estivesse entediada, mesmo que meu coração esteja acelerado por dentro.

— Vaca — xinga Maude, gesticulando para mim com a ponta laranja brilhante de seu cigarro. — Espero que sua carona não apareça.

Observo-a seguir para seu carro, odiando ter que recorrer a um dos comportamentos ruins da minha mãe para me livrar dela depois de ter sido gentil comigo. Eu gostaria de poder gritar: "Desculpe!", "Sim, sou filha de Tig!" ou "Você estava certa! Vamos ser amigas, senhorita Maude", mas não posso causar muita comoção.

Ela sai com o carro do estacionamento um momento depois, com o dedo médio erguido através da janela, na minha direção, e eu fico sozinha, esperando os faróis de Gus iluminarem a escuridão ao meu redor.

Felizmente, não preciso esperar muito.

Um Lexus de cor creme range no estacionamento um momento depois, as rodas levantando cascalho e poeira quando para ao meu lado na bilheteria.

Começo a rir, meu corpo todo tremendo com ondas de risos e lágrimas escorrendo pelo rosto. Deixo a mochila escorregar dos ombros, descer pelas costas e cair no cascalho. Corro para o lado do motorista, com os braços estendidos, meu corpo sendo puxado, como um ímã, para ele.

— Pequena Ash! — ele exclama, correndo para mim do lado do passageiro, sua voz uma mistura amada de sol da Califórnia, afro-americano urbano e homossexual orgulhoso. — Venha aqui, garota!

Estou envolvida nos braços de Gus, e o cheiro de sua colônia me faz soluçar quando ele passa um braço em volta da minha cintura e segura minha cabeça com o outro, pressionando-a contra seu ombro.

— Bonequinha — ele murmura perto do meu ouvido, sua voz cheia de emoção. — O que diabos você está fazendo aqui?

O carro de Gus é grande, mas parece pequeno desde que ele se acomodou no banco de trás ao meu lado, mantendo o braço em volta dos meus ombros e o quadril pressionado contra o meu, enquanto Jock, que Gus chama de P.E., a quem pediu para dirigir, fica sozinho na frente.

— O que significa P.E.? — pergunto.

— O quê? Não está vendo o topo da cabeça dele? A maldita co-ro-a? Ele é meu príncipe encantado, boneca. Depois de um desfile interminável de sapos esquisitos, eu finalmente beijei um príncipe.

Jock ergue os olhos do volante, chamando a atenção de Gus pelo espelho retrovisor, e o olhar que eles compartilham é tão íntimo que meu estômago se revira de desejo por um segundo. Não tenho a menor ideia de como é ser amada assim, mas não há uma célula no meu corpo que não anseie por isso.

— Ele está sendo generoso, Ashley — diz Jock, e, pela primeira vez, percebo que ele tem sotaque.

— Você é inglês?

— Sou. Minha mãe era inglesa. Meu pai, americano. Daqui mesmo, na verdade, de Vermont. Eles se divorciaram quando eu era pequeno, e cresci em Londres com minha mãe.

— Você deixou Londres por... isso aqui? — pergunto, olhando pela janela para... o nada.

Jock assente.

— Tenho dupla cidadania. Depois do onze de setembro, mudei-me para os Estados Unidos para servir. Fuzileiros navais.

— Oh — murmuro, rapidamente compreendendo que Jock, um gay meio americano, serviu nas forças armadas. — Uau. Não deve ter sido fácil.

— Não faça perguntas. — Gus aperta meu ombro. — Boa sorte em conseguir arrancar algo dele. Peço que me conte histórias, e ele me diz para cuidar da minha vida.

Jock resmunga baixinho.

— Não são as melhores lembranças.

— Pobre P.E. — Gus estala a língua. — Uma fada de uniforme. — Sua voz é suave quando ele acrescenta: — Você está comigo agora, querido. Estou com você. Para a vida toda.

Jock captura os olhos de Gus no espelho e, novamente, sinto o vínculo intensamente amoroso entre esses dois homens.

— Graças a Deus por isso.

— Pequena Ash — diz Gus, virando-se para mim. — O que aconteceu com você? Por que está aqui, bebê?

Meu estômago dá um nó e me aproximo de Gus, mordendo com força o lábio inferior. *Seu corpo é meu! Sua virgindade é minha! Sua boceta é minha!*

Seu ventre é meu, e vou enchê-lo de esperma e de filho após filho, até que você me construa um belo império, está me ouvindo?

— Mosier — murmuro em um sopro cheio de alívio. — Ele... ele tinha planos para mim.

— Que tipo de planos? — pergunta Jock.

— Ele... — Eu soluço. As palavras são tão imundas, tão impensáveis que não suporto repeti-las. — Não consigo, Gus.

— Não a perturbe, P.E. — adverte Gus. — Ela não é um dos seus soldados. — Ele me abraça forte. — Ele queria, ãh, *coisas* de você, boneca?

— Hum-hum.

— Ele... tocou em você?

— Hum-hum.

Jock rosna suavemente do banco da frente.

— Ele te forçou...

— Meu doce homem, vou precisar açoitá-lo mais tarde, se não fechar a boca agora — adverte Gus. Ele se vira para mim. — Você está bem, Ash? Seu corpo está dolorido?

— N-não — consigo sussurrar. — Não foi tão longe. Eu... Eu vomitei nele.

— Você... você... Ah! — Gus ri. — Você vomitou no homem? Ha! Ha! Ha! Gostaria de ter estado lá para ver!

— Não gostaria, não. — Soluço, minhas palavras subitamente saindo pelos meus lábios. — Ele estava furioso. Disse coisas terríveis. Ele... Gus, ele disse que só se casou com Tig por mim. Ele queria... me moldar... Não sei... como um tipo de dona de casa perfeita. Ele... ele... ele disse que eu ia ter seus filhos e... e... e...

Meus soluços estão me sufocando agora, e eu os deixo livres, chorando em terríveis goles e bufando ao pensar em minha mãe morta, meus avós insensíveis e meu padrasto aterrorizante. Como ela pôde ter feito isso comigo? Como Tig poderia ter se casado com esse homem, conhecendo a vida que planejou para mim? Ela me odiava tanto assim? Ela se ressentia tanto assim? Ao ponto de me entregar a uma vida de escravidão sexual a um homem trinta anos mais velho do que eu, sem uma única célula gentil em seu corpo? Meu Deus, o que fiz para merecer esse futuro?

— Como ela pôde? — lamento, meus ombros tremendo, meu corpo doendo, meu coração parecendo uma coisa pulverizada e desfiada, morrendo dentro do peito.

— *Como ela* pôde...? — Gus faz uma pausa, virando-se para mim, com os olhos arregalados e horrorizados. — Ah, não. Não, você... Ash, querida, você acha que Tig fez isso?

Respiro irregularmente.

— Mosier disse que esse era o plano dele o tempo todo. Desde o momento em que nos viu pela primeira vez. Ele se casou com *ela* por *mim*.

— E você acha que ela *sabia*?

Não sei. Eu não sei, e é isso que está me matando.

Dou de ombros, sentindo-me lamentável.

— Oh, Ash... Não. — A voz de Gus é gentil, mas firme. — Não. Não mesmo.

— Ela me odiava, Gus — consigo choramingar.

— Oh, querida. Não — diz Gus, esfregando minhas costas enquanto coloca minha cabeça sob seu queixo. — Não. Tig era muitas coisas, mas não era cafetina. E, acredite em mim, querida, ela não odiava um único fio de cabelo seu. Garanto a você. Sua mãe... Oh, Tig. Ela era... perdida. Uma alma perdida. Mas isso? Nunca, bebê. Ela não faria isso com você.

— Gigi — diz Jock suavemente. — Vou levar as malas de Ashley para dentro. Ela pode ficar aqui esta noite.

Esta noite? Só esta noite? O pânico me toma.

— Eu... vou precisar... ir embora amanhã?

— Não, boneca...

— Amanhã vamos conversar com Julian — continua Jock, saindo do carro e deixando eu e Gus sozinhos.

— Temos que resolver as coisas — fala Gus, sua voz baixa e calma. — Ele poderia encontrar você aqui. Seu padrasto pedófilo monstro. Se tentar te rastrear, ficar comigo pode ser a pior coisa possível para você. Jock e eu já conversamos sobre isso no caminho para a balsa. Precisamos te esconder.

— Mas, Gus, eu quero ficar com você. — Soluço. — Você é tudo que tenho.

Gus se afasta de mim, segurando minhas bochechas, seus olhos escuros procurando os meus.

— Então, confie em mim. Confie em Jock. Vamos mantê-la segura, boneca, prometo. Mas precisa confiar em nós.

Ele fica quieto, olhando para o meu rosto, examinando meus olhos, esperando minha resposta.

De repente, tenho oito anos de novo, e Gus parou em frente ao bangalô de Tig em seu brilhante VW Bug azul-cromo. Ele está seguindo para a calçada até a porta da frente e, quando chega lá, agacha-se diante de mim e diz: *Sua mãe está em reabilitação, boneca. Quer um colega de quarto?*

Vamos mantê-la segura, boneca, prometo.

Tenho um terrível pressentimento de que não é uma promessa que Gus será capaz de cumprir, no entanto, em um mundo em que amei poucos e confiei em menos ainda, uma verdade irrevogável torna-se lei quando olho nos olhos de um homem que tem sido a mais verdadeira família que já conheci.

— Eu confio em você, Gus-Gus.

Ele pisca para conter as lágrimas enquanto me puxa para seus braços.

— Vamos levá-la para dentro — diz ele com um suspiro elegante. — Aposto que o P.E. tem leite gelado e Oreos nos esperando.

CAPÍTULO SETE

Ashley

Acordo no quarto de hóspedes de Gus e Jock, a luz do sol inundando as cortinas brancas e turvas, aquecendo meu corpo, que está totalmente inerte sob uma colcha de retalhos. Meus olhos se abrem lentamente, observando o quarto simples: paredes brancas e nítidas com várias reimpressões de Roy Lichtenstein penduradas a intervalos cuidadosos. Meus olhos seguem a história que contam, começando na minha extrema esquerda.

A primeira impressão é de uma mulher com uma faixa no cabelo loiro e uma expressão vulnerável no rosto dos gibis.

Na segunda impressão, o dedo da mulher está preso entre os dentes em um gesto de angústia, com lágrimas prestes a caírem dos dois olhos.

Na terceira, o cabelo dela é azul-royal e ela está quase debaixo d'água. A legenda da bolha sobre sua cabeça diz: — NÃO ME IMPORTO! EU PREFIRO AFUNDAR... A PEDIR AJUDA A BRAD!

Na parede em frente à minha cama, há duas janelas, mas entre elas há uma quarta foto emoldurada da mesma mulher em um conversível. Ela está vestindo um casaco de pele, olhando para a frente, e um homem — Brad? — olha para ela com olhos sinistros enquanto ele dirige o carro.

À minha direita, há mais duas impressões: a primeira é da mão de uma mulher e de um homem, e o homem está colocando um anel de noivado no dedo dela. Na sexta e última, a mulher e o homem estão se beijando apaixonadamente.

Volto meus olhos: a jovem, as lágrimas, o afogamento, o passeio de carro, o noivado, o beijo.

Em termos gerais, conta uma história: primeiro amor, conflito e um final feliz.

Mas por que o rosto da garota parece tão incerto na primeira impressão? E por que ela está chorando na segunda? Ela prefere morrer a pedir a ajuda dele na terceira foto. Mas, na quarta, eles estão juntos novamente, embora sua expressão seja ameaçadora, como se ele quisesse o mal dela. Depois, há um anel e um beijo. De alguma forma, eles acabam casados.

Qual é a verdadeira história? Eu me pergunto. *Onde está? Nos traços largos ou nas nuances? No final feliz encoberto? Ou nas lágrimas dela e na hostilidade dele? Onde está a verdade?*

Uma batida na porta interrompe minha introspecção e me sento na cama.

— Entre.

Gus espia, sua pele escura em forte contraste com o branco brilhante do cômodo.

— Está decente?

Dou risada. Era assim que ele sempre me acordava quando ficava conosco e, apesar de sua inadequação, eu o amo tanto agora quanto antes. Dou um tapinha na cama, e ele se senta, cruzando as pernas, vestido com uma calça cáqui. Ele usa uma gravata Christian Lacroix amarrada como cinto e uma camisa passada de mangas compridas da Brooks Brothers em verde menta, arregaçada nos punhos. Parece um diretor de cinema dos anos 1930, legal e sofisticado, e eu lembro do quanto sempre admirei seu estilo.

— Lacroix e Brooks Brothers? — pergunto, levantando uma sobrancelha.

— Estamos *no* interior — ele observa com uma fungada. — Mal consegui usar minhas calças de couro preto, boneca.

Dou risada.

— Se alguém conseguisse, seria você.

— Por falar *em vestir* — diz ele, com a voz grave. — Joguei aquele boné na máquina de lavar roupas depois de manuseá-lo com luvas de látex.

Meus ombros caem.

— Gus! Você não fez isso!

— Fiz mal? — ele pergunta, colocando dedos longos e cônicos em seu peito, surpreso.

— É do Padre Joseph — lamento —, não meu.

— Bem, o Padre Joe pode me agradecer por lavá-lo.

— Vai devolvê-lo para mim?

— Só se precisar.

— Você é impossível.

— Você me ama — diz Gus.

— Amo mesmo.

— Você confia em mim?

Assinto.

— Então, ouça, porque meu ex-militar, todo másculo, tem um plano.

— Ok. — Sento-me ereta, lembrando do que Gus disse na noite anterior sobre a necessidade de me esconder em algum lugar.

— Jock herdou uma casa do pai. Fica a cerca de vinte e quatro quilômetros daqui, no bosque, e ele tem um inquilino lá, Julian. É ex-policial, militar ou ex-alguma coisa, não sei, mas é um artista agora. Há um celeiro na propriedade, e Julian o usa para modelagem de vidro.

— Modelagem de vidro?

— Hum-hum. Coisas realmente sofisticadas. Lembra da sala de jantar particular do Lala's? Sobre a mesa? Tinha aquilo...

— Oh, meu Deus! Sim! Aquele lustre, tipo, hum, Medusa?

— ... com o vidro laranja e vermelho pendurado?

— Eu poderia ficar admirando-o por horas enquanto Tig conversava com as pessoas.

— É isso que Julian faz, mas em uma escala menor. Esculturas. Vasos. Ele recebe comissões por artigos de vidro. Coisas lindas.

— Humm — murmuro, impressionada. — Aquele lustre era incrível.

— O trabalho dele é assim.

— E ele mora lá? Na casa de campo de Jock?

— Mora — responde Gus. Seus olhos se afastam dos meus, e eu me pergunto o que ele não está me dizendo.

— O que mais?

Gus suspira.

— Nosso Julian é talentoso e uma super coisa fofa e doce, mas ele não é o rapazinho mais amigável que Jesus já criou.

— O que quer dizer?

— Teremos que *manipular* um pouco essa situação.

— *Manipular*?

Gus assente.

— Tornar... agradável.

Finalmente entendo o que ele quer dizer, e meus ombros caem de novo; na minha vida, é familiar ser indesejada.

— Ele não me quer lá.

— Não, ele não quer.

— Então eu não vou. Eu vou... Vou buscar outra saída. Não vou...

— Cale-se, pequena Ash — diz Gus, colocando um pouco de entusiasmo em seu tom para me fazer ouvir. — Vai ficar lá, porque a casa é de Jock, não de Julian. Julian pode simplesmente fingir que você não está lá, boneca, mas não é problema dele quem mora ou não lá. Desde que Julian tenha seu quarto e acesso exclusivo ao celeiro, Jock pode alugar o último andar para quem ele quiser. — Gus bate na ponta do meu nariz com o dedo. — Fofa. E nós queremos *você*. Queremos você em segurança, doce menina.

Essa palavra novamente. Ah, como a odeio e a amo ao mesmo tempo.

— Ficar com um homem que não me quer lá.

— Ah, ele pode pisar forte e mostrar todo tipo de carranca, mas, como falei, ele é meio que ex-policial. Não tocará num fio de cabelo seu... — Gus meio que dá um sorriso, parecendo atrevido. — A menos que você peça a ele.

Reviro os olhos.

— Você sabe que não sou assim.

— *Todo mundo* é assim — diz Gus. — Você simplesmente não teve chance, com as irmãs Mary e Margaret respirando bem no seu cangote nos últimos cinco anos.

— Eu não sou como *ela* — insisto, levantando um pouco o queixo. — Eu *nunca* serei como ela.

As sobrancelhas de Gus se unem momentaneamente, e parece que ele está prestes a dizer alguma coisa, mas então o vejo pensar melhor. Ele respira fundo e assente.

— Você que sabe.

Quero mudar de assunto. Não quero pensar em Tig, muito menos falar sobre ela.

— Então o plano é que eu vá morar nessa casa de fazenda no meio do nada com um homem que não me quer lá? Fabuloso. E depois?

— Você falou que seu Padre Joe vai falar com o monstro do seu padrasto, certo?

— Ele falou que iria. É um pecado Mosier sequer considerar se casar comigo.

— Com a irmã da esposa morta?

— Não sou irmã dela. Quero dizer... Não era.

— Oh, meu Deus. — Gus parece sério. — Ele não sabia que você era filha de Tig.

Balanço a cabeça.

— O Padre Joseph vai contar a ele.

Os olhos de Gus estão profundamente perturbados.

— Acha que isso vai mudar algo?

Prendo a respiração e dou de ombros.

— Não sei.

— Nem eu, querida. Mas, se não der certo, a besta demoníaca começará a procurar você.

— Eu sei.

Gus suspira.

— Jock ainda tem alguns amigos fuzileiros navais. Ele acha que devemos começar a investigar Mosier. Tentar encontrar algo para entregar à polícia.

Nunca, nem uma vez, em todo o tempo em que morei com Mosier, ele foi abordado pela polícia local, e havia muitas causas. Ela ficava afastada dele. Por medo ou por suborno, eles o deixaram em paz.

— Ele tem a polícia local na mão.

— Então o FBI — diz Gus. — Você sabe que Mosier gosta de todo tipo de merda sórdida, Ash. Um cara assim tem que estar no radar deles.

Penso nos homens armados, nas vezes em que minha mãe e eu fomos levadas para o porão por motivos desconhecidos, nos narizes sangrentos e nos lábios rachados, na vez em que ele soltou seus cães em um de seus próprios seguranças.

Ah. Eu tinha me esquecido disso. Agora, pensando nisso, nunca mais vi aquele homem.

— Havia um segurança — conto. — Acho que o nome dele era... — Vasculho minha mente. Os nomes dos guardas de Mosier são todos estrangeiros e, embora meu cérebro seja bom em armazenar e recordar, é difícil me lembrar de palavras que aprendi foneticamente. — Dragon. Acho que o nome dele era Dragon. Ele trabalhou para Mosier. Ficava de guarda. Um dia, ele estava lá, no dia seguinte... ele se foi.

— Dragon, hein? — Gus esfrega o lábio inferior. — Apelido?

— Acho que não. Acho que esse era o nome dele.

— O que aconteceu com ele?

Eu suspiro.

— Sabe, acho que meu cérebro arquivou isso como um sonho, mas não foi.

— *O que* não foi?

— Eu estava na cama, mas os cães me acordaram. Latidos. Altos, sabe? Rosnados. Olhei para o pátio em frente à casa e dois caras estavam segurando Dragon. Ele estava mole e seu rosto estava sangrando. Mosier deu um soco no rosto dele enquanto o seguravam, depois o soltaram. Ele caiu no chão, mas tentou se levantar. Tipo, ele estava com tanta dor que quase não conseguia se mexer, mas, de alguma forma, conseguiu se levantar, segurando as costelas, e Mosier gritou algo. Ele se virou e tentou correr em direção aos portões, mas estava lento e desajeitado. Assim que chegou à beira da luz, perto dos portões, os cães... os cães estavam presos em correntes de metal, mas Mosier foi até o treinador e os soltou. Eu os assisti correr na escuridão, seguindo o homem. — Engulo em seco, odiando ter lembranças horríveis como essas. — Eu pulei de volta na cama. Não me lembro de mais nada. Na verdade, acho que tentei me convencer de que era apenas um sonho. Mas... mas, Gus... Nunca mais vi aquele guarda.

— Quando foi isso, Ash?

Franzo os lábios, tentando lembrar.

— Talvez, hum, dois ou três anos atrás? Ainda havia neve no chão. Lembro porque Dragon estava descalço. Na época, pensei que seus pés deviam estar congelando.

Gus assente.

— Ok. Vou contar ao Jock. Não sei se adiantará de alguma coisa, mas pelo menos é um começo.

— Vai tentar prendê-lo? Mosier?

— Se ele estiver atrás das grades, não poderá chegar até você, pequena Ash.

Olho para Gus, pensando que ele não tem ideia do quanto Mosier é forte, do quanto seu alcance se estende, do quanto ele retaliará brutalmente se descobrir que Gus e Jock estão atrapalhando seus negócios.

— Não faça nada perigoso, Gus. Por favor. Prometa-me.

Gus segura meu rosto, um sorriso gentil nos lábios.

— A vida é perigosa, boneca. Não deixe ninguém lhe dizer algo diferente.

— Eu não posso te perder também — sussurro.

Gus abaixa as mãos e se levanta.

— Então se vista. Quanto mais cedo você for para a casa de Julian, mais cedo eu posso respirar tranquilamente outra vez.

O caminho para a fazenda de Jock leva pouco menos de meia hora por estradas tranquilas, pontilhadas por fazendas bem conservadas e em ruínas

— bem estilo americano, tranquilo no meio do nada. Gus estava certo, será o lugar perfeito para me esconder por um tempo.

Viramos em uma estrada indefinida com fazendas de ambos os lados e depois descemos outra com bosques os lados. A floresta fica estreita até uma clareira e, logo à frente, vejo uma casa, um celeiro e um prado, com uma entrada de automóveis circular de cascalho na frente. Entramos, e Jock desliga o motor enquanto olho pela janela.

A casa e o celeiro estão impecáveis.

Não há manchas de tinta descascando nas telhas da casa, e o celeiro é de um marrom suave ao sol do fim da manhã. O jardim ao redor da casa floresce com girassóis virando seus rostos alegres para o céu, e um cata-vento cobre o pico do telhado. Parece mais uma pousada cinco estrelas do que uma casa particular e, ao sair do carro, respiro fundo, com esperança de que esse lugar me acolha, mesmo que o inquilino não o faça.

— O que acha? — pergunta Gus.

— É linda.

— Sim, ela é. P.E. a reformou quando voltou do Afeganistão. Foi a maneira que encontrou de lidar com tudo.

— Ei — digo a Gus enquanto Jock caminha até o celeiro e bate em uma porta marrom com detalhes brancos. — Como vocês se conheceram, afinal?

— Cape — explica Gus. — Ele estava explorando uma galeria de arte. Eu o vi pela janela. Dei uma olhada e morri. Eu precisava tê-lo.

Assinto, lembrando que Gus sempre amou dar suas fugidas da cidade.

— Simples assim?

— Oh, querida — responde Gus. — Quando é para ser, você sabe. E, com Jock, eu sabia. Eu soube no segundo em que olhei para ele. Ele era meu, e era isso.

Meus olhos deslizam para o celeiro, onde posso ouvir vozes erguidas em crescente raiva. De repente, um homem sai correndo pela porta, vestindo camiseta, jeans e luvas de couro preto que cobrem seus antebraços. Ele as tira e as coloca debaixo do braço enquanto se aproxima de mim.

— Está me zoando, Jock? — ele pergunta por cima do ombro, praticamente cuspindo as palavras. — Droga.

Jock grita para o homem da porta do celeiro, e é quando vejo um cão ruivo escapar de trás de Jock, correndo pela calçada em minha direção.

Um cachorro!

CORAÇÃO VALENTE 87

Sinto meu rosto se abrir em um sorriso. Eu *amo* cachorros. Com exceção dos animais de ataque de Mosier, eu sempre amei cães, mas Tig nunca me deixou ter um. *Tem um cachorro aqui? Oh, Deus, por favor, que isso dê certo.*

Eu me agacho, estendendo a mão para o animal quando se aproxima. Ele fareja minhas mãos antes de me deixar acariciá-lo atrás de orelhas compridas como cortinas suaves e aveludadas.

— Olá, bebê. Você é tão linda, menininha mais doce.

— Ele é *macho* — cospe uma voz acima da minha cabeça.

Olho para cima, levantando-me devagar, incapaz de desviar o olhar do homem que grita comigo.

Que olhos.

Verde-claros e semicerrados, eles se arregalam de surpresa, encarando os meus por um longo momento, que poderia mudar nossas vidas, antes que se estreitem de raiva, deslizando para longe de mim e voltando para Jock.

Não ouço nada enquanto a voz dele se reduz a um ponto de fúria, provavelmente contando a Jock todas as razões pelas quais não sou desejada aqui. Normalmente, doeria um pouco ver alguém me rejeitar sumariamente no primeiro encontro, mas estou tão hipnotizada por seu rosto, seu corpo, sua beleza áspera e inata que mal consigo respirar, muito menos forçar meus ouvidos a funcionarem de qualquer maneira, ou seja, de maneira significativa.

Ele é alto. Mais alto do que eu, entre 1,88 ou 1,89m, com um corpo musculoso e claramente definido sob uma camiseta cinza e um jeans surrado e abaixo dos quadris. Ele usa botas que, à luz do sol, parecem salpicadas com um milhão de partículas de pó de diamante — elas brilham cada vez que ele as move. Com as mãos nos quadris, as veias dos antebraços se erguem apenas o suficiente para criarem um mapa de trilhas que levam aos pulsos e mãos. As costas de suas mãos, como suas botas, estão salpicadas de diamantes e, quando ele levanta uma delas para reforçar uma das muitas razões pelas quais eu absolutamente não posso ficar aqui, ela captura a luz do sol e brilha.

Enquanto olho para a mão dele, percebo que está quieto, muito quieto, e o silêncio me arrasta de volta à realidade.

Olho para Gus, que lança um olhar rápido e decepcionado para Julian.

— Feliz agora?

Desvio os olhos — lentamente, preparando-me para o impacto o tempo todo — para Julian, observando-o recuar, sua mandíbula apertada e seus lábios rosados franzidos enquanto ele me olha.

— Não estou *tentando* ofendê-la — ele bufa.

— Eu... não estou ofendida — comento, minha voz mais baixa do que o habitual. Estou sendo honesta. Não ouvi uma única palavra que ele disse.

— É claro que ela está ofendida pra caralho — rebate Jock, o palavrão quase cômico quando pronunciado com seu sotaque britânico.

Mas Gus me conhece, e sua expressão prova isso. Ele sabe que estou acostumada a ser rejeitada, o que não me incomoda da maneira como chocaria e afligiria outra mulher.

— Ela não tem mais para onde ir — diz ele calmamente.

— E esta propriedade é *minha* — acrescenta Jock com um corte silencioso, sua gentileza de volta.

— Então você vai me forçar a ter isso... esta... esta *menina* aqui.

Isso, sim, me ofende, porque estou esperando ser mulher há muito tempo e, aos dezoito anos, tenho permissão para usar o título.

— Sou adulta.

— Quase — ele retruca, seus olhos mudando de cor para um verde-escuro e com raiva.

— Não vou te atrapalhar. Sou boa nisso.

Ele para de me olhar, gesticulando para uma estrutura em ruínas, em um campo, a cerca de cem metros de onde estamos.

— Ok. O chalé é todo dela.

— O... chalé? — Faço uma careta, imaginando com quantas espécies de ratos compartilharei o "chalé".

— Não está habitável — argumenta Jock.

— Vou consertar.

— Sem acordo — diz Jock. — Ela fica na casa.

— Absolutamente não.

— O segundo andar — sugere Gus, olhando para a janela redonda no topo da casa antiga. — Dê a Ash o sótão.

— Não há cozinha lá em cima.

— Ela só usará a cozinha quando você estiver trabalhando.

— Porra! — murmura Julian, passando a mão pelos cabelos e parecendo irritado. — Ok! Mas fico sem pagar aluguel enquanto ela estiver aqui.

— Fechado — concorda Jock, estendendo a mão para apertá-la.

Julian levanta a mão brilhante e cumprimenta o proprietário antes de colocar as luvas de volta e nivelar um olhar zangado para mim.

— Vê se não me... — Ele faz uma pausa, seu queixo contraído enquanto luta pelo autocontrole. Finalmente, consegue grunhir: — Não me atrapalhe.

— Sem problemas... — começo a dizer, mas ele se vira e volta ao celeiro, desaparecendo em suas profundezas escuras.

O cachorro olha para mim por um instante, seus olhos de cão tristes, como se desejasse poder pedir desculpas pelo comportamento áspero de seu dono. Depois de um instante, ele se vira desamparado e segue seu mestre.

— Correu tudo bem — diz Gus.

— Filho da mãe temperamental — murmura Jock.

Gus suspira enquanto lança um olhar lascivo em direção ao celeiro.

— Mas precisa admitir que ele é sexy pra caralho.

— O quê? — exclama Jock. — Comporte-se, Gigi. Aquela bunda não é sua para tocar.

Gus encolhe os ombros.

— Mas linda de se ver.

— Ele é mais certinho do que o cabelo da Gisele Bündchen depois de uma chapinha.

Rindo enquanto se aproxima de Jock, Gus segura as bochechas de seu parceiro e o beija nos lábios.

— Não há mal algum em olhar, P.E. Meu coração *e* minha bunda pertencem a você.

Algo dentro de mim se aperta com força enquanto vejo essa genuína demonstração de afeto entre dois humanos que sofreram tanto antes de se encontrarem, especialmente quando estão prestes a me deixar com alguém que, obviamente, não me quer aqui.

Como se pudesse ouvir meus pensamentos, Gus diz:

— Tudo bem para você, Ash?

Eu forço um sorriso e assinto.

— Vai ficar tudo bem. Sou grata.

— Você é uma boa atriz — diz Jock baixinho.

Respiro fundo, olhando para o celeiro antes de me voltar para o casal feliz.

— Posso lidar com Julian. Ele não me quer aqui, tudo bem. Não tenho nenhum problema em ficar longe dele. Mal saberá que estou por perto.

Os olhos de Gus ficam preocupados quando ele me olha por um segundo, depois assente.

— Isso é verdade. Você é boa em passar despercebida, Ash. Talvez um pouco boa demais.

— Ele não vai incomodá-la — assegura Jock, apontando para a casa. Gus entrelaça nossos braços, seguimos Jock pelo caminho de cascalho e subimos as escadas.

Jock abre uma porta de tela velha e entramos na frieza da casa antiga de sua família.

Alguns lugares mantêm o mal ou a bondade das pessoas que os habitaram, os planos do tempo impotentes contra as emoções que ricochetearam nas paredes e foram discretamente registradas e contidas em um ambiente.

Fecho os olhos e respiro profundamente.

Biscoitos com gotas de chocolate.

Risos.

Canções de Natal.

Lágrimas.

Canela.

Suor.

Rosas secas.

Boas notícias.

Más notícias.

Amor.

Vida.

Esta casa — este lugar instantaneamente sagrado — atinge meu coração e o comprime, ao mesmo tempo compartilhando seu passado e me convidando para o presente.

Abrindo os olhos, suspiro com um desejo tão profundo e doloroso que deixa minha visão embaçada de lágrimas. *Aqui, estarei segura*, penso comigo mesma, imaginando como essas palavras se atrevem a borbulhar até o topo da minha consciência quando mal entendo o significado delas.

Mas vidas foram amadas e compartilhadas aqui, quebradas e consertadas, vividas e perdidas. E agora minha vida, por menor que seja, também fará parte dela. Há um conforto silencioso nessa ideia. Companheirismo. Solidariedade.

As paredes são amarelo-manteiga e o acabamento é de um branco brilhante sob a luz do sol. Pisos de madeira escura brilham sob tapetes persas de padrão vermelho de vários tamanhos, e atraentes móveis campestres estão artisticamente dispostos em volta da sala de estar. Em um grande vaso de latão na mesa de centro, há um arranjo de flores de seda vermelha que são tão realistas que quase sou enganada a acreditar que são de verdade.

— Adorei — digo.

— Bem, obrigado, amor. Reformei e decorei. — Jock ri. — É velha, mas especial, não acha?

Sim.

— Quantos anos tem?

— Meu bisavô comprou as terras em 1919, quando retornou da Primeira Guerra Mundial. Era banqueiro em Nova York, mas casou-se com sua namorada quando voltou para casa, e ela queria uma casa de veraneio. Nada grandioso. Apenas algo fora da cidade onde ela pudesse descansar. Todo mundo foi para Catskills do outro lado do rio, mas meu velho avô queria algo diferente. Ele escolheu Vermont.

— E a casa? — pergunto, ainda congelada na porta.

— Um bangalô Sears, Roebuck Vallonia, que ele adquiriu de um catálogo — conta Jock. — Era um modelo popular na Califórnia nos anos 1920. Vovô viu um fora de Sacramento, onde ficou durante a guerra.

— Ele comprou a casa... de um catálogo?

— Aham. Preenchendo um formulário de pedido por correio. Enviado com uma ordem de pagamento. Encontrou alguns homens locais para cuidar da construção e *voilà*.

— Incrível — admiro, olhando em volta da eclética sala de estar, que abrange a largura da casa antiga.

— Era um modelo popular para casais jovens, porque era um ambiente só, até a chegada das crianças. Sala de estar, sala de jantar, cozinha, banheiro e quarto, todos no primeiro andar. E, no andar de cima, o esboço permitia três quartos ou um grande espaço aberto para armazenamento.

Deslizo meus olhos para Jock, com as sobrancelhas levantadas.

— Seus bisavós optaram pelo quê?

— Pelos três quartos — ele confirma com um sorriso. — Minha tia-avó, Charlotte, minha outra tia-avó, Mary, e meu avô, George, cresceram aqui.

— Seu pai também? — pergunto, encostando cautelosamente em um cobertor de peles dobrado com cuidado no encosto de um sofá creme decorado com peônias vermelhas brilhantes.

— Aham. Ele comprou do meu avô por vinte dólares, em 1968.

— Apenas vinte dólares?

— Negócio de família.

— E você?

— Herdei quando meu pai faleceu. Fiz muitas reformas. Gigi e eu moramos aqui por um tempo, mas é bem isolado. Quase uma hora de Burlington, onde está localizada a nossa segunda galeria, e muito mais tempo quando neva.

— Sem contar que não há bons martinis por aqui — lamentou Gus. — Nem mesmo um barzinho. Você tem que dirigir até Shelburne para tomar um drinque.

Balanço a cabeça para Gus antes de sorrir para Jock.

— Então, incluindo você, quatro gerações de Souris viveram aqui.

— Na verdade — diz Jock, com as bochechas meio coradas. — Quatro gerações de Mishkin. Meu nome de nascença é Jonathan Mishkin.

— Mishkin?

— Significa "rato" em russo.

— E Souris?

— Rato em francês — diz ele com uma risada autodepreciativa.

— P.E. queria ser sofisticado em sua juventude perdida — revela Gus, encarando com adoração o belo namorado.

Jock pigarreia.

— Suba as escadas. Vou te mostrar onde você vai ficar.

Atravessamos a grande sala da frente até uma porta que leva a uma escada curva até o segundo andar. O patamar no andar de cima é pintado de branco e foi convertido em uma adorável sala de estar. Um sofá elegante azul-piscina e outro listrado branco ficam em frente à lareira, com uma mesa de café no meio da sala e um tapete de pele de carneiro intocado no chão.

Mal consigo admirar o charme do pequeno espaço antes de Jock entrar por uma porta de madeira escura e me levar a um quarto azul-turquesa com molduras brancas nas paredes, várias janelas emolduradas com cortinas brancas e uma grande cama branca, posicionada como uma nuvem, no centro da sala.

— Céu? — sussurro.

Jock encolhe os ombros, sua expressão satisfeita.

— *Eu* acho que sim.

CORAÇÃO VALENTE 93

— Eu também — diz Gus, melancólico, e fico imaginando se ele está repensando a mudança para a cidade.

— É seu — Jock fala. — Atrás da sala de estar também tem seu próprio banheiro.

Lágrimas pinicam meus olhos quando vejo as figuras de anjos, emolduradas em branco, adornando as paredes.

— É lindo.

— Você merece — sussurra Gus, colocando um braço em volta dos meus ombros. — Descanse, Ash. Ajudaremos você a resolver o resto.

Eu giro, enterrando o rosto no pescoço de Gus e chorando como um bebê.

Sei que é apenas temporário.

Sei que não é *minha* casa, *meu* quarto, *meu* espaço sagrado.

Sei que meu companheiro de casa, além de me odiar, não me quer aqui.

Mas, depois de uma vida inteira vagando, finalmente parece que estou em casa.

CAPÍTULO OITO

Julian

Linda.

Sem dúvida, sem ressalvas, cláusulas ou reservas, ela é a mulher mais bonita que já vi na vida.

Na vida.

O que é um enorme problema.

Seus brilhantes olhos azuis, magoados, arregalados e vulneráveis, e seus lábios macios, perfeitos para todas as coisas depravadas que eu quero fazer com eles, prometem nada além de problemas. E isso me irrita porque me mudei para cá para escapar desse tipo particular de caos.

Não a quero aqui.

Mas sou inquilino na casa de Jock Souris e li meu contrato cinco vezes antes de assiná-lo. Não havia nada que o proibisse de alugar partes vazias de sua propriedade a outros inquilinos e, de fato, havia algo sobre ele e seu parceiro terem uso exclusivo do segundo andar a qualquer momento, sem aviso prévio. Então, se ele quiser deixar alguém ficar aqui, eu realmente não tenho o direito de falar nada.

Porra.

Preciso começar a pensar em conseguir um lugar para mim, para não ter que me preocupar com essas coisas.

— *Uma adulta* — zombo, sentado em um banquinho manchado de tinta na minha bancada e olhando para a pequena estatueta que eu estava moldando antes de Jock bater na porta do celeiro. Olho objetivamente por um segundo antes de soltar o grampo e deixar a estatueta cair da minúscula plataforma de metal para a mesa de madeira, onde o vidro resfriado se lasca.

Ainda não sou bom com coisas pequenas. Não sou tão bom quanto meu pai, de qualquer maneira.

Meu pai, Luc Ducharmes, nascido na França e aprendiz de Baccarat logo após o Ensino Médio, era um mestre soprador de vidro. Após dez anos trabalhando com o melhor cristal do mundo, suas habilidades lhe renderam um visto de trabalho para os Estados Unidos, criando uma coleção especial para Simon Pearce em Quechee, Vermont, onde conheceu minha mãe.

E, por um tempo, fomos felizes lá — meu pai, minha mãe, eu e minha irmãzinha, Noelle. Até não sermos mais. Até minha mãe não estar mais presente. Até que ela partiu para gramas mais verdes e destruiu nossa pequena família.

Então, sim. Foi divertido.

Bruno olha para mim e choraminga. Nunca vou saber como ele sabe a diferença entre vidro que quebra por acidente e vidro que eu quebro de propósito.

Deslizo do banquinho e olho para ele.

— Desculpe, garoto.

Seus profundos olhos castanhos e tristes olham para mim por um momento contemplativo antes de ele se virar para a porta do celeiro e latir uma vez antes de olhar para mim.

Você é tão linda, menininha mais doce. Sua voz feminina ecoa na minha cabeça como sinos de vento de cristal em um dia ventoso, e isso provoca uma carranca no meu rosto.

— Se alguém deveria ter ficado ofendido — digo ao meu cachorro — era *você*. Como ela poderia confundir um espécime masculino de perfeição de caça com uma cadela?

Bruno vocaliza baixinho, um cruzamento entre uma reclamação e uma pergunta, e percebo que falei uma de suas palavras favoritas: caça.

— Não, amigo. Hoje, não — nego, apontando para a cama no canto do celeiro. — Vá se deitar. Vou levá-lo para um... — Se eu disser passeio, ele ficará louco, então pulo a palavra e termino com: — ... daqui a pouco.

Bruno se inclina para a cama e deita-se, bufando; aqueles olhos de cão, que tudo veem, observando-me enquanto ele se encolhe em uma bola.

Eu tenho Bruno há um ano, desde que deixei Washington, D.C., no pior dia da minha vida, e fui de carro até Vermont para começar de novo. Parei em Middlebury para abastecer e comprar um sanduíche quando vi um aviso no quadro da estação de serviço sobre um evento de adoção de animais naquele dia, duas ruas adiante.

Seu dono fora baleado em um acidente de caça, deixando Bruno, um *Redbone Coonhound* de três anos, sem lar. Eu olhei para ele, ele olhou para mim, e acho que se pode dizer que nos escolhemos naquele momento. Dois marmanjos com uma boa dose de azar nas mãos. Não que nossa sorte tenha melhorado estando juntos.

Eu o adotei na hora, coloquei-o no banco do passageiro do meu carro lotado e continuei dirigindo para o norte na Rota 7 até chegar a Shelburne.

Como meu pai se foi e minha mãe se casou com um cara na Flórida, a única pessoa para quem eu tinha que voltar era minha irmã Noelle, que é quatro anos mais nova do que eu e frequenta a faculdade de Saint Michael, perto de Burlington. Foi bom morar perto dela no ano passado — vê-la em qualquer fim de semana aleatório que quisesse.

Deus sabe que eu faria qualquer coisa por aquela garota.

E ai do idiota que a fizer chorar, porque ele será tratado rápida e impiedosamente.

Coloco a luva da mão esquerda e afasto os pedaços de vidro quebrados em minha bancada para uma lixeira de metal cheia de outros pedaços irregulares. Então me sento no banquinho novamente, olhando pela janela empoeirada para o prado verde atrás do celeiro.

Eu gosto de Jock Souris. De verdade.

Cresci em Vermont, onde praticamente tudo é permitido, então alugar uma casa de um homem gay e seu parceiro não é um problema para mim. Além disso, em um ponto de cada uma de nossas vidas, Jock e eu trabalhamos para o tio Sam, por isso temos algo em comum. No entanto, ele me contou pouquíssimo sobre a garota que largou na minha porta. Somente que ela é uma "amiga da família" e "precisa de um lugar para ficar" por um tempo.

E tem o fato de eu poder morar aqui sem pagar aluguel pelo tempo que ela ficar. Isso deveria me deixar feliz, certo? Errado. *Não* estou feliz com esse novo acordo. Não tenho interesse em compartilhar a casa que aprendi a amar com uma garota que não conheço.

Visualizo o rosto dela, aquele rosto lindo, e o jeito como ela me olhou com aqueles olhos arregalados e os lábios ligeiramente entreabertos. Aqueles lábios. Lábios de Angelina Jolie. Lábios de Scarlett Johansson. Maldita Liv Tyler do clipe de *Crazy*. Exceto que essa garota não se parece com Liv. Ela tem cabelos loiros e um beicinho perfeito como o de Alicia Silverstone. Lembro-me do início daquele vídeo em que nossa garota, Alicia, sobe pela janela de um banheiro com seu uniforme escolar católico, sua saia se erguendo para mostrar a calcinha de renda preta... me faz sentir excitado pra caralho, mas sinto meu pau tensionar quando imagino a garota do andar de cima com nada além de calcinha de renda preta.

Caralho.

Merda. Merda. Merda.

Porque, sim, eu estava gritando com Jock, mas ela estava de pé atrás dele, e não deixei de reparar nas curvas de seu corpo adolescente sob um par de jeans novos e uma camiseta de mangas compridas. Seus seios arredondados esticavam um pouco o tecido da blusa. Não é o suficiente para me sentir excitado. Apenas o suficiente para odiá-la. Porque nenhum homem vivo, muito menos eu, tem o direito de querer alguém como ela. Ou, claro, podemos desejá-la, mas nunca a teremos. Nem em um milhão de anos.

Ela parecia ter mais ou menos a idade de Noelle — entre dezoito e vinte anos e ridiculamente jovem para, de repente, chegar sozinha no meio do nada e ser colocada em uma antiga casa de fazenda por duas rainhas velhas.

Como *essa* é a melhor opção?

Quem é ela?

E qual é exatamente o problema?

Faço uma careta porque as manchetes de sua história — as partes óbvias — começam a se materializar enquanto penso no pouco que sei sobre ela. Eu não fiz todo aquele treinamento por nada. Além disso, tenho bons instintos. Praticamente pude sentir o cheiro nela — o medo, o desespero, a maneira como não me olhava nos olhos, exceto para insistir que era adulta.

Deus, que piada. Se ela é adulta, eu sou um poodle francês.

Foi o namorado de Jock, Gus, que revelou a parte mais importante de sua história.

Ela não tem mais para onde ir.

Então outra coisa me ocorre, e eu me pergunto: *ela está se escondendo?*

Essa garota — como é o nome dela? Amber? Audrey? — se meteu em encrenca. Bastante encrenca. O tipo de encrenca que deixa outras pessoas em maus lençóis quando estão apenas tentando viver a vida e cuidar de seus próprios assuntos. E ela foi jogada na minha porta. Literalmente.

Não é da minha conta. Não é problema meu.

Tiro a luva e a penduro em um gancho sobre a bancada. Hoje não acendi o forno e, depois da bomba matinal de revelações irritantes, não tenho mais paciência para trabalhar em esculturas.

Coloco as mãos nos quadris e franzo a testa.

Nenhum outro lugar para ir?

Como pode?

Minha mãe foi embora quando eu tinha doze anos e Noelle, oito. Meu pai morreu oito anos depois, quando eu era calouro na Granite State College e Noelle estava iniciando o Ensino Médio. De maneira alguma minha mãe se interessou em interromper sua nova vida para cuidar de nós, então deixei meu quarto no campus e voltei a morar em Quechee com minha irmã. Cuidei de Noelle, dirigindo para a faculdade nos meus dois últimos anos, em vez de morar no campus. Levava Noelle para a escola todos os dias e verificava se ela tinha dinheiro para almoçar antes de entrar no meu carro e ir para a faculdade. Assinava seus bilhetes de permissão e a ajudei a comprar um vestido de baile. Não comecei meu treinamento na FLETA na Geórgia até Noelle entrar para a faculdade.

Essa garota não tem mãe? Pai? Um irmão? Um avô? Alguém? Isso não me parece possível. Não faz sentido. Parece suspeito e me deixa ainda mais tenso.

Enquanto estou sentado aqui pensando na minha nova e extremamente indesejada companheira de casa, brinco com um caco de vidro azul — um tubo sólido com cerca de vinte centímetros de comprimento e meio centímetro de diâmetro. O fato de ser aproximadamente da mesma cor dos olhos dela é algo que tento ignorar quando ligo a tocha na minha frente e puxo um par de óculos de segurança de um gancho à minha direita.

Segurando o tubo no fogo, torço o vidro para a frente e para trás, observando-o derreter, criando uma bolha no final. Quando tenho uma boa forma arredondada, pressiono-o contra uma laje de metal fria, achatando-a um pouco no final do tubo. Antes de esfriar, pressiono a bolha achatada contra alguns pequenos pedaços de cristal branco ainda caídos no metal de um projeto anterior. Eles são apanhados pelo vidro quente e eu os aqueço novamente. Faço o mesmo com alguns grânulos verdes, e agora minha bolha azul plana está cheia de manchas brancas e verdes. Eu a seguro contra a chama mais uma vez, torcendo-a novamente em uma bolha, observando enquanto se transforma em uma esfera suave, com manchas brancas e verdes de cores derretidas presas dentro do mármore de vidro azul-claro.

Apago a tocha, prendo meu mármore com um alicate de vidro antes que esfrie e, então, o mais gentilmente possível, pego-o com uma pinça e mergulho em um copo metálico de água.

Quando o levanto, tenho um mármore perfeito, parecido com uma moeda; e, quando eu o seguro contra a luz, é como se estivesse olhando para uma versão minúscula e distorcida do mundo.

Bufando baixinho, assobio para Bruno, colocando o mármore no bolso e fechando a porta do celeiro atrás de mim enquanto voltamos para o pasto para uma longa caminhada na floresta.

Ashley

Da janela do meu novo quarto, vejo Julian e seu cão saírem do celeiro, trancando a porta antes de seguirem em direção ao campo.

Não tenho muito o que desembalar, mas seguro uma camiseta dobrada contra o peito enquanto os vejo partir.

A luz do sol brilha em seu cabelo dourado, que cai em seus ombros, e ele estica a mão e o prende em um curto rabo de cavalo. Seus passos são longos e uniformes, e eu posso ver uma faixa de pele bronzeada entre a cintura de seu jeans e a bainha de sua camiseta a cada passo.

— Uau — murmuro, estendendo a mão para abanar o rosto enquanto a dupla desaparece na floresta nos limites da propriedade. Mesmo que eu não consiga mais vê-los, permaneço na janela, como se estivesse esperando um último vislumbre.

Finalmente, voltando para a cômoda entre as duas janelas, adiciono à gaveta a camiseta que estou segurando. Antes de deixarmos New Paltz, o Padre Joseph me entregou uma sacola plástica da Target que continha três pares de jeans tamanho 38, um pacote com três camisetas: uma branca, uma preta e uma cinza, um pacote com três camisolas brancas; um pacote de três calcinhas brancas de algodão, um pacote de três meias brancas; e um par de tênis brancos simples. Encontrei o boné do Mets no fundo da sacola quando usei o banheiro do trem para trocar o uniforme da escola, e sua inesperada gentileza me fez chorar. Era o boné que ele usava sempre que os juniores jogavam contra os seniores no softball. Todas as meninas o provocavam por ser o treinador Joseph, em vez de Padre Joseph, o que ele aceitava com risadas e bom humor. Vou apreciá-lo acima de todas as coisas. Preciso lembrar ao Gus que o devolva o mais rápido possível.

Fecho a gaveta da cômoda e me sento na beirada da cama. Com a janela aberta, os aromas frescos da paisagem entram no meu quarto: solo escuro, grama recém-cortada, flores doces e fogueira, talvez mais distante. Paro de observá-los separadamente e deixo que se misturem com perfeição, inspirando até meus pulmões estarem cheios.

Descanse, Ash. Ajudaremos você a resolver o resto.

Deito-me na cama, olhando para o ventilador branco e percebo que há nuvens pintadas no teto. Uma lágrima escorre pelo canto do meu olho enquanto sorrio. Paraíso. Coloco as pernas na cama e deixo meus olhos cansados se fecharem.

Quando acordo, o sol brilha através das janelas, mais baixo no céu, mas bem mais quente do que antes, e um novo cheiro se junta aos outros: fogo. Mas não apenas fogo. Eu pisco, sentando-me lentamente na cama. Madeira carbonizada. O aroma da queima de metal? Ou não. Provavelmente vidro. Levanto-me, atravesso as tábuas pintadas de branco em direção à janela e olho para o celeiro, onde espero ver fumaça, mas não há. Meus lábios tremem de curiosidade, e fico tentada a descer as escadas e andar na ponta dos pés pela entrada de cascalho para espiar dentro do celeiro, mas as palavras furiosas de Julian ecoam na minha cabeça: *não me atrapalhe.*

Meu estômago ronca e percebo que, para não atrapalhá-lo, provavelmente devo usar agora a cozinha para preparar alguma comida, enquanto está ocupado.

Deixando meus sapatos no andar de cima, desço a pequena escada caracol até o primeiro nível da casa. Chego na sala de estar e sala de jantar e sorrio quando entro na cozinha moderna e brilhante.

Há azulejos brancos no chão e as paredes são pintadas de amarelo-claro. No centro do cômodo, há uma ilha de mármore branco e cinza e uma tigela de vidro com laranjas, limões e limas. Dou um passo à frente e manejo a tigela com cuidado, olhando as cores cítricas em turbilhão derretidas no vidro e, instintivamente, sei que essa é uma das peças de Julian. Da janela sobre a pia, olho para o celeiro, mas não vejo meu rude companheiro, então relaxo.

Na minha escola, as artes culinárias e a economia doméstica têm o mesmo peso que a leitura, a escrita e a aritmética. De fato, há algumas irmãs que insistem que saber como manter uma casa e alimentar uma família são habilidades mais úteis para as jovens do que geometria ou um conhecimento abrangente de Charles Dickens e as obras históricas de William Shakespeare.

Sinto-me em casa na cozinha e sou bastante qualificada, embora nunca tenha tido a minha própria. Na casa de Mosier, nem pensar; o ambiente criado pela equipe de sua casa não era um lugar para mim ou minha mãe. E a cozinha da escola estava sempre cheia de dezenas de meninas, todas encarregadas de levar o café da manhã, almoço e jantar à mesa.

A primeira coisa que faço, além de comemorar a revelação de que esta cozinha é toda minha pela próxima hora, é abrir os armários e gavetas ao mesmo tempo e girar lentamente ao redor, memorizando o lugar de todos os ingredientes e utensílios, panelas, assadeiras, escorredores e suprimentos armazenados. Rapidamente, percebo que, embora seja uma cozinha bonita, não é excepcionalmente bem equipada. Na verdade, faltam algumas coisas. Não há panela de cozimento lento, item obrigatório para as mães jovens, ou forma de bolo para fazer doces para os novos vizinhos. Humm.

No entanto, há uma boa coleção de itens básicos, que são sofisticados e parecem quase novos. Pegando uma assadeira do armário ao lado do forno, coloco-a no balcão de mármore e adiciono uma frigideira pesada de ferro, um rolo de macarrão, duas colheres de pau, um espremedor de limão e um socador de alho.

Quando fecho os armários e as gavetas, um por um, pego outros itens de que preciso, acrescentando-os à pilha crescente e depois viro para a geladeira. Não há alho, mas há uma cebola solitária e triste na geladeira, um pacote com dois peitos de frango e meia garrafa de leite integral.

Em um armário de suprimentos, encontro farinha, fermento em pó, sal e gordura vegetal, os quais Gus me disse que eu poderia usar.

Trabalhando rapidamente, unto a assadeira e misturo os ingredientes para biscoitos simples, uma das muitas receitas que sei de cabeça.

Depois de colocá-los no forno, retiro o frango da embalagem, bato nas costelas até que a membrana e os músculos estejam separados e esfrego com limão. Adiciono cebola picada e depois reservo o frango. Pouco antes de os biscoitos ficarem prontos, fritarei os pedaços de frango em azeite e *voilà*! Frango e biscoitos. Não é uma refeição perfeita, mas não é ruim para provisões limitadas. Penso, sorrindo ao guardar os ingredientes de que não preciso mais, que a irmã Mary Claire ficaria orgulhosa.

Enquanto espero os biscoitos assarem, dou uma espiada na cozinha e encontro um velho livro de receitas no fundo de um armário inferior. Coloco-o na pedra de mármore e folheio as páginas enquanto o cheiro de biscoitos preenche a cozinha.

Livro de receitas e imagens de Betty Crocker.
Propriedade de Annabelle Mishkin.
Humm. Mãe do Jock? Avó? Bisavó?

Olho para a data na ficha catalográfica: 1956.

Provavelmente a avó dele.

Passo as páginas, com água na boca pelas receitas, ilustradas com fotos em preto e branco e esboços de desenhos. Anos cinquenta, donas de casa com cabelos perfeitamente penteados, vestindo aventais sobre suas saias com anáguas, sorriem com adoração para os maridos vestidos com ternos de trabalho, enquanto apresentam uma mesa com um belo peru. É uma versão da família que nunca tive, nem remotamente, mas, quando me inclino sobre o livro, com os cotovelos apoiados no mármore frio, sinto um desejo de algo que nunca conheci.

De repente, vejo Tig num avental e anáguas e, pela primeira vez desde que minha mãe faleceu, não fico brava nem amargurada. Rio baixinho da imagem na minha cabeça, pensando no quanto ela odiaria aquela vida, e me perguntando se todas as filhas acabam querendo exatamente o que suas mães não fizeram, imaginando se as mulheres são como pêndulos de relógio de cuco, balançando para a frente e para trás a cada geração.

O cronômetro no forno apita e eu retiro a travessa, colocando-a no balcão, admirando as partes douradas dos meus biscoitos perfeitos. Acendo o fogo com um maçarico e coloco a frigideira pesada sobre a chama, adicionando um pouco de azeite. O filé de frango cozinha rapidamente, fritando na gordura, no limão e na cebola, adicionando cheiros deliciosos à cozinha.

Enquanto coloco a comida no prato — dois biscoitos e um peito de frango com caldo em cada um — percebo, de repente, que, inconsciente e inadvertidamente, fiz duas porções. Talvez seja porque nunca fiz uma refeição só para mim, ou porque havia dois peitos de frango, e que fazia sentido fazer duas refeições, mas então vejo o rosto zangado de Julian, gritando com Jock, gritando comigo, as manchas de diamante nos braços e o verde sombrio dos olhos.

Talvez ele esteja com fome, penso.

Guardando a luva que usei e lavando a frigideira na pia, reúno coragem. Posso correr para o celeiro, colocar o prato no banquinho do lado de fora da porta, bater e sair correndo.

Cubro o prato com plástico-filme e, com as mãos trêmulas, abro a porta de tela e desço as escadas da varanda dos fundos. Faço uma careta quando meus pés macios tocam a entrada de cascalho entre a casa e o celeiro, engolindo suspiros enquanto as minúsculas pedras afundam em minha carne.

Bata e corra, Ashley. Bata e corra!

Meu coração pulsa forte quando chego ao celeiro e, o mais rápido possível, coloco o prato no banquinho, batendo duas vezes na porta antes de virar e correr de volta para casa. Mal sinto o cascalho desta vez, porém meus pulmões estão queimando enquanto fujo pelos degraus dos fundos. Bruno está latindo quando chego à cozinha, mas não olho para trás.

Uma vez dentro da cozinha, eu me inclino contra a parede, recuperando o fôlego. Quando, finalmente, espio pela janela sobre a pia, noto que o prato se foi e sinto uma pequena onda de vitória que me faz rir baixinho.

Então pego meu prato da bancada de mármore, um garfo na gaveta e corro de volta para o meu santuário no sótão.

CAPÍTULO NOVE
Julian

Toc, toc, toc!

Meus olhos apontam para a porta e quase perco o ritmo giratório que estou criando para gravar um desenho em espiral no vaso manchado de laranja no qual trabalho.

— Que parte de "não me atrapalhe" ela não entendeu? — murmuro, usando uma tocha para alisar o fundo antes de deixá-lo esfriar. Mergulho delicadamente o vaso inacabado em um balde de água no chão e depois apoio a haste, com o vaso preso, em uma prateleira.

Quando abro a porta do celeiro, ela se foi, mas há um prato de comida coberto com plástico-filme no banquinho ao lado da porta. Olho para o prato como se fosse uma cobra em vez de biscoitos e frango, depois olho para a casa. Nenhum sinal dela.

No entanto, sinto o cheiro da comida, e isso me dá água na boca instantaneamente. Cheira a manteiga, cebola e limão, e desperta uma lembrança há muito esquecida.

— *Joyeux anniversaire, Julian!*

Os olhos verdes da minha avó, iguais aos do meu pai e os meus, brilham sob a luz do sol provençal do verão. Ela tira a tampa de uma panela com um floreio, sorrindo para mim do outro lado da mesa.

— *Joyeux anniversaire, filho!* — *diz meu pai, apertando meu pequeno ombro com um braço corpulento.* — *C'est coq au vin. Prato especial da sua avó. Ela só faz nas ocasiões especiais!*

— *Merci, Mémère* — *agradeço, sorrindo para ela, desejando que o nosso verão em Sault nunca precisasse terminar.*

— *Treize ans.* — *Ela estende a mão sobre a mesa e aperta minhas bochechas com amor.* — *Beau garçon.*

Treze anos. Menino bonito.

O lamento suave de Bruno me permite saber que seu nariz de cão farejou a comida, e eu pego o prato, fechando a porta com as costas.

— Você quer um pedaço? — pergunto-lhe.

Seu uivo insistente me diz que ele quer tudo.

— Sem chance, amigo. Vamos compartilhar.

Ela se esqueceu de deixar um garfo, mas não importa. Corto pela metade o primeiro de dois biscoitos e arranco um pedaço do frango ainda quente com meus dedos calejados. Metade para mim, metade para Bruno. E praticamente consigo ouvir o suspiro do meu cachorro ecoando enquanto mastiga, depois muda o peso da pata dianteira para a traseira, esperançoso por mais. Mas está bom demais para compartilhar.

— Desculpe, garoto — peço, cortando pela metade o outro biscoito e pegando o frango restante.

Quando Bruno lambe o prato, saboreio o resto. E está bom. Está *tão* bom. Está tão bom quanto o frango ao vinho da minha avó e, por mais que eu odeie, isso me faz pensar sobre a garota lá dentro.

Onde ela aprendeu a cozinhar? Será que já teve uma avó como a minha? Alguém que fez com que se sentisse amada como eu quando a dor do abandono da minha mãe era mais acentuada?

Meu celular vibra na bancada de madeira.

Noelle.

— Oi — digo, colocando o telefone no ouvido enquanto limpo as mãos no meu jeans.

— Oi. E aí?

— Nada de mais. Trabalhando em um vaso.

— Comissão ou galeria?

— Galeria, eu acho.

— Você deve abrir sua própria loja, para que não precise dividir com ninguém — ela sugere.

Aos vinte anos, ela pensa que é a mestre do empreendedorismo apenas porque está se formando em Administração de empresas.

— Sim, sim. Você já falou isso.

— O que vai fazer no próximo fim de semana?

Dou de ombros.

— O que *sempre* faço.

— Pensei que eu poderia aparecer para ver você e Bruno.

— Sério? — pergunto, imaginando o que a levou a essa ideia. — Você só tem mais algumas semanas de aula. Não quer tirar o máximo proveito delas? Ficará aqui o verão inteiro.

— É. Eu sei. Só que...

Recosto-me na bancada.

— O que aconteceu?

— Nada.

— Diga logo, *tamia*.

Tamia significa "esquilo" em francês, e é como nosso pai a chamava quando era pequena.

Ela suspira pesadamente.

— Nós terminamos. Eu e Parker.

Porra. Ela realmente gostava daquele cara.

Parker cresceu em uma família rica de Connecticut e senti que ele olhava para mim e para Noelle, nas duas vezes em que o encontrei, como se não fôssemos exatamente iguais. Eu não dava a mínima se Parker Post, nascido em Greenwich, pensava que eu era inferior a ele, mas eu odiava por perceber que ele se sentia diminuído por estar namorando minha irmã.

— O que aconteceu?

Posso imaginar minha irmã dando de ombros quando diz:

— Nada. Quero dizer, ele mudou enquanto estudava em Barcelona. É adepto do amor livre agora.

— Amor livre?

— Não quer compromisso. Não acredita mais em relacionamentos. Por enquanto... Eu acho.

— Ele te traiu?

— Ele não falou.

— Noelle...

— Sim, tenho certeza de que me traiu — responde ela, e sua voz parece mais aguda.

Acho que está prestes a chorar, e meu coração se aperta.

— Porra.

— Jules — ela funga, sua voz uma mistura de tristeza e irritação. — Não venha com essa bobagem de irmão mais velho. — Ela faz uma pausa. — Ele se importa comigo e disse que ainda quer me ver. Só quer ver outras pessoas também. Sente que é importante, para nosso desenvolvimento pessoal, que não nos comprometamos.

Acho que ele está mais preocupado com a *diversão* pessoal dele.

— Você merece coisa melhor, *tamia*.

— Eu sei. Foi por isso que falei para ele cair fora.

— Isso mesmo.

— É, então... — Ela suspira. — Haverá muitas festas de final de ano no próximo fim de semana, e não estou a fim de vê-lo... cantando outras garotas. Dando uns amassos... Você sabe...

Sua voz fica aguda novamente.

— Sei. Claro. Venha para casa. Definitivamente, estarei aqui.

— Legal. Sinto falta do meu quarto.

Meu quarto.

Ah, merda.

Jock é legal comigo, deixando minha irmã dormir no quarto no andar de cima sempre que ela me visita, mas agora esse quarto é ocupado pela criadora daquele frango e dos biscoitos.

— Na verdade, hum, você pode ficar no meu quarto.

— O quê? Não quero o *seu* quarto, Jules. Quero o meu.

— Bem, é o meu ou o sofá. Jock e Gus hospedaram uma pessoa na casa.

— Um amigo?

— Sim. Uma amiga de Gus. Ela está aqui para...

— Espera! *Ela*?

A pergunta paira entre nós e eu conto 3... 2... 1...

— Seu colega de quarto é uma garota? Ela é legal? É solteira? É bonita? Ah, meu Deus. Você gosta dela? Mal posso esperar para conhecê-la! *Julian tem uma namorada... Julian tem uma namorada...*

Além de pegar no meu pé constantemente para abrir uma loja — até a ponto de sugerir que eu negocie com o antigo agente de nosso pai, Simon Pearce, para começar —, minha irmã pensa que, por estar sozinho, preciso de companhia. A missão da vida dela é aproveitar todas e quaisquer oportunidades de me juntar a alguém do sexo oposto.

Parcialmente, isso é minha culpa. Nunca lhe contei toda a verdade sobre o que aconteceu em Cartagena. Ela não sabe que renunciei às mulheres. Possivelmente, e provavelmente, por toda a vida.

— *Merde, tamia!* Você é a pessoa mais ridícula do planeta. Eu nem a conheço. Mal troquei duas palavras com ela.

— Hummm! Olha só, xingando *em francês*! Você está... afetado por ela. Eeeeba!

— Se por *afetado* você quer dizer que estou irritado por ter que, repentinamente, compartilhar minha casa com uma estranha, tem muita razão.

— Agora vou *definitivamente* voltar para casa no próximo fim de semana!

Ela parece feliz de novo e reviro os olhos. Tudo bem. Se fantasiar sobre minha vida amorosa inexistente deixa minha irmã mais feliz, mesmo depois da separação, eu aceito.

— Ótimo.

— Coloque um colchão ao lado da sua cama. Podemos ser colegas de quarto. Como quando fomos a Sault.

Um sorriso raro — *muito* raro — tenta virar os cantos dos meus lábios e quase consegue. Quase. Durante aquelas férias de verão na Provence, cidade natal do meu pai, Noelle e eu sempre reclamávamos por dividir um quarto na casa de nossa avó, mas, no fundo, acho que nós dois amávamos. Sei que eu adorava.

— Me envie mensagem quando sair e tome cuidado na estrada, certo?

— Certo. Sempre — diz Noelle. — Até sexta-feira, Jules. Amo você.

— Também te amo.

Ela desliga e eu tiro o telefone da orelha, perguntando-me se minha nova companheira de casa se importará com a visita da minha irmã e, rapidamente, decido que, na verdade, não dou a mínima se ela gosta ou não.

Ashley

Quando entro na cozinha na manhã seguinte, meus olhos deslizam instantaneamente para o escorredor de louças ao lado da pia. Há um prato branco limpo, brilhando à luz do sol, e isso me faz sorrir. Gostaria de saber se ele gostou do frango e dos biscoitos. Espero que sim, porque realmente não quero me sentir indesejável aqui. Não tenho ideia de quanto tempo vou precisar ficar, e seria muito melhor se não tivéssemos que nos evitar o tempo todo.

Não que eu não ame meu cantinho no sótão. Eu amo. Sou muito grata por isso.

Ontem à noite, jantei na sala de estar no andar de cima, lavando minha louça na pia do banheiro para não atrapalhar Julian. Por volta das oito horas, ele ligou a TV em seu quarto, que percebi agora que fica diretamente abaixo do meu.

Não sei o que ele estava assistindo, mas era em francês. Como estudo francês na escola, consegui entender algumas das palavras que flutuaram pelas tábuas do piso entre nós: *bonjour* e *merci, je t'ime* e *au revoir*.

Olá, obrigado, eu te amo, adeus.

Fiquei me perguntando se ele — *Julian* — estava entendendo tudo em francês ou lendo legendas em inglês.

O sobrenome dele, pronunciado "*doo-shahm*", não me diz muito sobre sua história, mas eu o vi escrito em um envelope afixado na geladeira: *Ducharmes*, e me pareceu francês. Há algo romântico no fato de o meu companheiro de casa resmungão ser francês, então decido usar minha imaginação.

A cozinha não tem cheiro de café da manhã, embora eu o tenha ouvido aqui há uma hora. Com base na tigela pequena, colher e copo também no escorredor, acho que ele comeu cereal e suco.

Que bom que ele lava a louça. As freiras nos levaram a acreditar que a maioria dos homens são vagabundos, mas que uma esposa ideal deve cuidar alegremente do marido, limpando sem zombaria ou reclamação. Afinal, um marido ideal é o chefe de toda a família e deve receber o respeito devido como o provedor da moral, da proteção e do ganha-pão.

Mas, apesar de tudo que ouvi, essas palavras aprendidas mil vezes soam vazias na minha cabeça agora, assim como na escola. Nem meu avô nem meu padrasto eram especialmente morais, protetores ou generosos. Legalmente, pelo menos.

Nem sei ao certo se esse homem existe, embora seja — nas palavras de Ernest Hemingway — bonito pensar assim.

Vejo um pedaço de papel no balcão de mármore e meu coração se eleva. Gostaria que fosse um bilhete de agradecimento.

Infelizmente, não é.

Em uma caligrafia reta, lê-se:

Minha irmã vai chegar no próximo fim de semana.

Vou ao mercado hoje. Se você precisar de alguma coisa, anote. Jock vai me pagar de volta.

JD

Ao pegar dois ovos e aquecer uma frigideira, faço um inventário mental da geladeira e dos armários, pensando nos ingredientes de que precisaria para cozinhar para três.

Embora ele não tenha me pedido para cuidar de suas refeições, estou ansiosa para fazer o possível a fim de agradá-lo, para me tornar menos incômoda e um fardo, e talvez estabelecer as bases para nos tornarmos amigos. Como deixei tudo meu para trás e ele parece ser minha única opção, gostaria muito que Julian e eu fôssemos amigos.

Enquanto meus ovos fritam, escrevo com cuidado:

Que gentil. Obrigada.

Por favor, compre uma dúzia de ovos, manteiga, farinha, um pacote de açúcar, costela de porco, peito de frango, salsicha, carne moída, alho, legumes para salada, meia dúzia de batatas, queijo cheddar e qualquer fruta que esteja na estação.

Estou ansiosa para preparar o jantar para você e sua irmã enquanto ela nos visita.

Ashley

Quando termino de escrever, meus ovos ficam prontos. Pego um guardanapo de papel e uma laranja da tigela no balcão e empurro a porta de tela com o cotovelo para poder tomar meu café da manhã do lado de fora.

112   KATY REGNERY

CAPÍTULO DEZ

Julian

Toc, toc, toc!

Depois... pés descalços correndo sobre o cascalho.

Eu me acostumei a essa rotina depois de quatro dias e, normalmente, minha água na boca e os latidos animados de Bruno anulam qualquer objeção que eu pudesse fazer sobre ela cozinhar para mim.

Não nos falamos desde a nossa rápida conversa no domingo de manhã — na verdade, fiz um esforço enorme para evitá-la —, mas algo sobre recusar a comida dela seria, não sei, cruel. Ou qualquer coisa assim.

Pensei muito em Noelle nos últimos dias — sobre ela morar com um estranho como essa garota que divide a casa comigo. Ah, claro, Jock e Gus apareceram ontem para verificá-la e trazer coisas, como xampu e uma nova escova de dentes, mas eles não ficam aqui o tempo todo com ela.

E se algo acontecesse comigo? E Noelle precisasse subitamente morar com algum estranho? Bem, eu gostaria que ele a tratasse gentilmente. Não gostaria que ele a tocasse ou tentasse seduzi-la, pelo amor de Deus. Mas apreciaria se fosse gentil.

Ela já desapareceu quando abro a porta e puxo o prato branco para dentro. Já consigo sentir o cheiro de sua última criação e olho avidamente para o que parece ser um simples macarrão com queijo. Uma garfada, no entanto, e estou gemendo, porque, não sei o que ela faz naquela cozinha, mas tudo — toda coisa que prepara — é delicioso.

Esta noite? Macarrão amanteigado banhado em uma mistura de queijos derretidos. Farinha de pão ralada frita com tanta perfeição que praticamente derrete na minha língua.

Quando dou uma segunda garfada de dar água na boca, sinto-me mal por todas as crianças do mundo que pensam que comida congelada e plastificada é comida real. Não é. Eu sei a verdade agora. E a verdade é que, quando há um anjo na cozinha, tudo parece ter vindo direto do céu.

Suspirando na terceira garfada, reconsidero esse pensamento, irritado comigo mesmo por me referir a Ashley como um anjo.

Até onde você sabe, ela pode ter transado com um cara barra pesada, e agora ele está atrás dela. Até onde você sabe, ela é uma pequena tentação que também pode colocá-lo em maus lençóis.

Não seria a primeira vez, Julian.

— Anjo — zombo. — Sei.

Bruno geme, inclinando a cabeça para saber se estou quase terminando. Ele está esperando o mais pacientemente possível para lamber o prato, mas eu sei que a espera dói, então como um pouco mais rápido.

Bem, ela com certeza parecia um anjo sentada na varanda no domingo de manhã, alimentando meu cachorro com seus ovos. Seu cabelo loiro estava solto, iluminado pelo sol nascente como uma auréola. E seus olhos azuis quando ela olhou para mim? Porra, pude sentir meu corpo inteiro se contraindo e endurecendo quando a flagrei olhando para a minha bunda. Ela é mais sexy do que eu poderia descrever. Sem dúvida. Linda. Eminentemente gostosa.

Dito isso, *não* sinto que seja uma provocadora. Há uma inocência natural nela. Como se fosse de outro mundo. Possui uma aura antiquada que seria inacreditável se não fosse tão tangível.

Ontem ela adormeceu na varanda, ao sol, segurando um livro — não um Kindle, não um celular, mas um livro de verdade com páginas de papel — no colo, e, enquanto dormia, subi as escadas para o quarto dela apenas para dar uma olhada.

Não vi um laptop carregando na mesa de cabeceira ou na escrivaninha. Nenhum celular conectado ao lado de sua cama. Nenhum tablet em cima do travesseiro. De fato, não há eletrônicos em lugar algum. Apenas uma colcha dobrada aos pés de uma cama bem arrumada e dois livros no chão, como se tivessem caído de seus dedos e escorregado das cobertas enquanto ela dormia.

E tem a comida dela.

Ela cozinha comida, como macarrão e queijo. Ela faz biscoitos — o mais calórico de todos — com manteiga. Ontem à noite, ela fez uma torta de frutas que me entregou com uma fatia robusta de bolo de carne. Sobremesa caseira. Ninguém mais come sobremesa caseira! Quem cozinha assim? Quero dizer... *com manteiga*? As garotas com quem namorei na Flórida e em DC mal comiam mais do que alface. Talvez, *de vez em quando*, elas comessem um hambúrguer vegetariano. Mas, sob nenhuma circunstância, comiam pão.

Essa garota? Ela *adora* carboidratos. Eu a vi sentada na varanda, comendo as mesmas refeições que faz para mim. Sério. Que garota do milênio come assim?

Ashley. Ela mesma.

Sua comida e a forma como come, juntamente com sua flagrante falta de interesse por tecnologia, parecem-me estranhas, mas genuínas. Verdadeiramente estranha. Genuinamente perdida. Genuinamente com pouco dinheiro. Genuinamente isolada. Eu a observei com Gus ontem — o jeito como ela o abraçou, o jeito que ela sorria para ele.

Então, qual é a história dela?

Sei que não é da minha conta e detesto curiosidade, mas estou curioso. Não posso evitar. A curiosidade está ligada ao meu DNA.

Ela está mesmo perdida? Ou é uma porra de uma boa atriz?

— Como se você soubesse a diferença — rosno com a boca cheia de comida. — Suas habilidades com mulheres não são as melhores, idiota.

Se toda a sua personagem é uma interpretação, qual é o propósito dela? Um lugar para ficar? Não... Que garota se esforçaria tanto para escapar de um aluguel? Deve haver mais. Dinheiro? Talvez. Talvez tudo isso seja um grande golpe. Jock e Gus têm uma vida boa. Talvez ela queira sugá-los ao máximo. Ou, talvez — como desconfiei no primeiro dia em que a conheci —, ela esteja se escondendo. Mas de quem? Quem ela irritou tanto que sua melhor opção é morar no meio do nada com um completo estranho?

Esfrego os olhos, sentindo uma dor de cabeça chegando.

Qualquer que seja a história, não confio nela. Não até descobrir mais sobre sua situação. Porque algumas mulheres, como minha avó e irmã, são genuinamente de bom coração e bem-intencionadas. Para uma boa mulher, eu daria o mundo. Eu a ajudaria, a protegeria e a manteria segura.

Mas outras mulheres — como minha mãe, como Magdalena — são interesseiras. Elas atacam os homens, elas os destroem. Arruínam um homem — sua reputação, seu futuro, sua própria vida — sem pensar duas vezes.

Meu maior problema? Não tenho nenhum talento para reconhecer a diferença.

Estoy desesperada. Sin dinero, mi padre morirá. ¡Ayúdame, Julian! ¡Por favor, ayúdame!

Estou desesperada. Sem dinheiro, meu pai vai morrer. Me ajude, Julian! Por favor, me ajude!

A voz suplicante de Magdalena, embargada pelas lágrimas, entra em minha mente e se revira, as palavras desesperadas, implacáveis e, em *meus* ouvidos ingênuos, genuínas. Mesmo agora. Mesmo quando relembro.

Meu estômago se revolta, desordenado. Endureço a mandíbula para não vomitar todo aquele bom macarrão com queijo.

Faz um ano.

Um *ano*, e a lembrança daquela noite ainda consegue me derrubar.

Magdalena Rojas era usuária de drogas. Uma ladra. Em uma noite, ela roubou meus sonhos e meu futuro. Destruiu minha reputação e minha credibilidade. Acabou com qualquer chance de eu ter a vida que tinha trabalhado tanto para construir.

Ela me despedaçou.

E não *posso* deixar que isso aconteça novamente.

Olho para o que resta do meu jantar, meu coração trovejando com algo que parece pânico. Ainda resta um pouco de macarrão para Bruno, mas, em vez de colocar a tigela no chão, cruzo rapidamente a porta.

Chega de jantares, caramba.

Isso tem que parar.

Empurro a porta do celeiro, caminhando em direção à casa, e encontro a "Biscoitos e Frango" sentada na varanda, em sua cadeira favorita, uma garfada de macarrão em uma das mãos e um livro aberto na outra. Ela olha para mim, depois de ouvir minha aproximação, seu rosto iluminado por um sorriso antes de suas sobrancelhas franzirem em confusão. Ela sente minha raiva e senta-se ereta, seu sorriso desaparecendo no momento em que estou diante dela.

— Chega de jantares — brado, praticamente jogando o prato nas tábuas da varanda, depois colocando as mãos nos quadris enquanto a encaro.

— Como? — ela pergunta, sua expressão assustada e confusa.

Parte de mim — a parte que gostaria que Noelle fosse tratada com bondade se ela estivesse em uma situação semelhante — se sente uma merda, mas essa conversa é cento e cinquenta por cento necessária. Na verdade, já passou da hora. Eu não confio nela. Não *posso* confiar nela. Se vamos compartilhar esta casa, ela precisa me deixar em paz e ficar fora do meu caminho.

— Não. Cozinhe. Para. Mim. Mais. Nada — defino cada palavra apenas para ser um babaca. — Entendeu?

— Eu... Eu não sei.

Ela pisca para mim e, apesar de eu me enrijecer, não estou preparado para a dor que penetra seus grandes olhos azuis, fazendo-os brilhar. Estou prestes a amolecer quando uma imagem dos grandes olhos castanhos de Magdalena, brilhando com lágrimas semelhantes, toma a frente e o centro da minha mente.

— Você tem problemas de audição? Não quero mais jantares.

Ela se encolhe como se eu tivesse acabado de dar um tapa nela, e estremeço por dentro, me odiando.

— Você não... gostou?

Sua pergunta me pega desprevenido.

— Estava bom.

— Então por que...?

— Eu... Pedi para você não me atrapalhar, e... e você não está fazendo isso. — Respiro fundo e depois bufo. — Você está simplesmente... me incomodando. — Meus olhos descem para seus seios, que são pequenos e redondos, como globos gêmeos, estufando a frente de sua camiseta. — Você está me incomodando.

— Oh.

— Pare com isso, ok?

— Tudo bem — diz ela, piscando enquanto abaixa o olhar e olha para a tigela de macarrão no colo, como se tivesse perdido o apetite. Sei que ela vai chorar, e sei que fui eu que causei, mas... cara, eu simplesmente não quero ver isso.

— Algo mais? — ela sussurra.

— Não. Isso é tudo.

Estou prestes a voltar para o celeiro, mas ela me surpreende olhando para cima e, embora seus olhos estejam brilhando, de alguma forma ela impede que suas lágrimas caiam. De repente, tenho uma noção terrível de que ela tem muita prática nisso, o que me faz sentir ainda pior.

— Sinto muito — ela diz baixinho, sua voz suave, mas forte. — Me desculpe por estar aqui. Me desculpe por ter alimentado seu cachorro. Sinto muito por ter cozinhado para você. Lamento por tudo isso. — Ela faz uma pausa por apenas um momento, seus olhos ardendo enquanto olham implacavelmente para os meus. — Pode me perdoar?

Demoro bastante para perceber que ela está esperando uma resposta. Está esperando que eu realmente a perdoe, e a terrível ironia de seu pedido não passa despercebida, pois fui eu que gritei com ela, e ela não fez nada de errado.

— Hum... — Engulo em seco. — Sim. Ok.
— Você me perdoa — ela confirma.
— Eu te perdoo — digo, me sentindo terrível.
— Obrigada, Julian.

Ela se levanta, inclina-se e pega meu prato. Então, sem olhar para mim, ela volta para a cozinha.

E eu?

Fico olhando para a bunda perfeita dela antes que a porta da varanda se feche, perguntando-me por que sinto que acabei de chutar a merda de um gatinho angelical quando tudo o que estou tentando fazer é me proteger.

Ashley

Coloco os pratos no balcão de mármore, subo as escadas e vou para o meu quarto antes de permitir que uma única lágrima escorra por minha bochecha.

Não quis aborrecê-lo ou ofendê-lo, mas tenho um talento especial para irritar outras pessoas, e isso aconteceu mais uma vez. Não tenho ideia do que fiz, no entanto, obviamente, ele me odeia. Que sorte a minha! Agora moro aqui por um tempo indeterminado, suportando seu desprezo diário.

— O que eu fiz para você, afinal? — murmuro baixinho, sentada na cama enquanto enxugo uma lágrima.

Pela janela, eu o vejo voltar para o celeiro, parando na porta por um minuto, depois se virando, como se estivesse voltando para cá, depois girando de volta para o celeiro, abrindo a porta e batendo-a.

— Foi só um pouco de macarrão — sussurro.

Só que não. Para ser sincera comigo mesma, sei que não foi.

Embora não intencional, era um suborno.

Principalmente após nossa curta conversa no domingo, eu esperava que Julian pudesse ser meu amigo.

Eu estava tentando comprar um amigo com comida.

— Você é patética, Ashley. Totalmente patética.

Vejo a porta do celeiro se abrir novamente e ele sai com Bruno atrás. Sem sequer olhar para a casa, eles se voltam para o prado. Bruno corre em direção à floresta com Julian seguindo-o. Desaparecerão por mais ou menos uma hora.

Sem tomar uma decisão consciente, desço as escadas para a sala de estar e atravesso a pequena sala de jantar, mas, em vez de virar à esquerda para a cozinha, viro à direita, por um pequeno corredor que leva ao quarto e ao banheiro de Julian.

Sei muito pouco sobre meu companheiro de casa, mas gostaria de saber por que ele decidiu me repreender hoje. Talvez seu quarto contenha pistas sobre quem ele é e por que está tão desesperado para não ter nada a ver comigo.

Gus me disse que ele trabalhou em algum tipo de força da lei antes de se mudar para cá no verão passado. Sei que ele tem uma irmã. Posso ver que ele ama seu cachorro. Desconfio que ele fale francês, embora não tenha certeza. Com base nas descrições de Gus sobre o tipo de vidro que ele faz, sinto que consigo identificar quais peças da casa são dele. Elas são boas... até excepcionais. Ele tem bons olhos para cores e um dom incomum para a beleza.

— Mas ele é temperamental como um d... desequilibrado — acrescento, girando a maçaneta do banheiro e espiando dentro.

Eu estava prestes a dizer *diabo*, o que me surpreende.

Não estou desacostumada a palavrões, é claro. Tig tinha a boca de um caminhoneiro, e Mosier xingava em vários idiomas diferentes, incluindo inglês, mas faz anos que murmurei algo pior do que "poxa!".

— Poxa! — digo, estendendo a mão e passando-a pela parede, procurando o interruptor.

Acendo, olho para o meu rosto no espelho e vejo meus lábios formarem a palavra.

Porraaaaa.

Só penso, mas, Senhor, é uma palavra bem suja. Isso me faz rir.

Encontro um recipiente de desodorante ao lado da pia e o levo ao nariz. A palavra *NATIVO* está escrita em negrito nele e, quando tiro a tampa, cheira a madeira e especiarias. Fecho os olhos e respiro fundo, meus dedos dos pés descalços se curvando no chão de ladrilhos porque cheira tão bem.

Reponho a tampa e troco o desodorante por uma barra de sabão. A palavra *BEEKMAN* mal é visível após ser muito usado, mas a barra cheira a erva-doce, e suspiro baixinho, murmurando "Pooorra", enquanto coloco o sabão em seu pequeno recipiente de prata ao lado da pia.

Não há muito mais no banheiro intocado: um frasco de xampu/

condicionador Pert no chuveiro e uma toalha branca pendurada na parte de trás da porta. É limpo e arrumado, normal mesmo, exceto pelos aromas que me cativaram.

Fecho a porta e passo pelo corredor para o quarto dele. Meu coração acelera quando giro a maçaneta — se ele me encontrasse em seu banheiro, o único no primeiro andar, eu poderia dar uma desculpa plausível. Mas não há desculpa para eu bisbilhotar o quarto dele, e sei disso.

Já estou encrencada mesmo, então, vamos em frente, penso, entrando no quarto frio e escuro.

Enquanto meus olhos se ajustam à falta de luz, inspiro os aromas agora familiares de *Nativo* e *Beekman* que me envolvem, fazendo-me choramingar baixinho. A combinação única de madeira, especiarias e grama doce marca-o como seu espaço, e isso faz meu estômago se revirar como se quisesse muito algo. Quase parece fome, mas eu comi meio prato de macarrão.

Minha mente, procurando contexto e respostas, oferece uma memória de vários meses atrás:

— *Qual é a diferença entre fome, desejo e luxúria, meninas?*

O sotaque irlandês da irmã Agnes soa na minha cabeça, sua palestra sobre os sete pecados capitais em pleno andamento.

Há uma gargalhada entre as meninas da minha classe, e a irmã Agnes bate na mesa com uma régua de madeira.

— *Foco, meninas. Fome, desejo e luxúria. A diferença, por favor?*

Ninguém ousa responder, e eu olho em volta, perguntando-me se alguém será ousado o suficiente para levantar a mão.

— *Ninguém?* — *ela pergunta, seus olhos de águia afiados atrás dos óculos bifocais.* — *Então explicarei: fome é fome. É uma necessidade física sobre a qual você não tem controle. Seu estômago dói por comida. Se você comer, não ao ponto da gula, meninas, mas o suficiente para saciar sua fome apenas, a dor desaparecerá.* — *Ela faz uma pausa, observando-nos, e nós assentimos para ela, entendendo.* — *O desejo é um tipo de fome, porém, dentro do contexto do casamento cristão, um tipo consagrado. O desejo por um marido pode até ser considerado um dom divino, pois dessa fome abençoada podem surgir filhos nascidos de casamento, que são bem-vindos ao reino de Cristo.*

Ela cruza os braços à frente do peito amplo e levanta o queixo.

— *Agora, luxúria? Um pecado mortal. O mau trabalho de Satanás. Cuidado com a luxúria, meninas. A luxúria também é uma espécie de fome.*

Um tipo de fome muito errada e muito ruim. É egoísta. Cega. Consome você, e nunca estará satisfeita. E, não se enganem, meninas: a luxúria as separará do amor de Deus.

Luxúria, penso, parada na porta do quarto de Julian Ducharmes, sentindo músculos secretos do meu corpo vivos e trêmulos. *Isso deve ser luxúria.*

Engulo em seco, esperando que apenas meus pensamentos não sejam suficientes para me derrubar onde estou. Quando nada acontece, expiro suavemente, entrando no quarto dele.

Se meu quarto é o paraíso, então o quarto dele é o Éden.

As tábuas do piso, as molduras e os móveis são feitos de madeira escura, sofisticados e profundos, predominantemente masculinos, mas temperados por sua colocação em... um jardim.

No canto oposto, há uma árvore desenhada na parede, o tronco grosso subindo do chão. Lindos galhos, cobertos de folhas verdes, botões de rosa e flores delicadas ondulam nas duas paredes. Sobre minha cabeça, mais galhos pintados cobrem o teto, com céu azul e luz do sol aparecendo por baixo dos galhos. Suspenso no meio, há um lustre com braços de galhos emulando vidro marrom, pontilhado com centenas de minúsculas folhas de vidro verde e pétalas cor-de-rosa.

Suspiro baixinho com a beleza deste quarto, assim como fiz quando vi o meu pela primeira vez e penso: é como estar no meio da primavera.

À minha frente está uma cama, da qual desvio os olhos rapidamente, encontrando uma cadeira, uma mesa lateral e um abajur. Sobre a mesa há um tablet conectado a uma tomada. *Para ler ou assistir TV*, penso, acrescentando: *em francês.*

Andando até a escrivaninha, encontro duas fotos emolduradas no porta-retrato: uma de Julian muito mais jovem, ao lado de uma garota, que suponho ser sua irmã, e outra de um homem barbudo, com as mesmas feições mais jovens de Julian e sua irmã. O pai dele, talvez. Os olhos do homem me lembram os do Padre Joseph, calorosos e sábios, e sorrio para a foto antes de recolocá-la no lugar.

Quando abro a gaveta superior da cômoda, encontro roupas íntimas e meias cuidadosamente dobradas. Minhas bochechas coram e estou prestes a fechá-la quando vejo algo no canto de trás. Enfio a mão e tiro uma carteira de couro preto. Só que, quando abro, descubro que não é uma carteira. É um distintivo. No lado esquerdo, lê-se *Departamento de Segurança Nacional* em letras douradas. No lado direito, há um lugar onde deveria estar um distintivo. Mas está vazio.

Passo o dedo sobre as letras antes de colocar a caixa de couro de volta onde a encontrei e fechar a gaveta.

Virando-me, inclino-me contra a mesa, finalmente me permitindo encarar sua cama, que é enorme e convidativa. Coberta por um edredom macio de veludo verde-escuro — certamente algo que Gus escolheu —, a cama é tão tentadora que penso em deitar por um momento para olhar o céu tingido através de galhos pintados e inalar o perfume de Julian Ducharmes ao meu redor. Estendo a mão, passando-a sobre o tecido macio, suspirando baixinho com desejo.

Desde o momento em que entrei no quarto de Julian, meu estômago oscila entre contraído e revirando-se, mas, quando olho para a cama, com meus dedos esfregando o tecido macio, há um zumbido delicioso, quase um sussurro, entre minhas pernas, que me faz vibrar a cada instante. Respiro superficialmente e cada vez mais rapidamente. Nos recantos da minha mente, lembro-me dos sons dos gemidos e ruídos de Tig vindos por debaixo da porta do quarto dela. Não me lembro do rosto dos meus muitos "tios", mas lembro-me de eles passando por mim a caminho da porta da frente, o cheiro almiscarado de sua pele deixado para trás, familiar para mim apenas porque combinava com o dos lençóis da minha mãe.

A luxúria a separará do amor de Deus.

— Eu não sou ela! — grito, tirando a mão da cama de Julian e saindo do quarto.

Na minha pressa, tropeço na porta e saio no corredor. Estendendo a mão para amparar minha queda, bato em uma foto emoldurada na parede. Ela cai no chão e quebra, lascas de vidro se espalhando por toda parte.

— Ah, não!

Ao mesmo tempo, ouço o som agudo de Julian assobiando para Bruno e congelo. Não passou uma hora. Faz apenas vinte minutos.

Aqui está o seu castigo, Ashley Ellis, diz uma voz na minha cabeça, *pelos seus pensamentos impuros.*

Saltando sobre o vidro quebrado, passo cautelosamente para a sala de jantar, olhando pela janela, e vejo Julian e Bruno entrarem na minha linha de visão, indo em direção à porta do celeiro. Por apenas um instante, Julian olha para a casa. Seu olhar permanece na janela do meu quarto. Ele leva a mão à mandíbula, esfregando-a com o polegar e o indicador, e passa a mão pelos cabelos dourados.

Olho para o rosto dele, para a expressão perturbada em seus olhos verdes, e percebo que estou olhando para arrependimento. Alivia meus sentimentos de mágoa saber que ele sente muito por ter gritado comigo.

Você está me incomodando.

Coloco a mão sobre o coração, imaginando, pela primeira vez desde que ele falou isso, se quis dizer aquelas palavras de uma maneira que não me ocorrera antes. Será que o estou incomodando da mesma maneira como me senti incomodada, de pé, no quarto dele? Ele sente o mesmo zumbido, o mesmo ruído, quando olha para mim? É assim que o estou incomodando?

Luxúria.

Como se estivesse respondendo à minha pergunta, ele balança a cabeça com um olhar profundamente irritado e desaparece no celeiro após um último olhar ansioso para minha janela.

Quando me lembro de respirar, corro para a cozinha e pego uma pá e uma vassoura.

Dia 15 da NOVA VOCÊ!

Querido Diário,

Estou olhando esta página há meia hora e ainda não sei como começar ou o que dizer. Só consigo pensar nisto:

Eu estou fodida

Fodida.

De frente. De lado. De costas. Pela frente. De todos os lados e de todos os ângulos.

Estraguei tudo.

Muito.

MUITOMUITOMUITO.

Mas, desta vez, não consigo fugir. Não consigo fugir. Não consigo sair. Não consigo escapar.

Estou presa.

Se eu fosse embora, ele me encontraria e não sei se sobreviveria.

E tem a criança. A maldita garota.

Nem posso me matar por causa dela. Ele a comeria e arrotaria suas entranhas antes que meu corpo esfriasse.

Sempre fui uma vadia burra. Uma cadela linda e burra. Mamãe e papai sabiam disso. Sempre souberam. Dwi'n pert, onddwi'n twp[1]. Agora eu também sei. Bonita, mas burra. Burra demais.

O que eu fiz?

Oh, meu Deus, o que fiz com a minha vida?

Meu marido.

Meu marido?

Jesus, Maria e José, ele é o vilão escolhido para todo filme de ação, pornô e de baixo orçamento que já vi — o tipo de coisa doentia que faz as pessoas normais assistirem com um fascínio mórbido por uma fração de segundo antes de mudar de canal, porque estão prestes a vomitar.

E quem sou eu? Qual é meu papel lixo cinematográfico?

Estrelando Tígin como...

A viciada que vai tomar no rabo com um cabo de vassoura lascado para se corrigir!

A prostituta idiota que ofereceu o tipo de show que a mataria!

---

1 Em galês: Sou bonita, mas não sou burra.

A puta burra e bonita que acha que tem todo homem enrolado em seu dedo até que encontra um monstro!

Essa sou eu.

Essa sou eu na tela fazendo coisas que pessoas normais não deixariam seus cães fazerem.

E nem tenho um escapismo quando o horror acaba. Não há drogas. Não há vinho. Estou fazendo o show sóbria. Vejo-me de pé no chuveiro até a água correr em tons de vermelho a rosa, sentindo dores em lugares que eu não sabia que existiam enquanto rezo para morrer antes do dia seguinte.

Só que não posso encontrar esse alívio.

Não posso morrer, porra.

Se eu morrer, o que vai acontecer com a criança?

A criança do caralho.

A pedra do caralho no meu sapato.

A maldição da minha existência.

Eu a odeio. Eu a odeio.

EU A ODEIO. EU A ODEIO. EU A ODEIO. EU A ODEIO. EU A ODEIO. EU A ODEIO. EU A ODEIO. EU A ODEIO. EU A ODEIO. EU A ODEIO. EU A ODEIO. EU A ODEIO. EU A ODEIO. EU A ODEIO. EU A ODEIO. EU A ODEIO.

Eu a odeio.

126   KATY REGNERY

CAPÍTULO ONZE

Julian

Noelle me manda uma mensagem de texto às cinco horas da tarde de sexta-feira para dizer que está vindo, e peço para ela dirigir com cuidado. São apenas quarenta e cinco minutos de carro, no máximo, então ela estará aqui em breve.

Terminei o vaso em que estava trabalhando esta semana, além de um conjunto de quatro taças com haste e uma jarra combinando. Estou embrulhando esses itens em papel de seda e, quando terminar, os colocarei, cuidadosamente, em uma caixa de madeira para transporte. Amanhã, Noelle e eu podemos dar uma volta na cidade e deixá-los na galeria de Jock e Gus. Prometi essas peças na segunda-feira e, além disso, quero fazer algumas perguntas a Gus sobre Ashley. Não é da minha conta, mas acho que tenho o direito de saber se há problemas seguindo-a ou a procurando. Se houver, pode ser motivo para eu pedir para ela sair.

E *preciso* que ela saia, penso, colocando plástico-filme em torno de cada copo coberto por tecido.

Não a vejo desde quarta-feira à tarde, quando gritei e disse que ela estava me incomodando, mas não consigo parar de pensar nela, e isso está me deixando louco. Eu a ouço subindo as escadas. Sinto o cheiro de seu xampu depois que ela toma banho. Vejo os pratos dela no escorredor. Penso em seus grandes olhos azuis e lábios macios, e meu pau fica duro como uma rocha. Já pensei nisso uma dúzia de vezes desde que ela chegou, e está saindo do controle. Literalmente.

Sem contar que não transo há semanas.

Sinto muita falta disso. Quero tanto que às vezes não suporto.

Mas, além de um encontro bêbado com algumas turistas em Sugarbush, local aonde ocasionalmente vou para uma noite de cerveja e música ao vivo, foi uma primavera tranquila. O fato é que não há muitas oportunidades de companheirismo feminino, e foi exatamente por isso que escolhi morar aqui.

Minha punição autoimposta é que não posso transar — e certamente não de maneira significativa — até resolver algumas coisas. Preciso ajustar minha cabeça. Preciso descobrir um plano para o resto da minha longa vida. E não consigo pensar direito ou fazer planos para mim mesmo se sou distraído por uma mulher.

E, novamente, penso: *Ashley precisa ir embora.*

Ela não está fazendo nada abertamente provocador, por si só, mas está mexendo com a minha cabeça só de estar aqui. Penso nela o tempo todo. Tenho sonhado com ela à noite. Estou vivendo em um estado de constante excitação, e é uma merda.

Coloco os copos e a jarra no caixote ao lado do vaso e cubro tudo com pedaços de papelão, depois coloco o caixote no banco do passageiro da minha caminhonete. Olho para meu celular. Eu deveria ter tempo suficiente para tomar um banho antes de Noelle chegar.

Assobio para Bruno e vou para casa. Bruno corre pela sala até a escada sem minha permissão, e eu ouço seus pés irem até o espaço dela. *Traidor.* Embora eu não consiga entender suas palavras, ouço o zumbido suave de sua voz enquanto ela o cumprimenta e, apesar de ser pura fantasia, eu a imagino deitada nua em sua cama, sorrindo para ele enquanto ele entra em seu quarto. A pele dela é clara e impecável, os mamilos, tesos e rosados. Ela tem uma barriga chapada e cintura fina, mas uma bunda arredondada me provoca quando movimenta um dedo e me convida para o seu quarto. Engulo em seco, imaginando-me dando um passo à frente, meu pau engrossando e endurecendo até estar pronto para ela, e ela sorri para ele, depois para mim.

— Porra, Julian! — murmuro, andando pela sala de jantar e de volta para o corredor que leva ao meu banheiro. — Pare com isso.

Jogo minha camisa no chão. Meus músculos do peito estão saltados e firmes. Deslizo meu jeans pelos quadris e ele se embola no chão. Tiro a cueca boxer, mas ela se prende à minha ereção, que aponta diretamente para o meu queixo. Erguendo o algodão por sobre a pele esticada, deixo a roupa deslizar pelas pernas. Olho para o meu pau, que meio que decidiu que quer aquela garota, por mais fortes que sejam as objeções da minha mente.

Abrindo a porta de vidro do box, ligo a água, esperando um momento para esquentar antes de entrar. Coloco-me sob o jato quente, encostando a testa na parede de azulejos, sentindo a água bater nas minhas costas enquanto ensaboo as mãos. Pego meu pau, acariciando-o ao pensar em Ashley, que está diretamente no andar de cima.

Eu me imagino agarrando seus quadris enquanto a penetro por trás.

Penso em como ela será apertada, quente, molhada, dando-me boas-vindas.

Imagino a voz suave que ela usa com Bruno enquanto suspira, geme e me diz o quanto sou grande e que nunca foi tão gostoso quanto comigo.

Seguro seus lindos cabelos loiros, afastando-me, observando as linhas deslumbrantes de seu pescoço enquanto ela o estende.

Observo o pulsar de sua garganta enquanto sinto a formação do meu próprio orgasmo, o aperto das minhas bolas, a batida do meu coração, o turbilhão interno que cresce em um tom febril.

— Ah! Porra! Ahhhh! — gemo, liberando jatos quentes contra as paredes de azulejos brancos. Ofego através das ondas do meu orgasmo, grato pelo alívio, odiando a inspiração.

Quando meus joelhos não ameaçam mais se dobrar, baixo a cabeça na água quente e lavo o cabelo, perguntando-me o que há naquela garota que me deixa tão cativado. É só mesmo a aparência dela? O rosto e o corpo lindos? Ou é algo mais?

Sejamos sinceros: um homem pode se acostumar com refeições caseiras e a visão daqueles grandes olhos azuis enquanto ela ouve atentamente os detalhes do seu dia. Sem mencionar que tenho certeza de que ela está com problemas, e, se — um grande e irreal *se*, eu sei —, mas *se* ela é uma boa pessoa, e não uma interesseira, *se* é vítima e não culpada, *se* é alguém digna de proteção em vez de alguém que brincaria com a proteção de um homem, há algo em mim que corresponderia à sua necessidade. Eu a manteria segura. Machucaria qualquer um que tentasse machucá-la. Mataria qualquer um que tentasse tirá-la de mim.

Meu coração dispara quando enxáguo o xampu do meu cabelo, meus instintos conectados para proteger e servir agora tão excitados quanto meu pau estava cinco minutos atrás.

Ayúdame, Julian. Por favor, mi amor!

Mordo o lábio quando ouço a voz de Magdalena na cabeça, seguida por uma voz diferente do meu passado que me faz soltar o lábio quase ensanguentado e cerrar o queixo.

Agente Ducharmes, em que ponto você apurou a verdadeira natureza dos objetivos da srta. Rojas?

Estremeço com a lembrança, pegando uma barra de sabonete e passando-a pelo meu corpo enquanto lavo a minha vergonha.

Agente Ducharmes, repito: em que momento você apurou a verdadeira natureza dos objetivos da srta. Rojas? Em que ponto você entendeu o que ela pretendia?

Fecho os olhos, respiro fundo o ar fumegante e perfumado, e seguro-o nos pulmões.

Nunca, penso, recordando minha resposta sob juramento. *Nunca verifiquei a verdadeira natureza dos objetivos de Rojas.* Não entendi as intenções dela até que fosse tarde demais para detê-las.

O martelo bate. Um preço deve ser pago.

Agente Ducharmes, você está demitido do Serviço Secreto dos Estados Unidos. Seu cargo no Departamento de Segurança Nacional está encerrado, com efeito imediato.

Fecho a água e pego uma toalha da prateleira sobre o vaso sanitário.

Sim, é sério pra caralho.

Ashley precisa ir embora.

Ashley

Julian me odeia, mas permite que Bruno me visite, o que considero uma gentileza, mesmo que tenha certeza de que ele não pretende que seja.

Estou deitada na cama, meus olhos ardendo em lágrimas depois de ler o diário de Tig, quando meu doce amigo entra no meu quarto, seus cálidos olhos castanhos encontrando os meus. Ele se aproxima da cama com passos calmos e seguros, parando diretamente na frente do meu rosto e farejando timidamente. Quando começa a lamber minhas lágrimas, fico tão surpresa que me pego sorrindo, apesar da dor aguda no meu coração.

— Ah, bebê — cantarolo —, obrigada pelos beijos.

Coço a parte de trás de suas orelhas enquanto sua língua rosada suave banha minhas bochechas.

Um barulho do lado de fora da janela o distrai, e ele congela antes de atravessar o meu quarto e se erguer com as patas dianteiras no peitoril da janela, o nariz pressionado contra a tela. Com um latido alto, ele corre do meu quarto, e ouço seus passos nas escadas.

Volto ao diário, encarando o rosto sorridente de Marilyn na capa. As palavras da minha mãe são tão aterrorizadas, tão desesperadas, tão cheias de arrependimento, tão cheias de ódio.

Lembro-me dos gritos dela na noite seguinte a Mosier me encontrar na piscina com seus filhos, mas, quando minha mente desvia, tentando imaginar o que estava acontecendo exatamente com ela em seu escritório, quais degradações seu corpo sofreu por mim, não posso suportar. Não consigo processar isso agora. Desligo meus pensamentos, dou um impulso com força para fora da cama e me levanto, colocando distância entre sua fúria rabiscada e meu coração trêmulo, mas não é suficiente. Eu preciso sair deste quarto.

A água correndo pelos canos antigos me diz que Julian está no chuveiro e, provavelmente, não consegue ouvir Bruno latindo e gemendo na porta da cozinha. Enquanto meu inimigo está tomando banho, não vai incomodá-lo se eu descer as escadas, deixar Bruno sair e fazer uma xícara de chá.

Bruno balança o rabo com gratidão quando abro a porta dos fundos, e ele desce os degraus da varanda em busca do que quer que tenha sentido o cheiro lá em cima. Tiro a chaleira do fogão e a encho com água. Pego uma xícara do armário e deposito um saquinho de chá, encostando no balcão de mármore enquanto penso nas palavras de Anders na limusine quando me levou de volta à escola.

Ela amou você.

Amou?

Será *mesmo* que me amava?

Ela escreveu repetidas vezes que me odiava, no entanto, poderia ter fugido, mas não o fez. Poderia ter se matado, mas não o fez. De fato, parece que eu poderia ter sido o motivo pelo qual ela ficou com Mosier. Por quê? Porque ela sabia o que ele pretendia? Ela sabia quando se casou com ele? Ou só depois? Tenho tantas perguntas e, embora saiba que ler o diário dela pode me trazer as respostas que desejo, cada página me lança em uma espiral emocional caótica que dificulta a respiração. Preciso acelerar minha leitura, ou sinto que minha cabeça vai explodir.

Há uma batida suave na porta da tela.

— Ãh... Oi?

Eu me assusto com o som inesperado de uma voz feminina, esticando o pescoço para ver uma mulher, mais ou menos da minha idade, parada na varanda.

— Oi — digo automaticamente.

Ela tem cabelos castanho-claros e uma mochila pendurada no ombro.

— Sou Noelle.

Ok. Eu a encaro quando a chaleira começa a assobiar.

Ela sorri.

— Noelle. A irmã do Julian? Noelle?

— Ah! — exclamo, indo até a porta dos fundos para abri-la. — Sim, claro. Desculpe. Eu estava...

— Acho que sua água está pronta — diz ela, olhando por cima do meu ombro para o fogão.

— Certo. Sim — falo, indo até o fogão e levantando a chaleira. Eu me viro para ela. — Gostaria de uma xícara de chá?

Sua boca se abre em um sorriso, e enxergo muito do irmão em suas belas feições, o que faz meu coração se contrair. Vi Julian sorrir apenas uma vez, mas agora sei como seria se ele fizesse isso mais livremente.

— Chá? Oh, não. Não, obrigada.

Ela joga a bolsa no chão e puxa um banquinho de debaixo do balcão. Coloco água fervendo na minha caneca branca e puxo o banquinho em frente ao dela.

— Desculpe — pede ela —, Jules não me disse seu nome.

Jules? Humm.

— É Ashley — revelo, estendendo a mão sobre a mesa para apertar a dela.

Eu sei que "Jules" não vai gostar de me ver aqui embaixo, conversando com a irmã dele, mas me parece rude deixá-la sozinha, então decido ficar só até ele aparecer.

Noelle inclina a cabeça para o lado, estreitando os olhos.

— Você parece tão familiar para mim.

— Ouço muito isso.

— Por quê? — Ela faz uma pausa, seu cérebro tentando descobrir. — Quem você me lembra?

Talvez seja porque eu esteja lendo o diário da minha mãe hoje ou porque estou tão cansada de esconder quem sou que me sento mais ereta e digo:

— Tígin.

— *Tígin*? — pondera Noelle. — *A modelo*?

Observo sua expressão enquanto ela faz uma comparação mental, seus olhos se arregalando e os lábios se abrindo enquanto faz a conexão.

— Oh, meu Deus. Eu vi fotos de vocês duas na revista *People*! *Você é irmã dela.*

Estou prestes a concordar quando uma voz atrás de mim me faz congelar.

— Quem é a irmã de quem?

Viro a cabeça para olhar por cima do ombro.

Julian está parado na porta da cozinha, de jeans e camiseta, os pés descalços, os cabelos molhados e o rosto tão espetacularmente lindo quando sorri para Noelle que o zumbido e o pulsar começam a surgir entre as minhas pernas novamente. Engulo em seco suavemente, apertando as coxas antes de me voltar para Noelle.

— Ashley! — exclama Noelle. — Ela é irmã de Tígin!

— Tígin... a modelo?

— Sim!

Não encaro Julian, mas ouço seus pés entrarem no cômodo, sinto seu perfume de banho recém-tomado quando passa por mim. Agora seus olhos estão olhando para os meus, do outro lado do balcão. Assim como sua irmã, ele olha meu rosto, reconhecendo minhas feições enquanto assente lentamente.

— Ah, sim. Ãh. Eu não sabia disso.

— Não mencionei — falo.

— Por que não? — ele pergunta, sua expressão perturbada.

— É melhor se... Quero dizer... ela está... deixa para lá. — Franzo os lábios por um segundo antes de escorregar do banquinho e pegar minha xícara. — Foi um prazer conhecê-la, Noelle.

— Espere — pede ela, pulando de seu banco e dando a volta no balcão para ficar diante de mim. — Aonde você vai?

Dou uma rápida olhada em Julian, que ainda está me encarando, e olho para sua irmã.

— Eu fico lá em cima. No sótão.

— E? — ela pergunta. — Você janta aqui embaixo, certo?

— Sim... mas... n-não. Não posso. Eu... Quero dizer...

— Jules! — ela diz. — Ashley tem que jantar com a gente esta noite. Diga a ela.

— Tenho certeza de que ela tem outro...

— Vai jantar com a gente, não é? Sempre pedimos pizza da Hearth em Charlotte. É a melhor de Vermont. Eu garanto!

Julian cruza os braços à frente do peito e encolhe os ombros. Está claro que ele quer que eu recuse, mas pensar em voltar para o meu quarto no sótão e para a maldade de Tig me faz sentir tão desesperada que me vejo assentindo para Noelle.

— Eu adoraria. Obrigada por me convidar.

— Ótimo. Está resolvido. — Ela dá a volta no balcão e pega sua bolsa. — Vou colocar minhas coisas no seu quarto, Jules. Abre umas cervejas para nós?

Ela sai da cozinha, deixando seu irmão e eu sozinhos. Ele me lança um olhar avaliador do outro lado do balcão.

— É sério?

— É sério o quê?

— Você é irmã de Tígin?

Assinto.

— Um grande detalhe para omitir sobre sua vida, não acha?

Sei que ele não quer uma resposta, então dou de ombros, tomando um gole do meu chá e ignorando a oportunidade de ressaltar que ele nunca perguntou.

— Então, por que está aqui? — ele indaga. — Brigou com sua irmã mais velha? Você deve conhecer um milhão de pessoas, ter um milhão de lugares aonde poderia ir.

— Gus está aqui — digo simplesmente.

— Quem ele é para você?

— Meu padrinho. Era o melhor amigo dela.

— Espere... era? — Suas sobrancelhas se franzem.

— Ela morreu há duas semanas.

— Oh, cara. — Ele se encolhe. — Porra. Eu não sabia. Sinto muito.

Ergo a caneca e tomo um gole do chá, silenciosamente aceitando sua solidariedade.

— Você estava... sendo perseguida? Pela imprensa?

Seria mentiroso assentir, porque, durante a maior parte da minha vida, a imprensa me deixou em paz, especialmente desde que Tig se casou e se aposentou. Mas não estou preparada para contar a Julian o motivo específico pelo qual estou me escondendo aqui. Além disso, Gus não me deu permissão para falar, e não gostaria de colocar ele e Jock em perigo falando demais.

Respiro fundo e abaixo minha xícara.

— Eu só precisava fugir.

— Sim. — Ele assente lentamente, embora ainda esteja examinando meu rosto como se tivesse cerca de cem perguntas a mais para mim. — Entendi. É difícil perder alguém.

— Foi repentino. — As palavras saem da minha boca, embora eu não as tenha previsto.

— O que você quer dizer? Foi uma doença repentina?

— O médico legista disse que ela teve uma overdose de heroína, mas estava limpa. Ela se casou alguns anos atrás e não... Quero dizer, ela não estava mais usando drogas. Eu não... Não sei por que ela reincidiu.

Seu rosto muda um pouco quando ele absorve esta notícia.

— Ela era viciada?

— Anos atrás — respondo. — Mas estava limpa. Eu saberia se ela estivesse usando.

Ele se inclina para a frente, apoiando os cotovelos no balcão enquanto olha nos meus olhos, e eu não sei por que, mas continuo falando.

— Eu a vi na Páscoa — continuo, as palavras saindo dos meus lábios em uma corrida nervosa. — Ela parecia bem. Um mês depois, teve uma overdose? Não faz sentido para mim.

— Tenho certeza de que é um momento doloroso para você, mas... — Ele suspira. — É difícil para os viciados permanecerem limpos. Não é preciso muito para...

— Não — digo com firmeza. — Ela levou a sério a sobriedade.

Os olhos de Julian se arregalam.

— Ok. Então o que você acha que aconteceu?

— Não sei — respondo honestamente. — Eu estava na escola. Eu... — Minha voz diminui. Quando a encontro novamente, está cheia de emoção. — Eu não sei.

— E aquelas cervejas geladas?

Noelle volta para a cozinha, dirigindo-se para a geladeira. Ela pega três garrafas de cerveja e as coloca no balcão, olhando de um lado para outro entre mim e seu irmão.

— Uau. Quem morreu? — De repente, ela se encolhe, o que significa que, ao contrário do irmão, ela leu em algum lugar sobre a morte da minha irmã. — Porra! Sou uma idiota, Ashley. Vi as notícias no Twitter. Desculpe. — Ela solta um suspiro, encolhendo-se para mim. — Deus, sou uma idiota. Desculpe de novo.

— Está tudo bem — tranquilizo-a, observando-a abrir as tampas de três garrafas.

— Você bebe? — pergunta Julian, olhando para a minha cerveja intocada enquanto ele e sua irmã fazem brindes com suas garrafas.

— Não, obrigada. Vou ficar com o chá.

Durante a maior parte da minha infância, assisti de camarote aos estragos que vícios podem causar. Não tenho interesse em seguir um caminho semelhante. Como gosto da maneira com que alguns vinhos combinam com alimentos específicos, ocasionalmente, bebo em uma refeição. Mas somente com moderação.

Julian leva a garrafa aos lábios, bebendo enquanto olha para mim. Quando ele coloca a garrafa de volta no balcão, pergunta:

— Então... de que pizza você gosta?

Sua voz é calorosa — *quase* gentil — e algo dentro de mim suspira, fazendo-me sentir mais leve, melhor do que quando desci meia hora atrás. Não sei ao certo o que provocou a mudança no comportamento dele — saber que minha "irmã" era uma supermodelo? Descobrir que ela morreu recentemente? —, mas, neste exato instante, realmente não dou a mínima. Neste exato instante, ele não me odeia mais e fico surpresa ao descobrir que isso é tudo o que importa.

CAPÍTULO DOZE

Julian

Enquanto me sento em frente a Ashley à mesa, olhando para o rosto da irmã daquela supermodelo, sob o brilho de uma vela cintilante de citronela, admito que gostei desta noite. Talvez o máximo que tenha me permitido aproveitar.

Descobrir um pouco mais sobre quem é Ashley e que ela está aqui pelo luto por sua irmã foi um divisor de águas para mim em relação aos meus sentimentos quanto a ela morar aqui. Não é que de repente eu confie na garota, porém, finalmente tenho algumas respostas sobre quem ela é e por que está se escondendo no meio do nada. A perda é familiar para mim, e a verdade é que, quando olho para a *minha* irmãzinha do outro lado da mesa, penso que perder Noelle me destruiria. Não consigo imaginar como Ashley está sofrendo, e o fato de eu ter aumentado sua dor ao gritar e rosnar para ela me enche de vergonha. Gus a trouxe aqui para seu santuário, e eu comprometi sua paz ao rejeitar seus modestos esforços para viver de maneira amigável.

Você pode fazer melhor, Julian, digo a mim mesmo, e, enquanto vejo Ashley à luz das velas, um desejo intenso se enraíza dentro de mim.

Noelle me cutuca debaixo da mesa, e eu xingo internamente. Como toda irmã mais nova do mundo, ela descobriu sem esforço algo que eu preferia guardar para mim: minha paixão recém-confirmada. Porra. Quando voltarmos para o meu quarto, ela será implacável. *Bem, provavelmente já está planejando nosso casamento.*

Felizmente, as histórias de Ashley são tão convincentes que me vejo alternadamente fazendo caretas e rindo de uma ou outra desventura de Tígin, em vez de continuar preso aos meus pensamentos. As histórias que ela nos contou sobre crescer com sua irmã famosa são fascinantes. Quando se tornam hilárias, inacreditáveis e horríveis, ela pinta uma imagem vívida de Tig como uma mulher hedonista e obstinada que dizia "Foda-se o mundo" muito mais do que provavelmente deveria.

— E depois? — pergunta Noelle, tomando sua terceira cerveja.

Goste ou não, será também sua última cerveja. Estou contabilizando, ela é menor de idade, e uma quarta cerveja a deixará corajosa o suficiente para dizer coisas que vão envergonhar a mim e a Ashley. Vou interrompê-la antes que seja tarde demais.

CORAÇÃO VALENTE   137

— Bem, as avaliações do Lure Me ainda eram muito boas. Quero dizer, O Diabo Veste Prada começou esse fascínio pelas revistas de moda, e Betty, A Feia ainda era seu único concorrente.

— Então eles não a demitiram? — indaga Noelle. — Sei que não, porque ela ainda estava no programa, mas o que acontecia nos bastidores?

— A rede disse que ela precisava se desculpar com Vanessa Williams e dar dez mil dólares à NAACP. — O sorriso de Ashley é discreto quando ela balança a cabeça. — A coisa mais estranha de todas é que Tig não era racista. Nem um pouco. Ela simplesmente odiava *mesmo* Vanessa.

— Tipo pessoalmente?

Ashley assente.

— O que é bem estranho, porque ela é, de verdade, a mulher mais gentil do mundo. — Ela pega seu copo e bebe um pouco de água. — Talvez Tig estivesse com ciúmes. Não sei qual era o problema entre elas.

Os olhos de Noelle estão brilhando.

— Aposto que você conhece *um monte* de celebridades.

— Conheci bastante quando era pequena — diz Ashley. — Mas não faço parte desse mundo. Não mais, pelo menos. Nos mudamos de Hollywood quando eu tinha treze anos, e minha mãe me matriculou num internato católico.

— Internato? — pergunto.

— Hum-hum.

— Onde?

Ela olha para mim por um segundo e eu posso ler seu rosto como um livro: ela não quer me contar. Por que não?, eu me pergunto. Por que a localização do internato dela é um segredo? De repente, percebo que, embora ela *pareça* acessível, compartilhando histórias comigo e Noelle enquanto comemos pizza, ela tem nos contado muito sobre sua famosa irmã e muito pouco sobre si mesma. Ela mencionou, em algum momento, que sua irmã nasceu em Gales, onde seus pais ainda moram, mas ela nasceu em Ohio. E eu sei que Gus é seu padrinho, mas me assusta um pouco perceber que não conheci muito mais sobre ela esta noite.

Ela sorri educadamente, sua expressão se fecha diante dos meus olhos e diz:

— Está tarde, não está? Muito obrigada pelo jantar. Não comia pizza há muito tempo. Foi muito bom.

— Obrigada por jantar com a gente — devolve Noelle, sorrindo para Ashley como se ela fosse sua melhor amiga.

— Convidei Gus e Jock para jantar amanhã — revela Ashley, fixando seus olhos nos de Noelle e ignorando os meus. — Espero que jantem conosco às seis.

— Adoraríamos!

Chuto minha irmã por debaixo da mesa. Em retaliação, ela estica a mão e aperta a parte superior da minha coxa. Com força.

— Podemos preparar a sobremesa? — ela pergunta alegremente.

Ashley balança a cabeça.

— Não. Eu vou cuidar de tudo.

Ela se afasta da mesa, pegando nossos pratos e empilhando-os em cima do seu. Recolhendo os copos vazios e os talheres usados, ela embala a pilha de louça suja nos braços enquanto se levanta. Ocorre-me agora, depois de saber que sua irmã era da realeza, que ela é realmente humilde. Ela cozinha e lava a louça. Cresceu em Hollywood, cheia de dinheiro, testemunhando só Deus sabe o quê, mas foi transferida, ainda jovem, para um internato católico.

Sem perceber, estou reunindo as duas metades estranhas de quem ela é.

Parte sedutora, parte anjo.

Parte astuta, parte tola.

Parte sábia, parte inocente.

Nosso passado determina nosso futuro, penso comigo mesmo, quando Noelle se levanta e dá a volta na mesa para dizer boa-noite a Ashley. Se ela faz parte de Hollywood e da escola católica, eu me pergunto quem sou eu? O que compõe as minhas partes? Sem aviso, três rostos passam por minha mente: de Noelle. Da minha mãe. De Magdalena. Três mulheres diferentes que influenciaram minha vida, minha jornada, meu futuro.

Levanto os olhos quando Noelle abre os braços, e Ashley parece perdida por um momento até perceber que Noelle quer abraçá-la. Ela coloca a pilha de pratos na mesa, dá um passo à frente até a minha irmã e a abraça.

— Vejo você amanhã — fala Ashley.

Noelle assente, afastando-se.

— Com certeza. Boa noite, Ashley. Obrigada pelas histórias incríveis!

— Por nada — diz ela, pegando os pratos. Seus olhos pousam nos meus.

— Boa noite — desejo, mantendo o olhar na luz das velas até que ela se afaste, volte para a casa e desapareça na cozinha.

Assim que sai de vista, Noelle me olha com olhos enormes. Posso sentir a energia da minha irmã se acumulando, como uma mega onda vindo de longe, cada vez mais perto, cada vez maior, o funil se alargando à altura de um homem adulto até que ela solta:

— AH. MEU. DEUS!

Ela sussurra tão alto que minha cabeça vira para a casa para ver se Ashley está ouvindo.

— Noelle...

— Ela é tão legal! E tão bonita! Você não acha que ela é bonita? Ah, meu Deus, e ela é irmã da Tig! Tig! A *supermodelo*! Puta merda! A vida dela era tão fascinante, não era? JULES! Ela vai fazer o jantar para nós amanhã à noite! Ah, meu Deus! DIGA ALGO!

As respostas para suas perguntas são: não e não.

Não, ela não é bonita. *Ela é maravilhosa.*

E não, a vida dela não era fascinante. Crescer com uma irmã viciada em drogas antes de ser enviada para um colégio interno católico? Não me parece tão bom, honestamente. Soa péssimo para mim.

Mas vou dizer o seguinte: a vida dela a envelheceu, em termos de maturidade. Ela tem apenas dezoito, no entanto, fala, pensa e se comporta como alguém anos mais velha. Minha irmã tem vinte e é bem mais jovem em muitos aspectos. Como comprovado por sua próxima pergunta...

— Vai convidá-la para sair?

— Não.

— O quê? — Noelle sobe no banco ao meu lado e senta-se na mesa, franzindo a testa para mim. — Como assim, não?

— Não, não vou convidá-la para sair.

— Você não gosta dela?

Ela diz isso como se fosse absolutamente impensável.

— Ela é legal — respondo.

— Legal? Ela é *linda* e tipo, tão *legal*!

Verdade. Noelle está certa em ambos os aspectos... até o momento.

Mas minha mente relembra a maneira como ela se desvencilhou da minha pergunta final sobre onde ficava sua escola. Humm. Há algo acontecendo com Ashley. Não sei se acredito que ela só está aqui de luto aos olhos do público. Acho que deve haver mais na história e, até eu descobrir o que é, seria inteligente manter distância, não importa o que meu pau queira.

Cruzo os braços à frente do peito e dou uma olhada na minha irmã.

— Sabia que Parker estava traindo você em Barcelona?

A mágoa se espalha pela expressão dela, e me arrependo, mas só um pouquinho. Preciso enfatizar algo que minha doce irmãzinha entenderá.

— Não.

— Quando ele partiu, você esperava que ele fosse fiel?

— Sim — diz ela, levantando o queixo.

— Então, seria seguro dizer que ele te enganou?

Ela suspira.

— Sim.

— Isso é péssimo, certo? Acreditar em uma coisa e descobrir, mais tarde, que você estava errada.

— Obviamente. — Ela bufa.

— Bem, Ashley não está nos contando tudo, *tamia*. Posso te garantir.

Minha irmã olha para mim por um segundo, seus olhos verdes severos. Finalmente, ela praticamente sibila:

— O que aconteceu com você, Jules?

— O que você quer dizer?

Ela balança a cabeça, sua expressão uma mistura de empatia, exasperação e nojo.

— Quero dizer, você mudou. *O que aconteceu?* Por que perdeu o emprego?

— Eu já disse: cometi um erro de protocolo que...

— Que erro?

— Não importa.

— Por que se mudou para cá? Por que se tornou um idiota? Você não confia mais em ninguém. Nem sequer dá uma chance a alguém! Mesmo quando a garota é perfeitamente legal!

— Noelle, acalme-se.

— Não! — ela choraminga. — Conte-me o que aconteceu!

— Não posso — digo e, tecnicamente, pelo menos, isso é verdade. Não devo falar sobre o que aconteceu em Cartagena. É embaraçoso para o Serviço Secreto que um deles tenha estragado tudo.

— Mentira. Sou sua irmã. Você poderia me contar e sabe que eu levaria para o túmulo.

— Deixe para lá, Noelle — peço, com uma pontada aguda na minha voz alertando-a de que não estou brincando. — Esta conversa está encerrada.

Minha irmã volta ao seu rumo original, suavizando a voz.

— Ela é linda. E legal. E a maneira como vocês se olham? Como se quisessem comer um ao outro com uma colher? Deus, Jules...

— Nós não...

— Parker nunca me olhou assim — continua ela. — Não entendo por que você não percebe, por que não se permite gostar dela, Jules.

Coloco as mãos na mesa e me afasto. De pé, posso olhá-la de cima, e não o contrário.

— Eu simplesmente não posso.

— Então você é burro.

— E você, uma pirralha.

Ela pula da mesa, olhando para mim com os olhos estreitados.

— Quer saber de uma coisa? Não tem o direito de criticar alguém por guardar segredos. Você está se escondendo aqui. Toda a sua vida é um grande segredo.

Então ela bufa baixinho e entra na casa, deixando-me em paz.

Está na ponta da minha língua gritar "foda-se" para as costas da minha irmã, entretanto, embora tenha usado esse tipo de linguagem grosseira em torno dela, nunca a dirigi a ela. Inferno, meu pai teria arrancado minha boca se eu fizesse isso.

Mas, caramba, estou frustrado com a nossa conversa.

Ela está certa. Sinto-me atraído por Ashley como nunca estive atraído por ninguém na minha vida. Ela está aqui há uma semana e virou toda a minha vida de cabeça para baixo. Tenho ciência de sua presença de uma maneira que nunca havia experimentado antes. Quero saber mais sobre ela. Quero saber tudo sobre ela, de fato. E, até que descubra, não pode haver nada mais entre nós além de compartilharmos uma casa e, ocasionalmente, oferecermos gentilezas um ao outro quando nos cruzarmos.

O fato de eu querer que nossos caminhos se cruzem o mais rápido possível é problema meu, não dela.

Contudo, lutarei contra qualquer força que me atraia até que ela se vá.

Ashley

O sol da manhã entra em minhas janelas e acordo lentamente, respirando fundo e sorrindo ao me lembrar do jantar com os irmãos Ducharmes na noite anterior. Desde que perdi Tig, não falei dela daquele jeito — com afeto e exasperação, mas foi bom lembrá-la com risos ao invés de dor. Parecia algo... novo.

Para ser franca, não sei a última vez em que pensei em Tig sem uma dor profunda e terrível, o que é estranho, porque as anotações de seu diário são tão furiosas, tão desesperadas, que deveriam me deixar triste. E, até certo ponto, é o que acontece. Elas me deixam com raiva também. Mas, pelo menos duas vezes, ela disse que se manteve viva por mim. Isso conta alguma coisa, não é? Me faz pensar que talvez — apenas talvez, apesar de seus esforços para me rejeitar e ocultar — ela tenha me amado um pouco.

Anders e Gus, a seu modo, insistiram que sim.

Minha mente desliza de Anders para Mosier, que ainda acredita que estou na escola.

Quando Gus me visitou na quarta-feira, ele me disse que ligou para o Padre Joseph de um telefone público, apresentou-se e perguntou se ele já havia procurado Mosier. Ele havia, sim. Mas Mosier e seus filhos estavam em uma viagem de negócios em Las Vegas, então o padre pediu para que eu ficasse aqui um pouco mais, até que ele pudesse entrar em contato com eles. Gus disse que eu era bem-vinda pelo tempo que desejasse ficar.

— Não acha que Mosier *faria* algo contra o Padre Joseph, acha? — perguntei a Gus.

Algo escuro cintilou nos olhos de Gus, mas seu sorriso era corajoso.

— Ninguém quer se envolver com um padre, preciosa.

No entanto, não compartilho a certeza de Gus e ainda temo pelo Padre Joseph quando o imagino sentado com Mosier para discutir meu futuro. Mosier não tem o tipo de temperamento que pode ser facilmente controlado. Não tanto quanto eu vi, de qualquer maneira.

E, se alguma coisa acontecer com o Padre Joseph, Gus ou Jock — ou Julian, nesse caso —, eu nunca me perdoaria. Essas pessoas, em vários graus de acolhimento, abraçaram-me no momento em que mais precisei, e sempre serei grata a elas.

Julian.

Julian.

Fecho os olhos e suspiro, lembrando-me de seu rosto esculpido à luz das velas na noite passada. Observá-lo com sua irmã — tão carinhosamente afetuoso e amoroso — foi uma revelação para mim. Agora que sei como fica o rosto de Julian quando ele ama alguém, nunca serei imune a isso.

E como ele fica?

Ainda firme. Ainda masculino. Ainda bonito. Porém mais suave, de uma maneira que é doce, não rude. Talvez até um pouco vulnerável — algo que não tinha visto no rosto duro de Julian até a noite passada. Nem sabia que ele era capaz disso.

— Senhor — oro —, proteja-me da minha terrível luxúria.

Mas meu coração já está acelerado, e essa dor profunda e latejante está crescendo entre minhas pernas. Alcançando a bainha da minha camisola modesta, eu a puxo, sobre meus quadris, até minha cintura, descobrindo meu sexo debaixo das cobertas.

Provisoriamente, passo os dedos trêmulos sobre a pele da minha barriga, aterrissando no triângulo de cachos no ápice das minhas coxas. Aponto a palma da mão sobre os pelos macios, enquanto minha respiração fica instável e superficial.

Meus dedos são os primeiros a alcançar entre minhas pernas e deslizar no vale quente da pele escorregadia, ofegando quando a ponta do meu dedo, inadvertidamente, roça um pedaço de carne mais firme. Arqueio as costas contra o colchão, passando o dedo para a frente e para trás, um som de chiado subindo da minha garganta quando passo por cima do pequeno botão.

Esfrego mais rápido, pressionando a cabeça de volta contra o travesseiro, levantando meus joelhos para abrir mais as coxas. Gemo alto, então mordo o lábio para reprimir o som, meus olhos revirando enquanto meu corpo explode em onda após onda de prazer quase doloroso, de contrações intensas, como fogos de artifício estourando dentro do peito. Arfo e dou risada ao mesmo tempo, cavalgando nessa felicidade recém-descoberta até abrir meus olhos e liberar meu lábio, que tem um gosto ligeiramente metálico. Acho que o cortei com os dentes, mas não me importo. Nunca experimentei nada que sequer abalasse remotamente minhas estruturas em um nível físico, e isso me deixou sentindo saciada e exausta.

Abro os olhos e suspiro. Em algum momento, durante o orgasmo, algo quente escorreu por entre minhas pernas, e a área que eu estava esfregando agora está encharcada e escorregadia. Acaricio-me preguiçosamente por mais um minuto antes de deslizar a mão de volta para a barra da minha camisola para puxá-la para baixo.

Nunca me toquei assim antes. Nunca me atrevi, nem na escola nem na casa de Mosier. Conheço a mecânica do sexo, é claro, e que ter desejo por se casar com alguém levará ao tipo de sexo que será agradável para ambos os parceiros casados e, esperançosamente, frutífero.

Mas ouvir uma versão teórica de "como o sexo funciona" da irmã Agnes, que não tinha conhecimento do ato, e experimentar meu primeiro orgasmo são duas coisas totalmente diferentes.

Lembrar-me do rosto de Julian do outro lado da mesa na noite passada — seus olhos verdes mais suaves por causa da presença de sua irmã — me faz sentir confusa e cansada. Agora que sei como ele age quando ama alguém, não posso evitar o desejo ridículo e impossível que de repente dispara para o coração:

De que Julian Ducharmes *me* ame um dia também.

Julian

Eu estava errado na noite passada.

Noelle não me incomodou quando voltei para o quarto para dormir.

Ela não me importunou, porque se recusou a falar comigo.

Mesmo quando coloquei *A Princesa Prometida*, seu filme preferido, ela não falou comigo.

Desde que acordou hoje de manhã, ficou lendo no balanço da varanda da frente, ignorando-me completamente e olhando com desdém para o sanduíche que coloquei na mesa ao lado dela na hora do almoço.

Quando voltei uma hora depois, ela ainda não o havia tocado.

Minha irmãzinha está me dando gelo.

Depois de fazer a entrega na cidade — Noelle se recusou a ir comigo —, eu volto para casa e fico ao pé dos degraus da varanda.

— Chega, Noelle.

— Tem razão — ela comenta, virando a página do livro, mas sem olhar para cima.

Ufa.

— Então venha passear comigo e com Bruno.

— Não, obrigada.

— Mas pensei que tivesse acabado de concordar que já chega.

— Chega de *você me* deixar de fora — ela retruca, fechando o livro e marchando para dentro da casa.

E, *claro*, quem está parada na porta assistindo ao drama se desenrolar? Ashley.

Ótimo.

Ela me olha pela tela, sua expressão ilegível.

— Ela é uma por... é uma *pirralha*! — grito alto o suficiente para Noelle ouvir. Uma porta bate nos fundos da casa em resposta.

— Ela te ama — diz Ashley baixinho, empurrando a porta e saindo na varanda comigo. — E você a ama.

— Acho que você sabe como irmãos são complicados, não é?

Ela abre um pequeno sorriso, mas eu o sinto por toda parte.

— Tig? Oh, ela era... Terrível. Sim.

— Mas você a amava? — pergunto, sentindo-me estranhamente interessado em sua resposta.

Ela desvia os olhos enquanto seu sorriso desaparece.

— Eu amava. Acho que sim. Era... era... difícil conhecer Tig.

— Minha irmã não quer passear comigo e com Bruno — digo. Ignorando os sinos de alerta que disparam na minha cabeça, meus lábios formam as seguintes palavras: — E você?

Seus olhos se arregalam e seus lábios se separam em surpresa.

— Eu? — Estou prestes a gritar: *Não! Retiro o que disse*, quando ela assente enfaticamente. — Claro. Eu adoraria.

Assobio para Bruno, que está farejando alguma coisa na grade branca debaixo da varanda.

— Venha, garoto.

Não sei por que perguntei a ela. E não sei por que não retirei meu convite quando tive a chance naquela fração de segundo. Mas culpo Noelle. Se ela não tivesse me enchido o saco sobre eu namorar alguém, me abrir e ter mentido na noite passada, nunca sugeriria isso.

Bem, conviva com isso. Você convidou, e ela aceitou. Além disso, é apenas uma caminhada.

Quando contornamos o celeiro, Ashley dá um passo ao meu lado e vejo seu pequeno tênis branco. Não é bom para passear pela floresta. Teremos que permanecer na trilha.

— Você viu a lagoa?

— Não — diz ela, sua voz sem fôlego enquanto tenta me acompanhar. — Não vi nada.

Diminuo um pouco o ritmo.

— Não é grande coisa, mas, se seguirmos a trilha, chegaremos a ela.

— Parece bom.

Andamos em silêncio por alguns minutos, o feliz latido de Bruno quebrando o silêncio a cada poucos instantes.

— Ele está perseguindo guaxinins?

— Você tem uma boa memória.

— Fotográfica.

Olho para ela.

— Sério?

— Hum-hum. Com poucas exceções, só preciso ouvir ou ver algo uma vez. — Ela bate no lado da cabeça. — Fica aqui para sempre.

— Ãh. Interessante.

— Nem sempre — diz ela baixinho.

Suponho que haja algumas coisas que ela prefere esquecer, e fico impressionado com uma repentina empatia.

— Há muitas coisas que você gostaria de esquecer?

— Sim — ela responde sem rodeio, explicação ou desculpa. Suas respostas de uma palavra são enlouquecedoras quando, cada vez mais, quero saber tudo sobre ela.

— Por que não cresceu com seus pais? — pergunto.

— Eu cresci — revela ela —, por um tempo.

— Então se mudou para Hollywood. Para ficar com sua irmã.

Ela para abruptamente, e eu me viro para encará-la, encolhendo os ombros timidamente com a expressão em seu rosto. Apenas um pouco irritada, ela parece impassível.

— Como...?

— A internet — digo simplesmente.

Depois que Noelle adormeceu ontem à noite, passei uma boa hora lendo sobre Tígin, nascida Teagan Ellis, em Anglesey, país de Gales. Havia muitas informações sobre sua carreira, seu vício, as muitas coisas loucas que ela havia dito e feito, seu casamento em turbilhão e sua morte. Entretanto, além do fato de Ashley ter nascido em Ohio, dezesseis anos depois de sua irmã, não havia muito mais sobre minha indescritível colega de quarto.

Quando ela não diz nada, acrescento:

— Tig tem uma página da Wikipédia.

— Eu sei.

Seus olhos azuis parecem tão magoados, tão traídos, que quase quero confortá-la. Lembro-me de Noelle envolvendo Ashley em seus braços ontem à noite e minha própria vontade de fazer o mesmo.

— Mas não há muito sobre *você*.

— Eu não sou uma celebridade — diz ela com tom acusatório.

— É que não sei muito sobre você. — Sou honesto com ela. — Nós moramos aqui juntos. Te vejo todos os dias. Quero dizer, nós dividimos uma casa, pelo amor de Deus, mas não te conheço. É estranho. É desconcertante. Isso me deixa nervoso.

— Por favor, não blasfeme.

— Desculpe. — Inspiro baixinho, sentindo-me frustrado com a situação.

— Sabe... é difícil conhecer alguém quando você pede que essa pessoa não atrapalhe — diz ela em um tom frio, mas fico aliviado ao notar que começou a andar novamente.

— Sim, bem, sou cauteloso — admito. — Minha irmã me deu uma bronca sobre isso ontem à noite.

Ela não diz nada, mas vejo seus lábios tremerem e sei que ela está contendo um sorriso.

— Está bem. Você pode sorrir por isso.

— Noelle gritou com você?

— Hum-hum. E ainda não está falando comigo.

— A indiferença.

— Ela é boa nisso — falo, pensando que aprendeu com a mestre: nossa mãe. — Você está surpresa?

— Um pouco. Ela é mais nova.

— Não importa. Ela está no comando.

— Mas ela é tão pequena, e você é assim... — Suas palavras desaparecem, mas as deixa no ar.

— Sou assim... o quê?

— ... muito maior — ela murmura, e um tom rosado colore sua bochecha. — Por que, hum, por que você é... cauteloso?

Dou de ombros. Sei o porquê, é claro, mas não estou ansioso para contar a triste história da minha carreira destruída. Em vez disso, recorro a uma história mais fácil.

— Nossa mãe nos deixou quando éramos jovens. Acho que isso me afetou.

— Sinto muito. Ela morreu?

— Não. Foi embora. Partiu. Ela se mudou de Vermont para a Flórida, divorciou-se do meu pai, casou-se com Greg *filho da puta* Kellerman e começou uma nova vida.

— Quantos anos você tinha?

— Doze.

— Noelle tinha oito anos — ela calculou rapidamente. — Era muito jovem.

— Acho que isso fodeu com a minha cabeça — digo, articulando algo que não dizia em voz alta há muito tempo.

Ela assente.

— É difícil confiar em alguém quando a pessoa que deveria mais te amar te decepcionou. É uma traição. Não sei se é algo que se pode superar.

— Parece que você tem experiência com isso.

— Minha mãe... — Ela faz uma pausa. — Minha mãe também me decepcionou.

— Ela te deu de bandeja para sua irmã mais velha.

— É mais complicado do que isso — ela argumenta, e eu a sinto se fechando novamente. Mas então ela me surpreende. — Faça as pazes com Noelle. Ela é sua irmã. É tudo que você tem. Você nunca sabe quando...

Poderá perdê-la.

As palavras não ditas pairam pesadas entre nós quando a lagoa aparece. Ashley se move em direção a ele sem mim enquanto fico parado, observando-a. Por alguma razão, sua mãe também a abandonou — deixou-a com sua irmã viciada em Los Angeles e voltou para o País de Gales depois que a filha mais velha morreu. Por que não levaram Ashley com eles? Por que ela foi matriculada na escola aqui? Por que seus pais não lhe ofereceram uma vida decente, em vez de um caos com sua irmã? E onde estão agora quando ela, sem dúvida, precisa deles mais do que nunca?

Eu a alcanço na lagoa.

— Não sei o que aconteceu para afastar você de seus pais, mas talvez deva seguir seus próprios conselhos e procurá-los. Agora que sua irmã se foi, eles também são tudo o que você tem, não são?

Quando ela olha para mim, seus olhos estão tão pesados, tão tristes, que instantaneamente me arrependo das minhas palavras e da maneira pesada como lhe dei conselhos não solicitados sobre algo do qual não sei nada.

— Eu não tenho ninguém — diz ela baixinho, voltando para a lagoa e terminando a nossa conversa.

Dia 17 da NOVA VOCÊ!

Faz um ano.

Um ano desde que me casei com Mosier, desde que escrevi neste diário, desde que escolhi esta porra de vida.

(Desde que escolhi esta morte lenta e dolorosa.)

Aprendi as regras para esta vida.

Aprendi a calar a boca.

Aprendi a manter a cabeça baixa.

Aprendi até onde um humano pode se submeter sem quebrar.

Aprendi que se submeter pode ser outra forma de se despedaçar.

Perdi outro bebê hoje.

Tomar uma ~~porra~~porção de vitamina C por dia, todos os dias, basicamente garante que eu permaneça estéril, mas desta vez fiquei com medo. Demorou algumas semanas, mas, finalmente, hoje desceu minha menstruação. Grandes coágulos em vermelho e preto caindo no banheiro em alto e bom som enquanto eu chorava lágrimas de ~~merda~~agradecimento.

Adeus, bebê.

Obrigada, Deus~~demerda~~.

Se eu trouxesse uma criança para esta vida, estaria condenando minha alma eternamente ao inferno.

Já é ruim o suficiente ter trazido Ashley para cá.

Quando mamãe e papai me visitaram em março, implorei que levassem Ashley com eles para Anglesey. "Ela poderia ser filha de vocês", eu disse. "Ela poderia ser bonita, obediente e boa. Ela poderia ser quem eu nunca fui."

Mas mamãe não quer criar minha filha~~bastarda~~. E meu pai olhou para mim com nojo.

— O que acha de levarmos Ashley de volta ao País de Gales conosco, Mosier? — minha mãe perguntou ao meu marido sádico durante o jantar. — Teagan acha que a mudança seria boa para sua... sua irmã mais nova.

Eu congelei na cadeira, frio e pavor infiltrando-se em meus ossos como uma doença sem fim.

Meus dedos se curvaram no guardanapo, e eu mordi a parte interna da minha bochecha até provar sangue.

Não sei se ela sabia o preço que eu pagaria por suas palavras. Talvez soubesse e tenha sido por isso que as disse.

Seus olhos, tão escuros e furiosos quando olhou para mim, prometeram dor inimaginável em retaliação por minha sugestão.

— Ashley fica aqui — disse ele baixinho —, na escola, perto da família dela.

Minha mãe deu de ombros quando olhou para mim.

— É isso. Ashley fica aqui.

Morri sentada naquela cadeira naquela noite. Tudo em mim agora está ~~mortopracaralho~~, exceto meu corpo, que ainda pode sentir dor. Meu corpo, que foi submetido a extremo horror quando meus pais saíram depois do jantar naquela noite.

Se ele descobrir que perdi um segundo bebê hoje, haverá mais dor à noite.

Mas vou fechar os olhos e pensar em Ashley e no bebê que perdi hoje. O bebê que salvei.

E vou suportar.

CAPÍTULO TREZE

Ashley

— Você sabia que Tig engravidou de novo? — pergunto a Gus enquanto ele me ajuda a arrumar a mesa de piquenique do lado de fora. — Depois de mim, quero dizer.

Jock, Julian e Noelle estão jogando algo que se chama buracos de milho no gramado da frente, enquanto Gus e eu colocamos pratos e talheres sobre uma toalha de mesa branca que acabei de passar a ferro.

Ele não olha para mim.

— Sim.

— Quantas vezes ela abortou?

— Demais para contar.

Estremeço com essa informação. Enquanto estava na escola, um dos compromissos da nossa agenda era participar do comício anual Marcha para Vida, em Washington, com outras escolas católicas para meninas. Era a nossa maior viagem de campo anual e obrigatória para todas as meninas do Ensino Médio.

Foi-me ensinado que aborto voluntário é um pecado terrível, mas tudo no que consigo pensar é que, para Tig recorrer a tais medidas, sua vida deve ter sido totalmente insuportável, e sinto mais empatia do que julgamento.

— Como soube?

— Ela escreveu para mim — diz Gus, sentando-se para enrolar e dobrar guardanapos em botões de rosa.

— Por e-mail?

— Não, docinho. Caneta e papel.

— Ela escrevia?

— Começou no terceiro ano em que estava casada. Inesperadamente. Então, uma vez por mês, como um relógio.

— Como?

Ele encolhe os ombros.

— Não sei. Disse que tinha alguém lá dentro que enviava as cartas para ela.

— Você não soube quem?

— Nunca perguntei.

— Você respondia?

Gus balança a cabeça.

— Não era possível.

Tenho muitos sentimentos conflitantes em relação à minha mãe, mas pensar em Tig compartilhando sua vida terrível com um velho amigo que não tinha permissão para escrever-lhe de volta — para confortá-la por todas essas perdas secretas — me deixa tão triste. Paro o que estou fazendo por um instante, abraçando um prato contra o peito. Fecho os olhos e respiro fundo para estancar as lágrimas que querem cair.

— Eu *gostaria* de ter respondido — diz Gus —, mas teria dificultado as coisas para ela.

Isso é indiscutível, e nós dois sabemos disso.

— Encontrei o diário dela — revelo. — Eu o peguei. Está comigo. Agora. Aqui.

Gus olha para mim, com a testa franzida, enquanto analisa meu rosto.

— Tig tinha um diário?

Assinto.

— Ela o encontrou dentro da mesa de cabeceira dois anos depois que saiu da reabilitação e começou a escrever nele.

— Onde diabos você o encontrou?

— Ela o escondeu debaixo de um colchão na casa dela. Eu... Encontrei no quarto dela. Na casa de Mosier.

— O que diz nele? Oh, meu Deus, Ash, o que ela diz?

— Eu não consigo ler muito rápido, Gus. É... — Eu estremeço. — Difícil.

Ele sustenta meu olhar por algum tempo, mas contorna a mesa e me puxa para seus braços.

— Ah, pequena Ash.

— Ela estava tão triste — digo, lágrimas queimando meus olhos.

— Estava mesmo.

— Eu pensei que ela me odiasse.

— Não, querida. Ela só se manteve viva por *você*.

— M-mas, todos aqueles b-bebês.

— Ela não podia ficar com eles, querida. Não era possível trazê-los para esta vida.

Eu descanso a testa no ombro de Gus e fecho os olhos.

— Eu a via durante as f-férias. N-não era p-por muito t-tempo, mas eu c-conseguia confortá-la.

— Não era sua função, Ash. Ela se estragou muito, nossa Tig, mas sabia que não era sua função confortá-la.

— Ela estava tão sozinha. Eu poderia ter... Eu poderia...

— Não, querida. Você não poderia ter feito nada. Ela fez suas escolhas. Algumas boas, outras ruins. Mas você não pode ter uma única dúvida no universo por causa delas.

Por um tempo, ele apenas esfrega minhas costas e sinto minhas lágrimas retrocederem no porto seguro de seus braços.

— Ash, querida — diz ele, sua voz suave, mas firme. — Sei que você se sente longe de tudo isso agora, mas ainda está em perigo.

Fecho os olhos porque não quero pensar nisso.

— Jock entrou em contato com um velho amigo — conta, sua voz baixa, seus lábios perto do meu ouvido. — Alguém que ele conheceu no Departamento de Defesa. Ele colocou Jock em contato com uma pessoa do FBI. Estamos trabalhando com um agente especial chamado Jack Simmons.

— Trabalhando? — Eu me inclino para trás, olhando nos olhos do meu padrinho.

Gus assente para mim, mas sua expressão é sombria.

— Ash, aquele guarda sobre o qual você falou para mim e para Jock? Dragon? O nome dele poderia ser Dragomir? Dragomir Lungu?

E, mesmo que eu tivesse dito a Julian mais cedo que uma memória eidética poderia ser um fardo, em casos como este, também pode ser uma bênção.

— Sim. Esse era o nome dele. Com certeza.

— Ok, então Dragomir Lungu emigrou da Moldávia há sete anos, patrocinado por Mosier Răumann com um visto de trabalho. Mas seu rastro termina há três anos. Sem passaporte, declarações fiscais, cartões de crédito e nenhuma multa por excesso de velocidade. Nada. É como se ele tivesse desaparecido. Ou... foi assassinado. Como você disse. Conhece outros guardas desaparecidos?

Assassinado. Mesmo sabendo que provavelmente foi o que aconteceu, é arrepiante confirmar isso.

— Ash? querida?

— Eu mal ficava na casa de Mosier e, mesmo quando acontecia, não me era permitido ficar perto de seus guardas. Foi uma coincidência eu ter acordado e visto qualquer coisa naquela noite. Pensei que tivesse sonhado.

CORAÇÃO VALENTE 155

— Bem, continue pensando — diz Gus. — Seu padre deve conversar com Mosier ainda esta semana, quando ele voltar de Las Vegas, mas Jock continuará investigando, para o caso de o Padre Joseph não mudar a ideia de Mosier sobre seus planos para você. O agente Simmons disse que Răumann e seus filhos são homens cruéis. O FBI está tentando construir um caso de extorsão contra a família há anos.

Embora essas notícias não me surpreendam, ainda são novidades, pois nunca as confirmei.

— Se você estiver disposta a fazer isso, boneca, poderia até ser uma testemunha importante para levá-lo à cadeia — acrescenta Gus baixinho, avaliando minha reação. — Por assassinar Dragomir Lungu.

Calafrios repentinos e inesperados transformam meus braços em uma pele puramente arrepiada.

— Gus! Ele me caçaria! Ele...

Gus coloca as mãos nos meus ombros.

— Nunca. Nunca, docinho. Ninguém vai tocar em um fio de cabelo seu. Essa é a regra número um.

— Como?

— Programa de proteção a testemunhas.

— Você quer dizer... mudar meu nome? Mudar para algum lugar distante? Me esconder? Para sempre? E o meu rosto, Gus? As pessoas reconhecem meu rosto aonde quer que eu vá!

— Calma, Ash. Calma. — Gus me puxa para perto e esfrega minhas costas. — Escute, querida, vamos arquivar a ideia por enquanto. Vou pedir para você confiar em mim novamente. Pode fazer isso? Por Gus-Gus? Jock tem tudo sob controle, eu prometo. Não quero que se preocupe. Apenas... descanse um pouco aqui. Talvez seu Padre Joseph consiga resolver as coisas, mas, se não conseguir, Jock está no caso, ok? Isso é tudo que eu queria que você soubesse.

Gus beija minha testa, depois se senta para fazer mais três rosas de guardanapo enquanto eu coloco água e taças de vinho em cada lugar.

Meus nervos ainda estão pulsando. Eu quero mudar de assunto. Quero pensar em outra coisa, exceto Mosier.

— Julian que fez? — pergunto, segurando uma taça de vinho com uma haste azul brilhante.

— Sim. — Gus olha para o copo que estou segurando e suspira

dramaticamente. — Oh, é um talento, querida. *Um ta-len-to.*

Sinto um sorriso nos cantos da boca, mas não me afasto a tempo. Gus vê.

— Oh, vejam só. Espere, espere, espere, boneca. É um rubor que estou vendo? Oh, meu gracioso Senhor lá de cima, minha pequena Ash tem uma paixonite?

— Pare — sibilo, olhando através do quintal para Julian, que joga um saco de feijão em um buraco e depois provoca sua irmã com sua vitória.

— Ele é um homem e *tanto.* — Gus finge desmaiar, cobrindo o peito com uma mão bem cuidada, as unhas pintadas brilhando ao sol se pondo. — Você poderia escolher pior.

— Pare de olhar — imploro. Julian vai saber que estamos falando sobre ele.

— Você não é divertida.

— Fomos caminhar hoje — digo, estudando os arredores, como se minha vida dependesse disso.

— Oh, *verdadeeeee*? Me conte mais.

— Conversamos um pouco. Caminhamos um pouco.

— Você deixou ele pegar na sua...

— Gus!

— ... *mão* um pouco?

— Você não ia dizer mão. — Ergo uma sobrancelha para ele. — Pare com isso. Eu sou uma boa garota.

— Talvez boa demais — Gus murmura baixinho, levantando-se para colocar os guardanapos nos pratos.

— O que *isso* significa?

Gus coloca as mãos na cintura, mostrando-me uma atuação altiva.

— Sua mãe foi a cadela mais feroz que já conheci. E Deus sabe que ela era um problema, mas tinha alma! — Ele inclina a cabeça para o lado. — Eu entendo você, querida. Entendo que não quer se transformar em sua mãe. Mas, caramba, garota, você também não é a Virgem Maria. Viva um pouco. Se divirta. Aquele garoto te dá arrepios na periquita? Porra, então deixe que ele acenda um fósforo.

— Você *não* pode estar falando sério.

— Por que não? — Ele arregala os olhos escuros com exasperação. — Você tem dezoito anos? Está excitada? Está pronta?

— Gus...

— Não, nada de *Gus*. Quando foi a última vez que beijou um homem?

Eu olho para ele.

— Diga-me que você beijou um homem, Ashley Carys Ellis.

Suspiro baixinho, piscando para ele.

— Quando eu tinha treze anos.

Seu dedo indicador se move para a frente e para trás.

— Treze não é homem, meu pêssego. Treze é um menino.

— Bem, foi isso.

— Não, querida, você não pode estar falando sério.

— Quem exatamente eu ia beijar? — pergunto, colocando as mãos na minha cintura para espelhá-lo. — Padre Joseph? Mosier? Meus meios-irmãos? Onde, exatamente, ó, sábio, eu deveria encontrar um homem para beijar?

— Senhor, criança — diz ele, balançando a cabeça para mim como se toda a minha existência fosse impossível agora que ele descobriu que não sou beijada desde os treze anos. — Você precisa ser enviada para a China. Está *muito* atrasada para se soltar.

Jock solta um grito triunfante da grama e os olhos de Gus deslizam para seu parceiro, que está pulando como se tivesse acabado de ganhar na loteria. Jock cumprimenta Noelle, depois aperta a mão de Julian, que oferece a Jock um sorriso raro, e uma *sensação* me invade. Uma sensação tão aguda que dói. O tipo de dor que esvazia o ar dos pulmões e deixa você ofegante.

Gus e Jock. Julian e Noelle. Eu. Uma tarde ensolarada. Jogos de gramado e jantar em breve. Cinco desajustados que não têm ninguém, mas de repente têm um ao outro.

Não tenho muita experiência com família, mas anseio terrivelmente por isso neste minuto com as quatro pessoas improváveis ao meu redor que me deixam tonta, e meus olhos ardem enquanto tento recuperar o fôlego.

— Você está bem, boneca? — pergunta Gus.

Assinto, colocando o último copo no lugar, depois me viro e corro de volta para casa.

Julian

Não há comparação entre o jantar da noite anterior e o dessa noite.

Ontem à noite, nós nos sentamos a uma mesa de piquenique com pratos de papel, um rolo de papel-toalha e uma vela de citronela, comendo fatias de pizza diretamente da caixa. Esta noite? Fazendo parte de equipes de segurança, participei de jantares com as pessoas mais poderosas do mundo, e posso dizer, sem reservas, que esta noite é elegante. Esta noite é sofisticada. Esta noite não é apenas uma refeição, é uma experiência.

De um lado da mesa, Jock e eu dividimos um banco. Do outro, Gus está rodeado por Noelle e Ashley. A mesa foi cuidadosamente arrumada com toalha branca e rosa, pratos e minhas próprias taças — vidros transparentes com hastes azul-royal que eu fiz para a casa. Em algum momento, Ashley deve ter colhido flores e as arrumado nos vasos. Ela encontrou velas aromáticas escondidas em algum lugar e as colocou em dois vasos cheios de água, de modo que a vela pingue no copo e na água.

Ela não encontrou nenhum castiçal? Eu me pergunto, fazendo uma anotação mental para criar alguns para ela — errrr, para a casa.

Para começar, ela nos mima com uma sopa fria; acho que é *vichyssoise*, enquanto Jock serve a cada um de nós uma taça de vinho que combina com ela.

Do outro lado da mesa, vejo Ashley levar a taça de vinho aos lábios e fico olhando até que ela me flagre, depois sorrio para ela por cima da borda da minha própria taça.

— Você gosta? — indago, pensando que o Chardonnay frio e seco é uma combinação perfeita para a sopa cremosa.

— Gosto, sim.

— Pensei que você não bebesse.

— Só um pouco — diz ela, colocando na mesa a taça de vinho —, quando a refeição pede.

— Esta refeição pede? — pergunto.

Ela assente, movendo a cabeça um pouco, como uma rainha reconhecendo um assunto importante.

— Acredito que sim.

— Pequena Ash sempre foi boa cozinheira — revela Gus, sorrindo para sua afilhada. — Costumava me estragar quando eu cuidava dela, colocando bacon no macarrão com queijo e batatas chips na pasta de amendoim e geleia.

— Isso era frequente? — pergunto. — Você cuidar da Ashley?

— Muito frequente — responde Gus, lançando um olhar para Jock.

— Julian — diz Jock, enquanto limpa a garganta —, já recebemos pedidos de enfeites de Natal. Quantos você está planejando fazer este ano?

Percebo o que eles estão fazendo. De maneira gentil, estão protegendo Ashley e, embora respeite isso, algo em mim também quer estar no time dela. Eu quero que eles confiem em mim. Ainda mais importante, quero que ela confie em mim. Não é uma boa ideia. Isso poderia me causar problemas. Mas não posso evitar a sensação que me invade — de querer ser útil, de também querer mantê-la segura.

— Tivemos uma senhora que entrou e comprou meia dúzia — conta Gus. — Ela tem um monte de festas de troca de enfeites chegando e disse que os dela causariam impacto.

No ano passado, fiz quase cinquenta ornamentos de vidro soprados, alguns redondos, alguns em formato de lágrima, outros em forma de cebola como as cúpulas de uma catedral russa, mas cada original é único. Eles venderam como pão quente, especialmente, eu acho, por causa dos esquiadores em Sugarbush, que costumam passar pela pitoresca Shelburne para visitar restaurantes e lojas.

— Quantos vocês querem? — pergunto.

— No mínimo, cem — diz Gus. — Certo, P.E.?

— No mínimo.

— Por quanto você vai vender para eles?

— Cinquenta cada? — indaga Jock. — Vinte e oitenta por cento?

Não é ruim. Ganharei quatro mil pelo lote e quem sabe quanto tempo vou viver com Ashley sem pagar aluguel? Conseguirei economizar a maior parte da minha comissão.

Assinto para Jock.

— Combinado. E, se precisarem de mais, me avisem. Consigo fazer quatro ou cinco por dia.

Noelle olha para mim de onde está sentada, seu sorriso rancoroso enquanto fala comigo voluntariamente pela primeira vez desde a noite passada.

— Papai ficaria orgulhoso, Jules.

Dou de ombros, mas as palavras dela significam algo para mim, e minha voz é cálida quando agradeço.

— *Merci, tamia.*

— Francês — diz Ashley. — Você fala. Eu sabia!

Meus olhos saem da minha irmã e passam por Gus para descansar nos brilhantes olhos azuis da minha companheira de casa. *Porra, mas ela é bonita.*

— Você sabia?

Suas bochechas estão cor-de-rosa.

— Bem, você... às vezes assiste a filmes em francês, e eu me perguntava se...

— Como sabe o que eu assisto?

— Dá para ouvir — diz ela, as bochechas colorindo drasticamente enquanto confessa — pelo chão.

Tomo outro gole do meu vinho. Porra. O que mais ela ouviu? Eu tenho me masturbado pensando nela uma dúzia de vezes desde que chegou. Minhas bochechas estão bem quentes quando levo minha taça à boca.

— A coisa está se complicando — zumbe Gus. Ele olha para mim e pisca. — Que tal ajudar Ash a levar a louça para a cozinha, tigrão? Quero bater um papo com sua *adorável* irmãzinha.

Gus começa a fazer perguntas a Noelle sobre suas aulas, enquanto Ashley e eu recolhemos a louça de cada lado da mesa. Minha irmã, Gus e Jock estão rindo amigavelmente enquanto sigo Ashley até a casa, subindo os degraus da varanda e entrando na cozinha.

Ela coloca o que carrega sobre a pia, depois se vira e pega as minhas, seus dedos deslizando contra os meus enquanto as louças trocam de mãos. Não vou mentir — sinto seu toque por toda parte, e isso me faz inclinar um pouco mais para perto dela.

— Onde aprendeu a cozinhar assim? — pergunto, meus olhos focados nas tranças intrincadas em seus cabelos que começam no alto de sua cabeça e seguem até suas costas. O cabelo dela é branco em alguns lugares, prateado em outros e dourado em alguns outros. É como algo saído de um conto de fadas... Eu quase acreditaria que Rumpelstiltskin colocou o cabelo de Ashley em sua roda de fiar se ela me dissesse que sim.

Há um pôr do sol lavanda do lado de fora da janela, e as pessoas que amamos estão sentadas à mesa de piquenique à luz de velas e, pela primeira vez em muito tempo, uma rara paz desce sobre mim. Pessoas. Comida. Uma garota bonita. Um pôr do sol em ametista. Isso é bom. É tão bom que quero me afundar no momento e encontrar uma maneira de revivê-lo para sempre.

— Hum, na escola — diz ela, sua voz um pouco nervosa. — Serviço e trabalho em equipe são partes importantes do currículo.

— Serviço e trabalho em equipe?

Ela abre a água para lavar a louça, e eu giro levemente para que minhas costas fiquem contra o balcão e possa olhá-la de soslaio em vez de encará-la.

— Hum-hum. Preparando refeições para os sem-teto e idosos e revezando-se na cozinha, ajudando as voluntárias.

— O que as voluntárias fazem por lá?

— Elas ajudam em tudo. São freiras.

— Sua escola é bem conservadora, não é?

— Não sei. Acho que sim, mas não tenho nada para comparar.

— É católica.

— É.

— É *Opus Dei*?

— Sim, é.

Hum. Bem, isso explica um pouco mais.

Durante o curto período de tempo em que trabalhei em Washington, aluguei um apartamento em um subúrbio chamado Viena, onde Hartridge, uma escola preparatória para meninas do Opus Dei, estava sendo construída.

Por curiosidade, pesquisei sobre Opus Dei e descobri que é um ramo do catolicismo que pratica rigorosa adesão às regras e cujas escolas oferecem uma educação tradicional e conservadora. Seus detratores podem usar palavras como misóginas e opressivas, enquanto seus apoiadores elogiam seu compromisso com os valores e a fé.

Pessoalmente, fui criado como católico apenas na véspera de Natal e na manhã de Páscoa. Sim, eu fiz primeira comunhão. Não, não fui crismado. E, para ser sincero, não tenho muita opinião sobre a igreja em que Ashley foi criada, mas saber que foi influenciada pelo Opus Dei certamente responde algumas perguntas sobre por que ela parece tão reservada.

— Deve ter sido uma grande mudança de Hollywood.

— Foi, sim — diz ela —, mas sou grata por isso. Eu era... quero dizer, que bom que fui para a escola.

Percebo que ela está se abrindo para mim pouco a pouco e me sinto da mesma maneira como quando estou criando algo particularmente delicado em vidro. Um movimento em falso, e eu poderia destruir o formato ou destruí-la completamente.

— Foi mesmo?

Ela lava a última louça e depois empilha as cinco ordenadamente no canto da pia, virando-se levemente para olhar para mim. Nunca estive tão perto dela e é impossível desviar o olhar do rosto arrebitado, tão inocente, tão adorável. Eu aperto minhas mãos para não tocá-la, mas a tentação é forte.

Quero beijá-la.

Quero sentir a maciez de seus lábios sob os meus.

Quero abraçá-la enquanto minha língua explora os recessos quentes e úmidos de sua boca.

Quero esmagar seus seios contra o meu peito e sentir a ponta dos mamilos contra meu tórax.

Quero devorá-la.

Quero marcá-la.

Quero...

— O que foi? — ela pergunta, seus olhos procurando os meus, sua voz um sussurro.

— O quê? — sussurro de volta, sentindo-me mais perto dela, minha própria respiração curta e irregular enquanto me perco em seus olhos.

— O jeito que está olhando para mim...

Ela percebe que se aproximou de mim? Que, se sincronizássemos nossas respirações, nossos peitos se tocariam cada vez que expirássemos?

— É porque... Eu quero... Ashley, eu quero...

Inclino a cabeça, meus lábios cada vez mais perto dos dela.

— Sim — ela murmura, e eu não sei se é uma pergunta ou permissão, mas escolho acreditar que é a segunda, uma vez que deixo meus lábios caírem sobre os dela.

Uma semana de atração potente e meses de abstinência dificultam eu não agarrar seus quadris, colocá-la sobre o balcão e esfregar minha ereção dura contra sua pele macia. Mas o que acabei de descobrir me diz que ela, provavelmente, tem pouquíssima experiência com homens, e que me mover muito rápido a afastará, talvez para sempre, o que é precisamente o que eu *não* quero.

Sua respiração é doce e seus lábios têm gosto de creme e vinho. Ergo as mãos para o rosto dela e seguro suas bochechas suavemente enquanto aprofundo o beijo, passando a língua ao longo dos contornos dos nossos lábios. Ela arfa suavemente, e, dada a chance, minha língua desliza sem esforço entre seus lábios. Suas mãos estão plantadas no meu peito desde que começamos a nos beijar, mas agora seus dedos agarram o tecido da minha camiseta, e eu aumento a pressão das minhas mãos contra seu rosto, puxando-a para mais perto de mim enquanto minha língua desliza pela dela.

Ela ofega novamente, desta vez com um pequeno gemido, e eu posso sentir meu coração acelerar e levar sangue ao meu pau, que está endurecendo e latejando entre nós. Tomo cuidado para não pressioná-lo contra ela, embora anseie em erguê-la nos braços e carregá-la para minha cama.

Devagar, eu penso. Você precisa desacelerar.

Interromper um primeiro beijo perfeito com uma mulher bonita e agradável não é algo que me imaginei fazendo, mas meu desejo de ter mais de um beijo com ela anula minha fome imediata. Amanhã, quando Noelle partir, Ashley e eu ficaremos sozinhos de novo e, ao contrário da semana passada, quando a afastei, tudo o que quero nesta semana é passar um tempo com ela.

Afastando meus lábios dos dela, beijo a bochecha direita, depois a esquerda, a ponta do nariz e a testa. Movo minhas mãos para seus ombros, mantendo minha pélvis a uma distância respeitável da dela, e descanso nossas testas juntas até sentir seus dedos em garras no meu peito se soltarem lentamente.

Quando olho para Ashley, suas bochechas estão coradas. Seus olhos se abrem lentamente. Bem devagar no começo. Então eles se arregalam, horrorizados. Suas mãos me afastam.

— Não! — ela choraminga. — Oh, meu Deus! Estou tão... *Isso* não deveria ter acontecido.

Dou um passo para longe, mas cubro a mão dela, que caiu na beirada da bancada da pia.

— Ei. Está tudo bem. Foi só um beijo.

— Só um beijo — ela murmura, puxando a mão para longe, seus olhos arregalados quando olham para os meus. — Eu mal conheço você. Nós não deveríamos ter... Julian, não sou... Eu não sou *suja*. Não sou uma garota má. Não sou inconsequente.

— Claro que você não é. Eu sei disso.

— O que vai achar de mim? — ela sussurra, colocando as mãos nas bochechas vermelhas brilhantes e olhando para o chão com tristeza.

— Eu acho que você é linda — digo baixinho. — Acho que você é gentil. Acho que você está um pouco triste.

Ela levanta a cabeça e percebo que ela tem lágrimas nos olhos, o que odeio. Estou desesperado para alcançá-la, segurá-la por um minuto, mas sei que isso me confortaria mais do que a ela.

— Mas não acho que seja suja — continuo, sabendo que ela precisa ouvir isso mais do que qualquer outra coisa. — Não acho que você seja má ou inconsequente. Ashley, eu... Eu *gosto* de você, do jeito que você é.

Ao longo da semana passada, julguei Ashley, mas, ao dizer essas palavras, percebo que elas são verdadeiras. Ainda acho que ela tem segredos e não confio totalmente nela, porém ainda não enxerguei como ela pode me machucar. Ela não trouxe nada à minha porta, exceto doçura. O que quer que aconteça entre nós, ela não merece mais meu desdém. Merece se sentir bem-vinda nesta casa. Merece uma chance.

— Você está falando isso por falar?

Balanço a cabeça.

— Eu não mentiria para você. Não minto. Nunca.

— Como *eu* posso ter certeza?

— Não pode. Mas espero que aceite minha palavra.

— Você vai se aproveitar de mim?

— Eu gostaria. — Arrisco um sorriso, porque ela é tão jovem e doce. Estendo a mão e coloco uma mecha de cabelo loiro atrás de sua orelha. — Mas não vou.

— Não sei como confiar em você — diz ela, com os olhos tão sérios quanto os meus.

— Humm. O que acha disso? — Espero não me arrepender das próximas palavras que saem da minha boca. — Se está preocupada com o fato de eu me aproveitar de você, prometo que não vou tentar mais nada. Não vou te beijar de novo. Nem vou pegar sua mão. Nada. Eu prometo. A menos que você queira. A menos que você me peça.

Seu corpo inteiro relaxa, um sorriso erguendo seus lábios, hesitante no começo, e então ela está sorrindo para mim, as lágrimas nos olhos azuis se afastando e, caramba, eu rapidamente sorrio de volta para ela, porque Ashley Ellis não é uma mulher fácil de se resistir.

— Ok? — pergunto a ela, estendendo a mão como se estivesse fazendo um acordo que deveríamos selar.

Ela assente, pegando minha mão.

— Ok.

166   KATY REGNERY

CAPÍTULO QUATORZE
Ashley

Já é quase meia-noite quando Gus e Jock me dão um beijo de boa-noite.

— Não me lembro de quando fui tão mimado. Obrigada, pequena Ash — diz Jock com seu sotaque meio britânico e meio americano, que eu adoro. Ele se vira para Gus, com os olhos cheios de ternura. — Vou ligando o carro, Gigi.

Noelle insistiu em limpar a mesa e lavar a louça da sobremesa, e colocou o irmão para ajudá-la, por isso estamos sozinhos na varanda quando Gus me abraça.

— Você é uma dama, Ash. Estou tão orgulhoso que poderia até explodir.

Suas palavras me fazem corar de prazer.

— Os vinhos eram perfeitos. Obrigada por trazê-los.

— Aquele jantar foi pura perfeição. Eu que agradeço por nos convidar.

Os sons de Julian e Noelle lavando a louça passam pela porta de tela. Por cima do ombro de Gus, vislumbro Julian secando um copo que usei. Seu olhar encontra o meu, um pequeno sorriso aquecendo seus olhos, e eu juro que posso sentir um tiro de calor até os dedos dos pés.

Gus se afasta, colocando a mão sobre seu coração.

— Oh, senhor! Você está apaixonada, pesseguinho.

— Pare — eu o repreendo, mas a verdade é que não sei o que estou sentindo.

Desde que ele me beijou, só consigo pensar em beijar Julian novamente. Sentada do outro lado da mesa, no jantar, senti-me afastando-me da conversa ao meu redor, das brincadeiras de Jock e Gus e o incentivo de Noelle para Gus contar mais histórias sobre modelos e atrizes que se comportam mal. Olhei nos olhos de Julian Ducharmes e me perdi neles.

— Jock gosta dele — conta Gus. — Meu P.E. disse que, mesmo que Julian pareça espinhoso, ele cuidará de você enquanto resolvemos as coisas. Aparentemente, nosso garoto tem um traço protetor, tão longo quanto outras coisinhas que ele... bem, você sabe.

Reviro os olhos para Gus.

Adoro que Julian seja protetor. Percebi isso na maneira como ele fala com sua irmã, no amor que tem por ela, na maneira como cuida dela.

Como Noelle me ajudou a preparar o jantar, cortando legumes para a sopa e batendo uma massa de torta mais ou menos decente sob minha tutela, ela falou sobre seu irmão, como ele a adotou mais ou menos aos dezesseis anos, tornando-se seu guardião. Ele deixou para trás a diversão da faculdade para morar com ela, cuidar dela, e garantir que pudesse terminar o Ensino Médio em Vermont depois que perderam o pai.

— Ele era do Serviço Secreto — acrescentou. — Até conheceu o vice-presidente.

— Uau! Sério?

— Hum-hum. Era seu sonho da vida. Seu quarto era coberto de fotos e adesivos que ele pegava em Washington sempre que íamos para lá de férias. Devemos ter assistido *Na Linha de Fogo* cinco mil vezes. Conheço esse filme de cor.

Não assisti a muitos filmes nos últimos anos, exceto algumas vezes em que estive em casa e assisti um com Tig, mas acho que vou tentar obter uma cópia deste com Gus. Eu gostaria de saber por que Julian o ama tanto.

— O que aconteceu? — perguntei, questionando-me por que ele deixaria o emprego dos seus sonhos e retornaria a Vermont. — Ele desistiu ou...?

Ela deu de ombros, apertando os lábios como se estivesse infeliz por algo.

— Não quero bisbilhotar — falei, arrependida por minha curiosidade por seu irmão estar deixando-a desconfortável.

— Não está bisbilhotando — disse ela, rolando a massa sobre a superfície enfarinhada. — A resposta é que eu não sei. Não sei por que ele saiu... ou como. Só sei que um dia ele trabalhava em Washington e no outro estava se mudando para cá. Tudo o que me disse é que quebrou o protocolo, mas nem tenho certeza do que isso significa.

Humm. Um mistério.

Mas estou feliz que Jock goste de Julian. Gostaria de saber se ele sabe por que Julian saiu do Serviço Secreto, mas não acho que seja da minha conta perguntar às suas costas. Se quero saber o que aconteceu, a pessoa certa a perguntar seria Julian.

— Gus. — Pego sua mão e seguro-a na minha. — Seria errado? Se eu... gostasse dele?

— Não, bebê. Não seria errado. Você não pode controlar de quem gosta.

— Gus solta a minha mão, então a estende para passar os nós dos dedos suavemente pela minha bochecha.

— *Parece* um pouco errado — murmuro.

— Gostar dele?

Balanço a cabeça enquanto minhas faces coram.

— Ah! *Desejá-lo?* — Assinto, e Gus suspira. — Escute, Ash. Eu amei sua mãe, mas não concordo com a maneira como ela a criou. A vida que vivemos, eu e Tig, não era lugar para uma criança. Sei dos visitantes que a srta. Tig recebia, indo e vindo, todas as noites. Sei o que você ouviu. Sei o que viu. E então, de repente, do nada, ela se casa com um velho sujo e joga você em uma escola católica que tenta fazer de você uma freira.

— Oh, elas não...

Gus levanta a mão.

— Está frio aqui fora, e o carro de P.E. está quente, então me deixe terminar logo. — Ele está vestindo uma echarpe rosa pálida por cima de uma camiseta branca e joga a ponta por cima do ombro antes de continuar. — Foi errado o jeito como sua mãe fez, com todos aqueles homens entrando e saindo. Mas, Ashley, ouça-me agora: se as freiras lhe disseram que desejar alguém, gostar de alguém, é errado, bem, querida, isso também é loucura. Não é errado querer alguém. Não é errado gostar. E não é errado se entregar e amar se houver uma chance. — Ele olha para o carro, onde Jock espera pacientemente antes de olhar nos meus olhos. — Você me entende? Não é errado. Nada disso. É apenas... humano.

Respiro fundo, deixando muitas das minhas apreensões e medos desaparecerem no ar frio e flutuarem, como cinzas de uma fogueira, como fragmentos de cinzas, no céu noturno.

— Obrigada, Gus — de alguma forma consigo sussurrar.

— Só... tome precauções — diz ele, lançando um olhar sensato para mim.

— O que você quer dizer?

— Sem camisinha, sem sexo.

— O que... não...

— Coloque uma meia na salsicha antes de transar.

— Gus, eu não...

— Pelo amor de Deus! — Gus balança a cabeça com uma expressão completamente exasperada. — Use camisinha se decidir fazer sexo!

Suspiro, surpresa, cobrindo a boca enquanto minhas bochechas ardem, quentes.

— Gus-Gus!

— Só estou dizendo — diz ele. — Seja esperta.

— Isso nem é... Quero dizer, não há necessidade... Gus! Sério!

Ele me dá um olhar de repreensão.

— Oh, querida, apenas se divirta. Porra, garota, se alguém merece alguma diversão, é você. E esse cara é quem vai proporcioná-la. — Ele sorri. — Se é que sabe do que estou falando.

Bato no braço dele, piscando com desaprovação.

— Veja! Jock está esperando. Hora de você ir!

— Eu te amo, boneca. — Ele ri baixinho enquanto me dá um abraço com cheiro de Gus.

— Eu te amo também — digo, então aceno dos degraus da varanda enquanto ele e Jock vão embora.

Em vez de entrar, eu ando pela casa, até o quintal, para ver se consigo ajudar a lavar a louça suja, mas a mesa de piquenique está vazia. Todos os vestígios do nosso jantar já foram limpos pelos irmãos Ducharmes.

Olho para o céu da meia-noite, para milhares de estrelas, e me pergunto se Gus está certo. O que ele diz parece fazer sentido, porém me sinto muito jovem e muito pequena quando olho o universo. *Não é errado se entregar e amar se houver uma chance.*

— Temos belos céus noturnos aqui.

Olho por cima do ombro e encontro Julian, alto, descalço e bonito, caminhando em minha direção.

— Sim, é verdade — respondo, dando-lhe um sorriso tímido e hesitante antes de voltar minha atenção para cima.

Minha pele pinica com sua presença. Meus lábios formigam, lembrando da pressão insistente dos dele. E outro lugar do meu corpo se contrai com força, desejando que esses tremores profundos não recomecem agora. Quero acreditar no que Gus me disse — que gostar e desejar um homem não é errado —, mas é novo para mim e preciso de um pouco de tempo para unir meu desejo e consciência.

— Quando eu morava em Washington DC, era do que mais sentia falta, além de Noelle. Mais que queijo. Mais que cerveja. Mais do que esquiar. — Ele para, ao meu lado, olhando para o firmamento. — Senti falta do céu noturno de Vermont. E das milhões de estrelas.

— Posso ver o porquê — comento. — Quando eu morava em Los Angeles, nunca vi estrelas. — Dou risada. — Quero dizer, vi o tipo de gente, não o tipo das do céu.

— Quem é a pessoa mais famosa que você já conheceu?

— Humm. Talvez... Gigi Hadid... ou Bella? Humm... Ou Cara Delevingne? Kate Moss foi mentora da minha m... de Tig por um tempo, hum, e ela conhecia Gisele, é claro. Além disso...

— Espere um segundo! Gisele? Você conheceu Tom Brady? — ele pergunta, sua voz ansiosa.

— Deixe-me adivinhar. — Olho para o rosto dele. — Fã dos Patriots?

— O maior.

— Tig foi ao casamento deles, mas eu nunca o conheci. Sinto muito — digo, rindo quando ele coloca a mão sobre o coração e finge chorar. — Falando de ricos e famosos, Noelle me disse que você conheceu o vice-presidente enquanto trabalhava em Washington.

— Ela falou? — Sua expressão provocadora desaparece rapidamente quando ele se endireita, deixando a mão cair. — Ãh, sim. Há muito tempo.

— Não *muito* tempo.

— Sim, bem... Acho que parece que faz uma eternidade. — Espero que conte mais, querendo saber por que ele deixou Washington tão abruptamente, mas ele estica os braços acima da cabeça e boceja. — Estou cansado. Você deve estar exausta.

— Na escola, eu ficava no refeitório, o que significava cozinhar regularmente para cem pessoas. Esta noite foi uma brisa.

— Sua sopa estava incrível.

— Obrigada.

— O cordeiro também.

— Obrigada novamente.

— E a torta.

— Essa foi sua irmã. Diga a ela o que você achou.

— E o beijo.

— Obrig... — Estou sorrindo para ele, mas meus olhos se arregalam com seu inesperado elogio, e eu imediatamente olho de novo para o céu. Ainda bem que está escuro, assim ele não consegue ver o meu rubor.

Sua risada é suave e baixa ao meu lado, e talvez eu seja uma péssima garota por não me sentir mais culpada, porém sinto meu sorriso crescer enquanto observo o cinturão de Orion. Não ouso olhar para ele, mas sinto Julian se aproximar de mim, o calor de seu peito irradiando contra minhas costas. Se eu me movesse um pouco, um passo, o corpo dele estaria contra o meu, e o arrepio em meus braços não tem nada a ver com o frio da noite.

Como se ele pudesse ler minha mente, sussurra, perto do meu ouvido:

— Não, a menos que você peça.

Fecho os olhos e rezo por força e virtude, o que, infelizmente, funciona, porque a próxima coisa que ouço são os passos dele se afastando.

— Boa noite, doce Ashley — diz ele nas minhas costas, sua voz baixa.

Meus olhos se abrem lentamente para o céu brilhante.

— Boa noite, doce príncipe — sussurro para as estrelas de Julian.

Julian

Ela é tentadora.

Porra, ela é muito tentadora.

Mas eu lhe dei a minha palavra, e não importa o quanto eu a queira, não posso tê-la até que peça. Minha aproximação foi gentil e brincalhona o suficiente, mas pressioná-la mais seria desagradável e desanimador. Nada sobre sua postura convidava a repetir a performance desta noite. Talvez eu precise contar com minha própria mão até receber o beijo número dois.

Paro na cozinha e vejo a máquina de lavar louça funcionando e a louça ao lado da pia. Noelle terminou a limpeza sem mim, e os conselhos de Ashley de mais cedo circulam na minha cabeça:

Faça as pazes com Noelle. Ela é sua irmã.

O problema é que Noelle não é apenas minha irmã. Nossa dinâmica de irmãos foi irrevogavelmente afetada pela morte do meu pai. Claro, eu sou o irmão dela, mas também fui seu guardião. Fui seu pai, na prática, por dois anos. Não quero contar a ela sobre o capítulo mais vergonhoso e lamentável da minha vida. Não quero perder sua admiração. Não quero que ela tenha vergonha de mim. Meu silêncio é tanto para a proteção dela quanto a minha.

Dito isso, ela vai voltar para a faculdade amanhã e não quero deixar as coisas como estão entre nós, com Noelle me dando gelo porque quer saber o que aconteceu em Washington e eu me recusando a lhe contar. Eu nunca me perdoaria se algo acontecesse com um de nós enquanto ela estava fora, se estivéssemos em desacordo quando nos separamos.

Ouço a porta da frente se abrir e fechar. Os passos de Ashley são leves nas escadas, e eu posso ouvi-la cantar enquanto sobe para seus aposentos no sótão. Ao andar para o meu quarto, palavras para combinar com a melodia surgem na minha cabeça, como se estivessem guardadas em algum lugar da minha psique o tempo todo.

Stars fading but I linger on, dear,
still craving your kiss.
I'm longing to linger till dawn, dear,
just saying this...

Eu me inclino contra a parede do corredor escuro que leva ao meu quarto e fecho os olhos porque minhas lembranças dessa música vão além de hoje à noite. De repente, como o tempo não tem sentido, ouço o tom suave e baixo da voz do meu pai cantando a mesma música em sua oficina:

— *Des souvenirs commeça, j'en veux tout l'temps. Si par erreur la vie nous sépare, je l'sortirai d'mon tiroir* — meu pai canta desafinado, mas com entusiasmo, girando a vara habilmente enquanto eu coloco uma espiral no vaso que estamos fazendo juntos. — É uma música, Julian. Oh, mon coeur, essa música...

Aos catorze anos, não estou interessado em sua música idiota, e menos ainda quando é em francês.

— *Você entende, filho? As palavrrras?*

— *Algo sobre memórias?* — pergunto, concentrando-me no meu trabalho, não na tradução.

Desde que minha mãe partiu, Noelle passa um pouco de tempo com a sra. Willis da rua de cima, todo fim de semana, assistindo a filmes, assando biscoitos ou outras coisas de garotas. Acho que é porque ela sente falta da nossa mãe. Quanto a mim? Eu não sinto falta dela. Ela nos deixou. Não o contrário. E, de qualquer maneira, às vezes, enquanto Noelle está com a sra. Willis, meu pai me convida para sua oficina e me ensina como fazer algo legal com vidro.

— *Ouça, filho. Ele canta: "Se alguma vez nos separarmos por engano, você e eu, eu tirarei minhas memórias da gaveta e me lembrarei de você"* — diz ele, com um suspiro muito francês pesado em sua voz.

CORAÇÃO VALENTE 173

Meu pai é o melhor homem que já conheci, mas também é tão brega que chega a ser louco.

— Ok, pai. — Tanto faz.

— Julian — *ele diz, arrastando o "j", que ele pronuncia com uma mistura dos sons "j" e "sh"* —, *você sabe que sua mãe me deixou, não a você. Sabe disso, certo?*

Por trás dos meus óculos de segurança, pisco em surpresa. Meus dedos escorregam um pouco e eu estrago a espiral perfeita que estava fazendo.

— *Oh! Ah*, não! Desculpa, *pai!*

— *Ce n'est pas grave.[2] Continue* — *ele fala, girando a vara sem interromper o ritmo.* — *Alguns erros são bons. Este aqui? Serrrá uma lembrança para você. Fui eu, Julian. Isso irá lembrá-lo, fiston[3]. Ela não te deixou. Só a mim. Nem Noelle, nem você. Ela me deixou.*

Abrindo a porta do meu quarto, meus olhos voam para o vaso da minha cômoda, que fica ao lado de uma foto minha, de Noelle e meu pai. A metade superior do vidro tem um belo design em espiral, enquanto a metade inferior tem uma única barra irregular, como um raio mal feito, quebrando um céu outrora pacífico.

A saudade do meu pai surge, sem aviso prévio, como um golpe no peito, e minha respiração falha com a intensidade dele.

— O que foi? — pergunta Noelle de seu colchão de ar no chão. — O que aconteceu? Jules?

É a segunda vez que ela fala comigo diretamente o dia todo.

— Ãh?

— Sua cara. O que aconteceu?

Respiro fundo.

— Nada.

— Nada? Parece que você viu um fantasma.

Pego o controle remoto no colo dela e desligo a TV.

— O que...

— Ouça.

Embora minha irmã desvie o olhar de mim, presumo que esteja ouvindo porque não diz mais nada. Enquanto compartilhamos o silêncio

---

2   Não tem problema, em francês. (N.T.)

3   Filho, em francês. (N.T.)

sombrio, posso ouvir a voz de Ashley, muito, muito longe. Não consigo ouvir as palavras, mas consigo ouvir a mesma melodia que meu pai amava há muito tempo.

— Você ouviu isso?

— Hum — ela murmura. — Sim.

— Você conhece a música?

— *Mas, nos seus sonhos, sejam eles quais forem...* — Noelle canta baixinho. — Sim. Conheço.

— Papai adorava — sussurro.

— *... sonhe um pouco comigo* — ela termina, sua voz seguindo as notas suaves de Ashley enquanto o chuveiro no andar de cima é ligado, silenciando a música.

— Desculpe — digo.

Ela pega o controle remoto da minha mão e liga a TV novamente.

— Por que exatamente?

A luz ilumina o quarto, e eu me sento na beirada da minha cama, sentindo-me como um homem velho.

— Por não contar o que aconteceu em Washington.

Virando-se para mim, seus olhos se arregalam.

— Você... você está pedindo desculpas por isso?

Assinto.

— Se isso te magoou, estou.

Ela respira fundo e suspira, inclinando a cabeça.

— Eu só... Eu não sei. Papai se foi. A nossa mãe... Quero dizer, não a vemos há anos, certo? Somos você e eu contra o mundo, certo, Jules? Eu só... Acho que não gosto de segredos. Não entre nós.

— Você realmente quer saber o que aconteceu? — pergunto, estremecendo com o pensamento de contar a ela toda a história sórdida e vergonhosa.

Ela aperta os lábios, parecendo muito com o nosso pai por um segundo, então sorrio para ela.

— O que foi?

— Papai costumava fazer isso com o bigode.

Ela sorri de volta para mim, fazendo de novo.

— Sinto falta dele. — Ouço-me dizer.

Se alguma vez nos separarmos por engano, você e eu...

— Eu também — ela sussurra.

— *Il nous aimait.*[4]

— É — ela concorda. — Ele nos amava muito.

— Não fique com raiva de mim, *tamia*.

Ela revira os olhos para mim.

— Sabe de uma coisa? Eu me contentaria com a versão resumida, Jules. Você não precisa me contar todos os detalhes do seu passado secreto. Só quero entender.

E assim, enquanto minha sereia, com seus lábios como mel, toma banho sozinha no andar de cima, conto à minha irmã a versão abreviada do que aconteceu. Ela fica extasiada pela história de um jovem agente do Serviço Secreto convocado para um serviço de rotina em Annapolis para cobrir um agente doente em Cartagena, Colômbia. Infelizmente, no entanto, também tenho que ouvi-la ofegar com choque e empatia enquanto continuo a história, contando a ela os detalhes sujos de um trabalho que deu errado e um lapso de julgamento que me assombrará pelo resto da minha vida.

— Oh, Jules — ela suspira, e, pela primeira vez desde que comecei a conversar, trinta minutos atrás, percebo que está silencioso lá em cima. Não há mais banho. Não há mais canto.

Deito-me na cama, olhando para o teto, para a árvore que me insulta com suas alegres flores e maçãs vermelhas brilhantes.

— É.

— Como você pôde... — ela interrompe o que estava prestes a dizer e suspira novamente. — Enfim.

— Hum-hum.

— Ninguém morreu — fala, depois altera sua declaração: — Até onde você sabe.

Exceto minha carreira. Exceto minha vida.

— Obrigada por me contar. Não vou... Não vou contar a ninguém.

— Ótimo — digo, sentindo como se houvesse um bloco de concreto de quinze quilos no meu peito que não posso suportar. — *Tamia*? Você está... Quero dizer, você está decepcionada comigo?

Prendo a respiração, esperando sua resposta. Felizmente, ela não demorou muito para dizer:

---

4 Ele nos amava, em francês. (N.T.)

— Estou decepcionada *por* você. Era o seu sonho.

Isso é verdade. Era.

Proteger o presidente? O vice-presidente? Que honra maior poderia haver no mundo do que dar a minha vida pela vida de um grande homem? Mesmo agora, mesmo aqui, não consigo pensar em um chamado maior.

— Mas — diz Noelle e, ao compartilhar seu próximo pensamento, preciso me lembrar de que ela é uma estudante universitária da liberal Vermont —, considerando o nosso presidente atual, talvez tenha sido melhor assim. Você realmente gostaria de levar um tiro por ele?

— Ei! — eu a aviso. — Ame ou odeie a pessoa, você precisa respeitar o cargo.

Ela bufa.

Depois de um tempo, ela fala:

— Na verdade, sim, você está certo.

— O que você quer dizer?

— Não tem a ver com uma pessoa específica, tem? Tem a ver com proteção. Trata-se de proteger alguém que precisa de você. Humm — ela cantarola baixinho ao pé da minha cama, como se estivesse tendo uma revelação. — Sabe de uma coisa? Ainda não é tarde para isso. Existem várias maneiras de proteger alguém mais fraco que você, Jules. Caramba, todo mundo é bem mais fraco que você. São escolhas fáceis.

Suas palavras, tão inesperadas, surpreendem-me.

— O que você quer dizer?

— O Serviço Secreto é fascinante, certo? Certo. Proteger um presidente é legal. Mas, se seu coração quer proteger alguém, bem, você pode se juntar à força policial local, dar aulas de autodefesa, conseguir um emprego em segurança privada. Quero dizer, existem milhões de maneiras para você ainda fazer o bem, sabia? — Ela estala a língua. — De qualquer forma, obrigada por me contar.

Penso no que minha irmãzinha inteligente disse e murmuro:

— Hum-hum.

— Estou toda suada. Vou tomar banho antes de dormir.

Eu a ouço abrir e fechar a porta do quarto e, um momento depois, a água corre na porta ao lado.

Não tem a ver com uma pessoa específica, tem? Tem a ver com proteção. Trata-se de proteger alguém que precisa de você.

Olhando para o teto, pergunto-me sobre a garota lá em cima, voltando às dúvidas originais que me atormentaram quando ela chegou: por que está aqui? Por que não tem mais ninguém? E por que tenho a sensação persistente de que está se escondendo?

Exceto que, em vez de como aconteceu antes, quando essas perguntas me fizeram querer colocar distância entre nós, agora sinto exatamente o oposto. Eu me inclino para elas.

Ela é jovem e sozinha no mundo.

Quem diabos poderia querer seu mal?

Faço essa pergunta algumas vezes, até que esteja profundamente incorporada, até que seja uma missão inesperada, e prometo a mim mesmo:

Vou descobrir quem ou o que a está caçando.

E quem quer que seja, eu a protegerei.

Juro pela minha vida — pelas chances desperdiçadas que arruinei até hoje — que, desta vez, farei tudo certo.

Vou mantê-la segura.

Dia 22 da NOVA VOCÊ!

Não sei mais onde escrever isso.

Onde mais eu possa compartilhar.

E eu TENHO que compartilhar.

Por onde começar... Oh, Deus, nem sei. Posso dizer que minhas bochechas estão quentes e minhas pernas estão fracas e meu estômago... Deus, eu quero vomitar. Mas eu também quero — eu não sei, porra... rir ou algo assim.

Rir.

Oh, meu Deus, pela primeira vez em dois anos, talvez eu não queira morrer.

Como isso é possível? Como é remotamente possível que eu possa viver um pesadelo e — aqui e agora... Me sentir bem. É disso que se trata? Quero dizer, não confio. ~~Eu quase odeio.~~ Não, eu não odeio. Retiro o que disse. Eu não odeio. Meu Deus, simplesmente não sei o que fazer a respeito.

Pensei que estivesse morta.

Mas eu não estou. Não estou morta. Como pode? Quem diabos eu sou agora?

Eu era Teagan, a filha. Então mamãe, a mãe adolescente. Depois Tig, a modelo. Então Tig, a vadia escrota. Aí Tig, a drogada. E depois de volta para Teagan, a esposa triste ~~de um maldito monstro.~~

Então quem sou eu agora?

~~(Quem diabos sabe?)~~

(Mae'r diafol yn gwybod.[5])

Eu não quis que acontecesse.

Nem percebi.

Foi um acidente.

Sei disso com certeza.

Durante a sopa, Mosier estendeu a mão direita, agarrando a nuca de Damon, e bateu seu rosto no prato cheio de sopa de beterraba. Ele estava chateado com alguma coisa. Não sei o quê.

Não importa.

Porra, não sei o que aconteceu comigo.

Normalmente, quando ele entra em conflito com um de seus filhos, eu paro de comer. Uno minhas mãos no colo. Olho para baixo, espero até acabar e ele nos dar permissão para comer novamente. Mas, ontem à noite — sem motivo para pensar —, não olhei para baixo.

---

5   O diabo deve saber, em galês. (N.T.)

Eu ergui os olhos.

Pela primeira vez, ergui os olhos.

E Anders, Anders — de 18 anos —, com os olhos mais negros que já vi, olhou para mim. Em mim. Para mim. Através de mim.

Oh, Deus, por que ergui os olhos?

Algo aconteceu. Maria, José e o menino Jesus, algo <u>aconteceu</u>. Entre mim e Anders. Algo aconteceu.

O tempo congelou.

~~Porra~~, quero dizer, o tempo <u>parou</u>.

<u>Tudo</u> parou.

A vida parou.

A respiração parou.

Meu coração parou.

Em algum lugar, Mosier estava berrando, e Damon estava sufocando e grunhindo, e senti a sopa espirrar no meu queixo, mas não conseguia desviar o olhar de Anders. Não pude. Eu...

Ele desviou o olhar. Ele desviou o olhar, e eu não consegui. Fiquei olhando para ele. Era como se nunca o tivesse visto antes. E talvez não tivesse. Não sei. Olhei para o rosto dele. Observei sua mandíbula — ela se contraiu com muita força, depois relaxou, e então ele olhou para mim novamente e murmurou: "Olhe para o outro lado". Bem a tempo.

Olhei para baixo o mais rápido que pude.

Um segundo depois, e Mosier teria me pego. A nós dois.

Nós dois.

Não, não, não. Não, não. Não há "nós".

Isso não pode acontecer. Ele é meu enteado. Sou treze anos mais velha do que ele.

Espere. Espere. Espere. Estou indo rápido demais. Devagar, Teagan.

Depois do jantar, Mosier os levou para o quarto. Damon, com a cabeça vermelha de sangue e roxa da sopa, levantou-se e seguiu o pai. Mas Anders.

Ele parou na porta, virou-se e olhou para mim. Novamente.

E. O TEMPO. PAROU.

NOVAMENTE.

E talvez tenha sido aquele olhar. Aquele segundo olhar.

Porque isso é pior do que coca. Sinto que meu coração vai explodir porque está batendo muito rápido.

Não sei.

Sim, porra, eu sei. Eu sei. Eu sei. Eu sei. Eu lembro. Lembro-me daquele olhar.

Me lembro e mal posso respirar agora porque sei o que isso significa.
Porque eu senti.
Eu senti.
Por toda parte.

182   KATY REGNERY

CAPÍTULO QUINZE
Ashley

Sempre que nossas condições mudavam, Tig gostava de dizer:

— Este é o novo normal, garota. Acostume-se.

Depois disso, ela cheirava uma fileira de cocaína, acendia um baseado e assistia à BBC News.

O novo normal poderia significar ela jogando um saco de batatas fritas em mim e esperando que eu as comesse no jantar.

O novo normal poderia significar ficar em pé na nossa porta da frente, assistindo ao nosso novo Jaguar sendo confiscado.

O novo normal poderia ser Tig aparecendo na minha sala de aula uma tarde, levando-me de limusine para uma escola particular chique a duas cidades de distância e me matriculando lá sem aviso ou explicação. Também poderia ser a mesma escola que me expulsou, porque minha mensalidade não havia sido paga.

Poderia, literalmente, ser qualquer coisa. Não havia rima ou razão para o velho normal, então o novo normal não significava nada. Muito pouco da minha vida parecia normal.

Mas isso me tornou flexível. Isso me tornou mais adaptável às mudanças ao meu redor. Manteve minhas expectativas baixas. Nada era permanente. Nada era para sempre. E, quando as circunstâncias mudaram, aprendi a dançar conforme a música.

Mas toda essa filosofia virou de cabeça para baixo quando eu fiz 13 anos e nos mudamos para Nova York. De repente, o normal era uma coisa fixa.

Durante cinco anos, do oitavo ao décimo segundo ano, frequentei a Academia da Santíssima Maria, voltando para casa no Dia de Ação de Graças por cinco dias, Natal por sete, Páscoa por três e por dois meses no verão, que eu passava a maior parte sozinha no meu quarto, lendo, exceto nos raros momentos em que minha mãe queria assistir TV comigo. Era uma vida regida e previsível, e, se não incluísse uma associação íntima com a família Răumann, teria sido bem-vinda. Aprendi rapidamente que, embora tivesse desenvolvido habilidades de enfrentamento para o caos, eu preferia a ordem.

Mas aqui e agora, ao acordar na segunda-feira de manhã, sou grata pela minha educação na infância. Algo mudou entre mim e Julian no fim de semana, e eu ainda tenho que descobrir o novo normal. Quando abro os olhos, sentindo os cheiros bem-vindos de café, ovos e bacon frescos, no entanto, de repente estou ansiosa para descobrir o que é.

— Ashley? Ei, Ashley, você já está de pé? — Ouço a voz de Julian do pé da escada. — Fiz café da manhã. Hum, se estiver acordada, desça. — Quando me sento na cama, eu o ouço mais uma vez. — Ashley?

— Estou acordada — grito, meus dedos se curvando sob as cobertas. Sua voz aumenta.

— Oh! Está? Ótimo. Eu fiz o café da manhã.

— Que cheiro bom — comento, lançando as pernas para a lateral da cama.

— Está com fome? — ele pergunta. — Fiz o suficiente para dois.

Meu estômago está tão cheio de borboletas que não sei se há espaço para comida.

— Obrigada. Eu vou, hum... Vou descer em alguns minutos, ok?

— Ok — diz ele, e, depois de um segundo, ouço seus passos se afastando da escada, de volta para a cozinha.

Esse é o novo normal?, eu me pergunto, levantando-me e esticando os braços acima da cabeça. *Porque eu adoraria me acostumar com isso.*

Puxo a camisola por cima da cabeça e, quando ela cai no chão em uma pilha macia, de repente me lembro do diário de Tig e da parte que li antes de adormecer na noite passada. Sentada nua na beirada da minha cama, puxo o diário para meu colo e volto à página. Deslizo os olhos pelas palavras rapidamente, refrescando-as em minha mente e me perguntando se elas significam o que eu acho que significam.

No fundo — no fundo do meu coração, onde estou me tornando uma mulher —, eu as entendo, sei exatamente o que elas significam.

Sei, porque Julian olhou para mim dessa maneira antes e depois do nosso beijo. Ele olhou — como Tig explicou? — para mim e através de mim. E, como Tig, eu senti por toda parte.

Então... Anders tinha sentimentos pela minha mãe? Sentimentos românticos? Ela os retribuía?

Lembro-me de encontrar Anders no quarto dela no dia seguinte ao funeral. Posso visualizá-lo claramente, sentado na beirada da cama, a cabeça nas mãos, os ombros tremendo com soluços suaves.

Ela amou você.

Suas palavras, murmuradas com tanta raiva, tão ferozmente, no passeio de carro de volta à escola, ressoam na minha cabeça, e... Oh, meu Deus...

Tig e Anders?

Minha mãe e seu enteado de 18 anos?

Suspiro baixinho e coloco o diário de volta na mesa de cabeceira, então cruzo os braços contra o peito e o seguro firmemente, deixando que essa nova informação — e todas as perguntas que ela traz à tona — seja absorvida.

Tig e Anders. Anders e Tig.

Nunca vi. Nunca suspeitei.

Levanto-me e pego sutiã e calcinha limpos da gaveta de cima.

Meu Deus, ela tinha idade suficiente para ser sua... sua... bem, não, na verdade, acho que ela não tinha.

Nem Tig nem eu ficamos menstruadas até os 14 anos, então, tecnicamente, acho que ela não tinha idade suficiente para ser mãe dele. Mas ela ainda era treze anos mais velha e casada com seu pai.

Minha mãe e meu meio-irmão.

Eles eram apenas amigos? Amantes?

Mosier os *mataria* se descobrisse. Ele bateu nos meninos por nadarem comigo. Mal os deixava olhar para nós. Se ele soubesse, ele teria...

— Ashley? Você voltou a dormir?

— N-não! — grito. — Eu estou... Estou indo!

Puxo meu cabelo para trás em um rabo de cavalo e desço descalça, tentando acalmar o caos na minha cabeça antes do café da manhã.

Julian

Acho que Ashley estava se escondendo de mim ontem.

Desceu as escadas apenas uma vez, para se despedir de Noelle no final da tarde. Isso e, em outro momento, ela apareceu na cozinha para fazer um prato com as sobras, mas o prato limpo já estava no escorredor quando voltei da caminhada com Bruno. O que significa que, sim, ela estava se escondendo de mim.

Devo ter ficado olhando aquele prato por dez minutos, sentindo-me decepcionado e me perguntando por que ela estava propositalmente me evitando. Porque estamos desenvolvendo sentimentos um pelo outro? Porque nos beijamos? Porque estamos sozinhos?

No final da tarde, isso estava me incomodando tanto que pensei em chamá-la no andar de cima para perguntar se ela queria ir à lagoa novamente, assistir a um filme ou ir à cidade tomar sorvete, mas também queria respeitar a privacidade dela, então a deixei sozinha, adormecendo pensando em beijá-la e acordando com uma enorme ereção.

Mas esta manhã, minha paciência se foi. Eu quero vê-la.

Preparar o café da manhã e colocá-lo o mais bonito possível é um suborno para fazê-la descer as escadas. Além de desconfiar das mulheres em geral e realmente querer verificar o que está rolando, também quero saber do que ela está se escondendo e se posso ajudá-la. Hoje, mais do que qualquer outra coisa, minha missão é Ashley.

— Bom dia — diz ela, entrando na cozinha vestindo seu uniforme habitual: camiseta cinza, jeans e pés descalços. Seu cabelo loiro está preso em um rabo de cavalo, seus olhos azuis estão brilhando e, puta que pariu, ela é a coisa mais bonita que já vi.

— Ei — respondo, gesticulando para o café da manhã que coloquei na bancada. — Com fome?

Sinto seu prazer em minhas entranhas quando seus olhos se arregalam e seus lábios se abrem. Ela olha para mim e oferece um pequeno sorriso de surpresa.

— Uau! Sim. Obrigada.

— Chá?

— Sim, por favor — diz ela, com os pés silenciosos enquanto caminha até a bancada e puxa um banquinho.

Fico de costas para ela de onde estou em frente à cafeteira.

— Ei... você estava me evitando ontem?

— Talvez apenas me sentindo um pouco tímida depois...

Aguardo até que o chá esteja pronto, depois volto para encontrá-la, sentada em um dos dois lugares, olhos azuis arregalados.

— Depois do beijo? — pergunto.

Um rubor floresce em suas bochechas enquanto ela assente, um doce sorriso curvando seus lábios.

E talvez isso me torne estúpido, mas é tudo de que preciso para avançar com ela. Enquanto estou lá, sorrindo como um idiota, quase sinto que a conheço desde sempre, como se a conexão que temos fosse mais real e mais intensa do que qualquer outra coisa que já conheci. Existe até uma parte de mim — a parte mais cautelosa, que se sente cada vez menos cínica — que espera desesperadamente que ela não me decepcione.

Coloco a caneca à frente dela, apontando para as várias ofertas entre nossos pratos.

— Creme e açúcar ali. Ovos mexidos com queijo cheddar aqui. Bacon. Batatas caseiras.

Ela não diz nada. Apenas sorri. Mas é... deslumbrante.

Sei que ela tem dezoito anos, e eu, vinte e quatro, então, por padrão, devo estar mais confiante do que ela, mas de repente estou nervoso pra caramba e não sei como caras como Tom Brady e Tony Romo se casam com modelos e ficam com elas todos os dias. Como se acostumam a acordar com uma garota que tem uma aparência como aquela todos os dias? Ou *não* se acostumam? Talvez sejam surpreendidos toda vez que olham para suas esposas. Talvez acordem sem fala toda manhã pelo resto da vida. Isso meio que faz sentido para mim agora.

Um dos meus irmãos de fraternidade da faculdade gostava de Tig — ela estava no protetor de tela dele, e ele tinha um grande cartaz dela em cima da cama, vestindo um biquíni branco. Consigo enxergar Tig em sua irmãzinha, fisicamente falando. Cabelo loiro, check. Olhos azuis, check. Mas Tig parecia durona para mim. Bêbada. Feroz. Irritada, como se transar com ela fosse, na melhor das hipóteses, um esporte de combate, e ela zombaria de você se chamasse de "fazer amor".

Mas Ashley?

Ela é delicada. E doce. Surpreende-se com tudo. Não subestima nada. Jesus, eu gostaria de poder me afundar nela e ficar dentro do seu corpo por dias. Por meses. Para sempre, porra.

— O que foi? — ela pergunta.

— Ãh?

— Você está me encarando.

— É bom te olhar — argumento, sentindo-me leve.

Séria, ela balança a cabeça e desvia o olhar, pegando a colher para se servir de ovos.

Humm. Sua expressão me faz sentir um pouco menos leve.

— Eu não deveria dizer isso?

Ela encolhe os ombros enquanto coloca uma porção de ovos no prato. Quando recoloca a colher sobre eles, pega um pedaço de bacon e o morde, olhando para mim.

— Não encare isso da maneira errada — diz ela, mastigando a delícia frita —, mas ouvi muito isso.

— Que é bom te olhar?

Ela assente.

— Hum-hum. Que sou linda. Bonita. Maravilhosa. Impressionante. Gostosa. Já ouvi tudo.

O que é surpreendente sobre o que ela está dizendo é a maneira como diz: sem uma pitada de vaidade. Ela está reclamando do mundo por sua banalidade sem se pressionar a concordar ou discordar. Genuinamente não gosta de ser resumida a "bonita", e percebo que gosto e admiro isso nela.

O que não gosto é do jeito como está olhando para mim, como se estivesse decepcionada.

— Está dizendo que não sou original?

Ela coloca o resto do bacon na boca, erguendo uma sobrancelha.

— Se a carapuça servir...

— Ok. E agora? — pergunto. — Você está inesperadamente linda para uma mulher que acordou cinco minutos atrás. Não tomou banho. Mas seu cheiro é delicioso. Mas você ainda está... — Dou de ombros para obter efeito. — ... Ok.

Ela ri baixinho, garfando seus ovos.

— Melhor.

— Ashley não gosta de ser chamada de bonita. Check.

— Check triplo — diz ela. — Você realmente ganhou pontos por não me reconhecer na semana passada.

Isso me surpreende muito.

— Ganhei?

Ela assente, mastigando, pensativa.

— Hummm! Os ovos estão bons. O que há de diferente neles?

— Ovos, queijo cheddar, sal, pimenta. Como é que eu consegui pontos?

— Você está se esquecendo de alguma coisa — diz ela, lambendo os lábios. — Alfazema? Tomilho?

Ela está me enlouquecendo com sua pequena língua rosada.

— Ãh. Sim. Talvez. O cheddar. Vem de uma fazenda onde eles criam vacas livremente. Chama-se Adorável Fazenda de Alfazema.

— É isso aí! As vacas são alimentadas com alfazema e o gosto está no queijo. Oh, meu Deus, é tão bom!

— Ashley! Por que ganhei pontos?

— Humm? Ah. — Ela pega seu chá e toma um gole. — Eu não gosto de ser reconhecida.

— Por que não? Sua irmã era uma das mulheres mais bonitas do mundo.

— É — ela concorda. — E *esse* papel veio com pressão zero e produziu um ser humano super bem ajustado.

Bom argumento.

— Não quer que as pessoas saibam que você é parente de Tig?

— Não quero que me julguem com base no fato de que sou. As pessoas esperam algo de mim quando descobrem. Elas até esperam algo de mim porque sou bonita. É muito para fazer jus. — Ela coloca a caneca no balcão e pega outra fatia de bacon. — Eu só... Só quero ser eu mesma.

Entendo. Realmente entendo, porque minha irmã quer que eu faça negócios com o antigo contato do meu pai, Simon Pearce, para abrir minha própria loja de vidro, e me recuso. Ou posso fazer sozinho ou não, mas não quero ganhar dinheiro com o legado do meu pai. Eu só quero ser eu, o que me faz pensar: o que mais Ashley quer?

— Então não quer ser modelo?

— Não tenho nenhum interesse nessa vida.

— Então, *o que* lhe interessa? — indago, finalmente colocando ovos e batatas no meu prato.

Ela sorri para mim por cima da borda de sua caneca.

— Acho que cozinhar. Fazer receitas. Eu gostava de moda quando morávamos em Los Angeles, mas os uniformes nada glamorosos da escola não me deram muita inspiração e estou por fora das últimas tendências. Honestamente? Não sei o que virá a seguir. Tecnicamente, ainda nem me formei no Ensino Médio.

— Mas você tem dezoito anos.

Ela assente.

— E todos os meus requisitos estão concluídos, mas a graduação só acontecerá daqui a duas semanas.

— Por que saiu da escola mais cedo? Por causa da Tig? Porque ela faleceu? Ou alguma outra coisa?

Ela abre a boca para falar, depois abaixa os olhos e toma um gole de chá. Quando coloca a caneca de volta no balcão, olha para mim, sua expressão ilegível.

— Obrigada pelo café da manhã.

Ah, merda. Eu conheço esse diálogo. Fiz muitas perguntas, e ela está correndo para as colinas. Enquanto coloca as mãos no balcão para se levantar, eu estendo a minha e agarro seu punho, segurando-o suavemente até que ela olhe para mim.

— Ashley. Não vá.

Ela olha de volta para mim, mas noto que não tenta se afastar, o que tomo como permissão tácita para segurá-la.

— Posso ser franco? — pergunto, minha voz baixa e urgente.

Ela assente uma vez, mas seu sorriso é discreto e seus olhos estão cautelosos.

— Acho que você está em apuros — digo baixinho. — Acho que está com problemas e quero ajudá-la. Estou falando sério. Sinto muito por ter sido tão grosseiro na semana passada.

Ela não diz nada, apenas me observa, sua mão relaxando na minha.

— Pode confiar em mim. Eu prometo, só quero ajudar. — Ela ainda não responde, então pressiono. — Não sei o que está acontecendo com você, mas parece estar realmente sozinha. Sua irmã se foi, seus pais...

— Minha mãe — ela deixa escapar, as palavras audíveis, mas apenas por pouco.

— O quê?

— Tig não era... Minha irmã.

— *O quê?*

— Ela era minha mãe.

Ela solta uma risada estridente, uma gargalhada estranha segue, seus olhos se arregalam quando ela puxa o punho para longe de mim e desliza para fora do banquinho lentamente, como se estivesse perplexa.

Mantenho a voz o mais suave e gentil possível.

— Ok. Hum, eu não sabia...

— Porra — ela sussurra, olhando para o balcão como se não pudesse acreditar no que acabou de dizer. Ela cruza os braços à frente do peito, abraçando-se, os olhos piscando loucamente, a respiração saindo em lufadas, como se estivesse prestes a ter um ataque de pânico. — Esqueça que eu disse isso. Por favor, apenas...

Ela balança a cabeça e se dirige para a porta, mas dou a volta no balcão, correndo, lutando contra o meu instinto de segurar seus ombros e puxá-la de volta para mim.

— Espere! Ashley! Está bem. Está bem! Não corra.

Ela se detém dentro da cozinha, porém não se vira.

— Está tudo bem — digo para ela de volta. — Sério. Está tudo bem. Quero ajudar. Pode me contar qualquer coisa. Pode confiar em mim. Eu não... Não quero machucá-la ou piorar as coisas para você. — Seus ombros estão tão rígidos que roçam suas orelhas. — Então... Tig era... sua mãe?

Ela se vira lentamente, com o rosto pálido quando me encara.

Uau. Ok. Mas a linguagem corporal dela me diz que está completamente desconfortável, o que preciso consertar ou ela não vai querer continuar falando. Porque não posso ajudá-la, a menos que me permita.

— Tenho uma ideia. — Estendo minha mão para ela. — Venha comigo.

Essa foi uma tática importante que aprendi durante meus meses de treinamento: as pessoas com grandes segredos geralmente estão mais inclinadas a compartilhá-los se não parecer que estão sendo interrogadas enquanto estão falando. Sentado em frente a ela a uma mesa ou encarando um ao outro em uma posição clássica de impasse, como estamos agora, não há cenários que possam diminuir a tensão. Às vezes, lado a lado é melhor, para que você não precise olhar nos olhos de alguém enquanto conversa.

Ela lança um olhar para a minha mão.

— Aonde vamos?

— À lagoa — sugiro.

— À... lagoa?

— Sim. Lembra do sábado? Quando levamos Bruno para passear? Poderíamos, sabe, andar até lá. Conversar. Relaxar. Tanto faz.

— Oh — reage ela, seu rosto relaxando apenas um pouco. — Ok.

Sem pegar minha mão, ela dá a volta em mim e vai para a porta dos fundos, calçando seus tênis brancos e saindo na varanda.

Penso em assobiar para Bruno, que está dormindo no celeiro, mas decido não fazê-lo. Quero focar toda a minha atenção nela. Eu a sigo, copiando seu ritmo, colocando-me ao seu lado. Mas não digo nada até darmos a volta no celeiro.

— Tig era sua mãe — digo suavemente. — Você acabou de perder sua mãe.

Olhando para a esquerda, eu a observo, em um único movimento brusco.

— S-sim.

CORAÇÃO VALENTE 191

— Isso é difícil. Deus, isso é... Terrível.

Ela assente novamente, desta vez com mais facilidade, e eu posso sentir seu corpo relaxando ao meu lado enquanto caminhamos pela grama alta.

— Obrigado por compartilhar, sabe, a verdade... comigo.

— Ninguém sabe. Meus avós, é claro, mas eles acabaram de voltar ao país de Gales. Gus e Jock. Padre Joseph. E só. — Ela faz uma pausa. — Bem... agora... você também.

— Padre Joseph?

— O padre da minha escola. — Sem olhar para mim, ela acrescenta: — A Academia da Santíssima Maria em New Paltz, Nova York.

— Por que isso era um segredo?

— Minha escola ou minha mãe?

— Ambos — respondo, no entanto, estava perguntando sobre sua mãe. — Por que sua família manteve isso em segredo? De você ser filha dela?

Ela para em um arbusto, tocando as delicadas flores brancas.

— Eu nunca conheci meu pai. Nem sei se Tig sabia quem ele era. E meus avós são... católicos. *Muito* católicos.

— Foi por isso que te deixaram aqui? Depois que Tig morreu?

— Eu sou — ela faz uma pausa e, quando olho para ela, vejo seu queixo se contrair como se o estivesse apertando com força — a grande vergonha deles. — Ela reúne um ramo de flores antes de se inclinar para cheirá-las. — Eles queriam que Tig me entregasse para adoção.

Estremeço com a notícia e pela maneira como ela afirma isso com tanta naturalidade, de forma tão superficial.

— Sinto muito.

— Às vezes gostaria que ela tivesse feito isso. Talvez eu pudesse ter uma vida normal.

— E às vezes você se sente feliz porque ela não fez?

— Que criança quer ser abandonada pela mãe? — ela me pergunta, e eu sei muito bem a resposta.

Tento olhar pelo lado positivo, porque parece a coisa certa a fazer em conversas como essas.

— Ela manteve você, apesar da desaprovação deles. Deve ter te amado.

Ela acaricia as flores e as solta.

— As pessoas vivem me dizendo isso.

Ela está certa. Dizem. Depois que minha mãe foi embora, muitas pessoas, incluindo meu pai, fizeram a mesma afirmação. *Ela amava você. Ela amava você e sua irmã. Não foi sua culpa que ela foi embora.*

Exceto que ela realmente nos deixou. Nenhuma palavra bonita oferecida como gentileza poderia mudar esse fato condenatório.

Caminhamos em silêncio por mais alguns minutos, até ficarmos lado a lado na lagoa, pontilhada de lírios verdes brilhantes. Nossa presença silenciosa perturba um sapo, que resmunga indignado conosco, fazendo um pequeno respingo enquanto salta dentro da água.

Sinto as costas da mão dela roçando as minhas. Sem dizer nada, viro minha mão para que nossas palmas se toquem. Quando ela não se afasta, entrelaço meus dedos nos dela, sentindo que recebi um presente quando ela aperta minha mão contra a dela.

— Sinto muito — digo baixinho. — Por você ter perdido sua mãe.

Ashley

Não sei por que de repente falei que Tig era minha mãe.

Não sei por que contei a ele que meus avós a pressionaram a me colocar para adoção.

Não sei por que estou segurando a mão dele.

Mas acho que estou cansada de carregar os segredos de outras pessoas, e a verdade é que estou tão cansada em geral — de estar sozinha, de ser indesejada, de ter medo — que sinto que não vou perder muita coisa se deixar Julian participar.

E segurar a mão dele é ainda menos complicado.

Eu *quero* segurar a mão dele.

Em todos os sentidos imagináveis, é agradável. Parece certo.

Depois do fim de semana — de vê-lo com a irmã e, talvez, mais importante, sabendo da confiança de Jock em Julian —, estou disposta a confiar nele. Ele tem razão. Estou em apuros. Preciso de toda a ajuda que conseguir.

— Meu padrasto — inicio — é um homem muito, muito ruim.

Ao meu lado, a postura de Julian muda, porém mantenho meu olhar na ponta de uma rocha que se projeta da água a cerca de quinze metros de distância. Ele não diz nada, mas aperta minha mão, o que tomo como incentivo para continuar.

— Ele... — Não há uma maneira boa ou fácil de compartilhar os planos de Mosier para mim. Eles são sombrios. São sórdidos. Estão distorcidos. São terríveis. — Depois do funeral da minha mãe, ele veio ao meu quarto para falar comigo... Para explicar os planos dele para mim depois que ela se foi.

Julian respira por entre os dentes e prende a respiração.

— Ele, hum... ele deixou claro que se casou com minha mãe por mim. Quero dizer... ele quer que eu tome o lugar dela.

— O que *isso* significa? — Julian pergunta, sua voz tensa e cortante.

Engulo em seco de novo, minhas bochechas queimando de vergonha e medo.

— Ele pretende se casar comigo. Ter... filhos comigo. Quer muitos filhos... Quero dizer...

— Ele quer... procriar com você?

Perco o ar com o tom de nojo em sua voz e me pergunto se devo afastar minha mão, mas, antes que eu possa fazer isso, ele questiona:

— É isso que *você* quer?

— Não! — grito. — Nunca! De modo algum! Por isso fugi! Por isso vim para cá!

Seus dedos apertam os meus, e eu aperto a mão dele de volta, sentindo-me inexplicavelmente aliviada.

— Ele... tentou forçar você? — ele me pergunta, sua voz tão aguda e ameaçadora que parece prestes a matar alguém.

— Não — respondo. — Acho que iria, mas vomitei nele.

— Ha! Ha! — Ele ri, mas não é um som divertido, apenas surpreso.

— Não pude evitar. Ele estava me deixando tão nervosa, tocando minha coxa... e fiquei tão chateada que não sei. Não pude evitar. Vomitei nele. No dia seguinte, ele me mandou de volta para a escola. Falou que eu poderia me formar e nos casaríamos logo depois.

— Ele acha que você está lá agora? Na escola?

— Sim. — Conto a ele o plano. — O Padre Joseph vai ligar para ele e conversar esta semana. Mosier não sabe que Tig era minha mãe. O Padre Joseph acredita que, quando Mosier souber, ele não vai me querer. É um pecado mortal se casar com a filha de sua esposa. É incesto.

Julian zomba.

— De alguma forma, seu padrasto não parece o tipo de cara que se importa com sua alma mortal.

— Ele valoriza a religião. Valoriza a decência.

— Para ele mesmo? Ou para todo mundo?

Bom argumento.

— Todo mundo.

— E deixe-me adivinhar — diz Julian. — Especialmente você.

— Sim.

— Ele casou com sua mãe por você. Por sua irmãzinha.

— Sim.

— E quantos anos você tinha quando eles se casaram?

— Treze.

— *Canalha doente* — ele murmura. Sua respiração está agitada e inquieta. Então ele rosna: — Eu vou matá-lo.

Viro as costas para a lagoa, de frente para meu pretenso protetor.

— Não, Julian.

Seus olhos são selvagens quando ele olha nos meus.

— Sim.

Lentamente, balanço a cabeça.

— Não. Esse não é o caminho.

— Então qual é? — ele sussurra. Enquanto examina meu rosto, ele leva nossas mãos entrelaçadas para sua boca, pressionando seus lábios nas costas da minha.

Eu me aproximo dele, sorrindo ao ver seus lábios contra minha pele.

— Você disse que esperaria minha permissão.

— Então me dê — ele murmura, sua respiração quente contra a minha mão.

— Me beije — peço, aproximando-me e inclinando a cabeça para trás para oferecer meus lábios a ele.

Ele alcança meu rosto, segurando-o, sua boca quente e faminta na minha. Enquanto aplaino minhas mãos em seu peito, sua língua traça meus lábios, primeiro o superior, depois o inferior. Eu os abro com um suspiro suave, querendo sentir sua língua deslizar na minha novamente. Ele me enlaça, puxando-me para mais perto, suas mãos deslizando pelos meus braços até os quadris. Quando me puxa contra ele, arqueio as costas, e os bicos dos meus seios roçam em seus músculos. Meus mamilos estão tão sensíveis que o toque me faz choramingar, torna a pulsação entre minhas pernas mais rápida e urgente. Ele inclina a cabeça para o outro lado, inclinando seus lábios nos meus, selando sua boca na minha, roubando minha respiração, roubando meu coração. Minhas pernas ficam fracas quando seus lábios deslizam suavemente por minha bochecha. Seus dentes mordiscam o lóbulo da minha orelha, causando arrepios na espinha, e envolvo os braços em seu pescoço, abraçando-o.

— Ashley. — Sua voz é ofegante, quase entorpecida, enquanto ele fala perto do meu ouvido. — Diga-me o que você quer que eu faça.

— Espere — sussurro, não muito certa se quero que ele espere um pouco mais pelo resto do meu corpo, ou se quero que ele espere o Padre Joseph falar com Mosier. Talvez ambos.

— Odeio esperar — diz ele rispidamente.

Isso me faz sorrir.

— Julian, por favor. Vou te contar tudo. Mas, por enquanto, apenas me espere. Ok?

Ele aperta os braços em volta de mim e eu fecho os olhos, enterrando meu rosto na curva do seu pescoço e esperando que esse novo sentimento que explode dentro de mim — de finalmente sentir que não estou tão sozinha — seja o novo normal. Ao menos por um tempinho.

CAPÍTULO DEZESSEIS

Julian

Ashley gosta de me beijar, então nos beijamos muito nos dias seguintes.

Também gosto de beijar Ashley, porém quero muito mais dela, e dói parar. Dói quando ela se afasta de mim. Dói por toda parte me fazer esperar.

Lembro-me de não pressioná-la — que acabamos de nos conhecer e ainda estamos nos conhecendo. Às vezes, isso ajuda. Na maioria das vezes, não. Meu corpo dói por ela o tempo todo.

Ela ainda considera o celeiro meu espaço privado, entretanto, quando estou sozinho lá dentro, olho pela janela, pensando nela. Eu trabalho com mais vidro azul do que o normal, porque me lembra dos olhos dela. Conto os minutos necessários para fazer o que estiver fazendo, para que eu possa voltar para casa e encontrá-la.

E quando chego? Ela cheira a baunilha e canela quando joga os braços em volta do meu pescoço sem perguntar. Eu a beijo como se o mundo estivesse prestes a acabar, porque nosso tempo parece frágil e finito... mas também porque ela é tão doce, bonita e — agora — muito minha.

Nas últimas duas noites, depois de beijá-la e ela subir, vou para o meu quarto, pego meu laptop e trabalho.

No que eu trabalho?

No Serviço Secreto, chamamos de planejamento tático.

Sun Tzu chamaria isso de conhecimento e estratégia: *se você conhece o inimigo e se conhece, não precisa temer o resultado de cem batalhas.*

O inimigo é Mosier Răumann, e o que descobri até agora me arrepia até os ossos.

Após a morte de sua primeira esposa, dezessete anos atrás, Răumann emigrou para os Estados Unidos de Bucareste com seus filhos pequenos e se estabeleceu no Brooklyn por um curto período de tempo. Não consegui encontrar muita coisa sobre a primeira esposa dele. Só que ela morreu em um "acidente trágico" na casa de veraneio de Răumann, na ilha de Creta. Ela foi encontrada de bruços na piscina da família, com uma rosa vermelha flutuando ao seu lado.

Pouco tempo depois de sua chegada aos Estados Unidos, Răumann comprou uma mansão no Condado de Westchester, Nova York, e, aparentemente, da noite para o dia, equipou a propriedade com um alto muro

CORAÇÃO VALENTE 197

de ferro forjado, para grande consternação do planejamento e zoneamento local, do qual ele não obteve a permissão adequada. Após uma multa pesada, o assunto foi resolvido com a promessa de Răumann de plantar arbustos ao redor do exterior da parede, o que efetivamente esconderia a feiura da monstruosidade de dois metros e meio de altura.

Não é a intenção, no entanto: mantém os curiosos de fora e os Răumann dentro.

E, pelo que consigo reunir on-line, os Răumann estão em um pouco de tudo. Mais notoriamente, em tráfico de drogas, armas e sexo em vários cantos da Europa Oriental para os Estados Unidos. Há muita conversa na *dark web* sobre o FBI investigando seus negócios, mas os Răumann têm sido espertos — executam dezenas de operações legítimas de apostas fora dos trilhos em todo o estado de Nova York que são mantidas em boa situação, embora eu suspeite que sejam negócios de lavagem de dinheiro por suas relações mais obscuras.

Também estou tentando descobrir o relacionamento de Răumann com sua segunda esposa, contudo. Embora existam milhares de fotos de Tig on-line, pouquíssimas delas são de Teagan Ellis Răumann. Consigo encontrar apenas alguns flagras de paparazzi de Mosier e Tig juntos: um deles sentados à mesa — em uma festa de casamento, talvez — ele com o braço possessivamente sobre o ombro dela, e outro saindo de um funeral no Brooklyn, com Mosier olhando por cima do ombro enquanto Tig, em um vestido preto e um véu conservador, desce as escadas da igreja atrás dele.

Nas duas fotos, a diferença de idade é óbvia, e Tig também não se parece com a modelo determinada que encantou o mundo. Ela ainda é linda, claro, mas, nas duas cenas, os ombros estão curvados e os olhos, assombrados. Só Deus sabe o caos que ela viveu atrás daquela cerca preta alta.

Aqui está o que tenho certeza: as duas esposas de Răumann morreram jovens e sob circunstâncias misteriosas. E não consigo deixar de me perguntar se é uma coincidência, embora um arrepio na minha espinha diga que não é. E pensar em Ashley sendo a esposa número três me faz querer socar uma parede... ou matar alguém.

Esse cara? Mosier Răumann? É um criminoso. Um criminoso internacional rico, poderoso, estabelecido. Se originalmente visava Ashley, esperando que amadurecesse até dezoito anos nos últimos cinco, ele não a libertará simplesmente porque um padre gentil e velho pedirá que o faça.

De jeito nenhum. Esse cara é um bandido e bem poderoso. Pelo que Ashley me contou, a inserção dela na escola católica foi ideia dele — ele a estava preparando para ser a esposa perfeita. Francamente, acho que ele é o tipo de homem que prefere vê-la morta a ver com outra pessoa. Na verdade, tenho certeza disso.

Fecho o laptop com força e me pergunto por quanto tempo o paradeiro dela pode permanecer em segredo de Răumann. Segundo Ashley, as únicas pessoas que sabem que ela está aqui são o padre, Gus, Jock, eu e Noelle. Noelle e eu não somos nada, porque não há nada para nos ligar a Ashley. O mesmo com Jock. Então restam: 1. O padre e 2. Gus.

Ashley me garante que o padre nunca a trairia. Gus também não, mas Gus é conhecido por Răumann e, infelizmente, se ele rastrear Gus, isso poderia facilmente trazê-lo a Ashley.

Ashley me contou que seu padrasto desaprovava Gus e proibiu Tig de continuar sua amizade. Era arriscado para Gus ir ao funeral de Tig, mas Ashley insiste que seu padrasto nunca os viu juntos.

No entanto, se ele quiser encontrá-la, começará pelo amigo mais querido da mãe. Começará pelo amigo que a marcou, o amigo que ele odiava. Mosier Răumann não chegou onde está sendo burro. Sem dúvida, a preferência de Tig por Gus foi notada em algum momento. Mais cedo ou mais tarde, Răumann irá procurar Gus.

Penso em ligar para Jock para discutir tudo isso com ele, principalmente porque Ashley já me contou que Jock entrou em contato com o FBI, mas lembro que Gus e Jock virão jantar na sexta-feira à noite. Terei que esperar até lá.

Jogo as pernas para o lado da cama e tiro a roupa. Vestindo apenas minha cueca boxer, deslizo para debaixo das cobertas, entrelaçando meus dedos sob a cabeça.

Olho para o teto e penso em Ashley.

Depois que preparei o café para ela novamente hoje de manhã, fizemos uma caminhada até a lagoa com Bruno e depois fomos para uma fazenda de frutas silvestres em Charlotte. Eu a observei enquanto caminhávamos entre as fileiras de árvores, comendo quantas frutas queríamos e nos beijando sob o céu azul sempre que sentíamos vontade. A certa altura, quando ela se ajoelhou na terra e encheu uma pequena cesta, fiquei maravilhado com o fato de que essa garota, praticamente se afogando em segredos, é alguém em quem estou começando a confiar. Por apenas um instante, meu ar ficou preso, pesado e dolorido nos pulmões antes de liberá-lo. Espero não estar jogando a cautela ao vento. Espero que confiar em outra mulher não seja uma escolha da qual me arrependa.

Acima de mim, ouço seus passos através do piso de madeira. A descarga. Uma torneira é aberta e depois fechada. Eu a imagino caminhando de volta pela pequena sala de estar para sua cama, e meu pau endurece sob os lençóis. Lambo minha palma para segurar a carne espessa, esticando-a até sair da cintura elástica e, em seguida, passo o polegar sobre a ponta. Enquanto acaricio para cima e para baixo, forço meus olhos a permanecerem abertos, olhando para o teto onde ela está deitada logo acima.

Quando eu gozo — sentindo o gozo deslizar quente até meu peito —, finalmente deixo meus olhos se fecharem, enterrando a parte de trás da cabeça no travesseiro enquanto vejo seu rosto e rosno baixinho de prazer.

Ashley

— Julian não é seu namorado — sussurro para o meu reflexo no espelho do banheiro na quinta-feira à tarde. — Vocês estão dividindo uma casa e, sim, acho que ele se tornou seu amigo. Além disso, você o beija, e ele te beija, mas isso *não* faz dele seu namorado.

Olho para mim mesma, desejando que meu cérebro aceite isso, mas fica cada vez mais difícil a cada dia que passa, a cada hora que passa.

Faz cinco dias desde que ele me beijou pela primeira vez e, desde então, descobri lugares escondidos dentro de sua boca, os recantos quentes e úmidos que exploro vagarosamente, que me pertencem. Meus dedos conhecem os picos e vales de seu peito, a pele macia na parte de trás do pescoço, seu gosto e seu cheiro. Meu corpo sabe o que é ser segurado por ele e contra ele. Fico excitada com o tamanho de sua ereção, quando ele a pressiona contra meus lugares secretos, querendo mais.

Também quero mais, mas o conheço há menos de duas semanas. Meus sentimentos por ele são tão intensos que me assustam. Eles *parecem* reais, mas como posso ter certeza? Não sei como fazer isso. Ele é o primeiro homem por quem já me apaixonei.

— Mas isso não faz dele seu namorado — argumento. Meus lábios se curvam para baixo, e eu pareço tão triste que acrescento um sussurro: — *Ainda não, de qualquer maneira.*

Talvez um dia *ele seja.*

Talvez, algum dia, em um futuro não tão distante, quando Mosier desistir de mim e eu me formar no Ensino Médio, voltarei para cá. Jock e Gus vão me deixar morar no sótão que tanto amo, e Julian ainda será meu companheiro de casa. E então? Podemos realmente nos conhecer. Podemos passar todos os momentos juntos. Podemos nos apaixonar, nos casar e ter um monte de bebês loiros de olhos azuis e verdes. E nunca mais ficarei sozinha.

Suspiro com o meu reflexo.

— Você é louca. Sabe disso, não é?

Minhas esperanças e desejos são como um trem descontrolado. Meu corpo está descendo uma trilha na velocidade da luz, com Julian me esperando no final da linha. Isso me faz sentir tão jovem, tragicamente jovem. Quando penso em Tig, Mosier, Anders e Gus — na confusão em que estou, no pesadelo em que minha vida poderia facilmente se tornar, no perigo que minha presença representa para aqueles que amo —, sinto-me tão assustada que isso me sufoca. Isso me faz congelar. Me deixa tão apavorada que nenhum lugar na Terra jamais será seguro.

Não é de se admirar que eu tenha uma queda enorme por Julian.

Sinto a respiração de Mosier na minha nuca, cada vez mais perto e mais quente. Porém, Julian me dá esperança de que talvez, de alguma forma, algum dia, eu esteja em segurança, e essa esperança é mais preciosa para mim do que qualquer outra coisa.

Espirro água fria no rosto e prendo o cabelo em um rabo de cavalo. A meteorologia prevê tempestades esta tarde e à noite, mas esperamos vencer as nuvens com uma rápida caminhada até a lagoa primeiro, e consigo ouvir Bruno na cozinha, gritando para eu me apressar.

Sinto o cheiro da chuva iminente enquanto desço as escadas e entro na cozinha, onde Julian e seu companheiro canino estão em pé diante da porta dos fundos.

— *Au, au!* — exclama Bruno, abanando o rabo cor de ferrugem.

— Sim — diz Julian, sorrindo para mim. — Au, au.

Isso é felicidade, uma voz sussurra no meu coração, e paro por um segundo no balcão de mármore, tocando-o levemente enquanto sorrio de volta para os dois.

Um homem e seu cachorro, me esperando, na cozinha de uma fazenda.

É tudo *de que preciso*, penso. *Este homem. Este cachorro. Este lugar. Eu poderia ser feliz para sempre aqui.*

Sinto meu sorriso deslizar e meus olhos piscarem com a intensidade dos meus sentimentos. Lembro-me de que são momentos fugazes — que a probabilidade de que o final dessa história de alguma forma seja a meu favor não é sólida. Mas nada mais importa , este momento — aqui e agora — é meu. Um dia, lembrarei que, uma vez, conheci a felicidade, e isso me ajudará a suportar minha tristeza quando tiver acabado.

— Olhe só para vocês dois — falo, tentando um tom mais feliz.

Julian sinaliza para fora com o queixo.

— Vai chover a qualquer momento. Tem certeza de que está disposta?

— Não sou de açúcar.

— Discordo — diz ele, piscando para mim. Ele me oferece sua mão, seu braço comprido e forte esticado enquanto ele a estende em minha direção. — Vamos lá, *doudou*.

— *Doo-doo*? — Ele me chamou de cocô, em inglês? Puxo a mão que estava prestes a pegar a dele.

— Oh! Isso não significa... — Ele coloca as mãos na cintura, os ombros tremendo de tanto rir. — *Doudou*, em francês, significa... — Ele encolhe os ombros, engolindo suas risadas. — Algo como "doçura" ou "querida".

— Sério?

— Juro.

— Se está dizendo... — Pego a mão dele e fecho a porta. — Vou verificar com Noelle na próxima vez que ela vier nos visitar.

— Não confia em mim?

— Estou chegando lá — respondo honestamente —, mas me chamar de cocô não ajudará sua causa.

— Eu juro que significa "doçura". Você me fez pensar nisso quando falou que não é doce. Açúcar, doce, querida, *doudou*. É legal. Juro.

Posso dizer pelo tom de sua voz — pelo humor e calor que há nele — que Julian está me dizendo a verdade, mas eu meio que amo provocá-lo também.

Entrelaçamos nossos dedos enquanto Bruno corre à frente e trovões ressoam ao longe. Julian olha para cima, apontando para um grupo de nuvens cinza-escuras à frente e para o leste.

— Está chegando.

— Vamos conseguir — digo, acelerando e puxando-o comigo.

— Não vamos.

— Quer apostar? — pergunto, rindo de sua expressão duvidosa.

— É claro. O que ganho quando vencer?

Paro de correr para me virar e olhar para ele.

— Pode me beijar quando quiser.

Ele levanta uma sobrancelha.

— Você reverterá nosso acordo?

— Só por beijar.

— Combinado. E o que você ganha se vencer?

— A mesma coisa — respondo solenemente.

Ele dá gargalhadas assim que uma gota gorda de chuva cai na minha cabeça.

— Perdeu — diz ele, puxando-me para seus braços e baixando seus lábios para os meus sem permissão.

Pingos de chuva pontilham meus braços quando entrelaço as mãos em seu pescoço. Mais chuva cai no meu cabelo. Caem gotas no meu rosto inclinado quando seus lábios se movem faminto contra os meus. E então, de repente, de forma inesperada, suas mãos pousam na minha bunda, segurando-a, e ele me levanta. Suas pernas, apoiadas firmemente no chão, abrem as minhas, e eu monto em seus quadris, entrelaçando instintivamente meus tornozelos em suas costas enquanto ele me segura.

Deslizo minhas mãos para sua mandíbula e seguro seu rosto enquanto sua língua entra na minha boca para se enredar na minha. Ele desliza os lábios ao longo da minha mandíbula, lambendo a água da chuva da minha pele. Abro os olhos e percebo que seus cílios longos capturam pequenas gotas de água que cintilam e brilham como a poeira do vidro que, às vezes, brilha nas costas de suas mãos.

Estou louca por você.

As palavras passam pela minha cabeça como o trem no qual eu estava pensando antes.

Ele é tão bonito que sinto isso em todos os lugares — em cada batida frenética do meu coração — e fico observando-o até que ele percebe que estou congelada em seus braços. Quando ele olha para mim, quando seus olhos encontram os meus, fico tão emocionada que não consigo falar. Entrelaço meus braços em seu pescoço e descanso a testa contra a dele. Então fecho os olhos e respiro profundamente, memorizando este momento perfeito.

Julian

Eu gosto tanto dela — *pra caralho* — que isso me assusta.

O jeito como ela me olhou na cozinha... o jeito como está me olhando agora... Consigo sentir a profundidade e a intensidade de seus sentimentos, e meu coração responde. Se não estivesse gostando de cada segundo com ela, eu perceberia como estou enormemente fodido. Essa garota parece ter se enfiado sob a minha pele, e estou começando a me perguntar se isso será uma aventura passageira ou se ela chegou para ficar. Algumas pessoas entram e saem da sua vida sem deixar marcas. Com a Ashley? Tenho certeza de que haverá uma marca. Não. Haverá uma porra de uma cicatriz.

Não sou idiota.

Porra, sei que não a conheço há tanto tempo.

Mas isso simplesmente não importa. O coração quer o que ele quer. E o meu a quer.

Afrouxo minhas mãos em sua bunda, deslizando-as para seus quadris, e a mantenho firme até que seus pés atingem o chão.

Minha voz está rouca de emoção.

— Nós devemos voltar, baby.

Ela inclina a cabeça e sorri.

— Primeiro *doudou*. Agora *baby*. Qual é o certo?

— Qualquer um que você quiser.

— Ambos, por favor — diz ela, um pouco atrevida, e eu posso ver sua mãe tão claramente nela por uma fração de segundo que isso quase me atinge no peito.

— Ambos, *baby* e *doudou*.

— Se isso significar "cocô de bebê", você está em apuros.

Ela me faz rir de novo, o que me surpreende em Ashley. Ela vive em um mundo de merda até os ossos e, mesmo assim, ainda me faz rir. Que mulher.

Assobio para Bruno e pego a mão dela, virando-nos e levando-nos de volta para casa. Quando o celeiro está à vista, percebo que há um carro desconhecido na garagem e todos os músculos do meu corpo ficam tensos. Fico imediatamente em alerta máximo.

Puxo Ashley contra mim, girando-a para nos escondermos atrás de um tronco de árvore e olhar nos olhos dela.

— Você está esperando alguém?

— Não — ela diz.

— Há um carro na garagem.

— É Gus?

Balanço a cabeça.

— Não. O carro é preto, não branco.

— É um SUV? — ela pergunta.

Dou uma espiada e balanço a cabeça.

— Não. Um sedan.

Posso vê-la pensando antes de sussurrar:

— Um Cadillac?

— Um Honda.

Os ombros dela relaxam.

— Não é Mosier.

Assentindo, aperto a mão dela, desejando estar com minha arma. Vou limpá-la hoje à noite e começar a carregá-la comigo o tempo todo.

— Fique atrás de mim, ok?

— Não se arrisque.

— Não vou. Vamos lá.

Acho que não há como ele já saber onde ela está, a menos que o padre a tenha entregado. Ele a abandonaria? Merda. Ashley estava certa de que não, mas meu sentimento inicial era que Răumann não hesitaria em recuperá-la. Eu deveria ter seguido meus instintos. E se o padre do caralho cedesse e Răumann mandasse um de seus homens para pegá-la?

À medida que me aproximo, percebo que há alguém no banco do motorista e alguém com um sobretudo com a gola erguida batendo na porta da frente. Caralho. Que porra está acontecendo?

— Fique aqui atrás do celeiro — sussurro para Ashley. — Vou ver quem é e te aviso se é seguro.

— Tudo bem. Tome cuidado.

Largo a mão dela, ando pelo celeiro e falo através da chuva:

— O que você quer?

Para minha surpresa, *Gus* se vira e olha para mim.

— Julian!

— Gus? — Olho diretamente para o carro e depois para Gus, uma pergunta clara nos meus olhos. *Quem diabos é esse cara?*

— Ele? Ohhh! Não, não, não! — ele diz, lendo minha expressão. — É apenas um Uber! Jock pegou o carro.

Merda. Ok.

Enquanto Gus agradece ao motorista pela espera e acena para que ele vá embora, volto para Ashley.

— Gus está aqui? — ela pergunta. — Humm. O que será que aconteceu?

Encontramos Gus na porta da frente e depois entramos na sala de estar. Gus tira o casaco enquanto corro para o meu banheiro para pegar toalhas, já que Ashley e eu estamos ensopados. Quando volto, Ashley ainda está de pé do lado de fora da porta da frente, olhando para Gus.

— Você está me assustando. — Eu a ouço dizer. — Apenas me conte o que aconteceu.

Pela primeira vez, noto que a expressão de Gus está profundamente perturbada, séria.

— Sente-se, pequena Ash — pede.

Gus está sentado em uma cadeira com encosto alto perto da lareira, e eu me sento em frente a ele, ao lado de Ashley, na beirada do sofá. Coloco uma toalha no colo, que ela ignora. Ela está totalmente focada em seu padrinho.

— Por favor — ela sussurra.

— Oh, querida. Não há uma maneira fácil de te dizer isso... — Ele estremece, encarando as mãos cruzadas no colo antes de olhar para Ashley. — Liguei para a sua escola hoje. Seu Padre Joseph... Na semana passada, quando falei com ele, ele me disse que tinha uma reunião marcada com Mosier na quarta-feira à noite. Isso foi ontem à noite. Então eu liguei esta tarde... só para ver como foi a conversa.

O corpo inteiro de Ashley fica tenso ao meu lado. Seus braços estão cruzados à frente do peito e os ombros estão tão erguidos que roçam os lóbulos das orelhas. Ela assente com a cabeça para ele continuar.

Gus lambe os lábios nervosamente.

— Padre Joseph... ah, boneca, ele teve um ataque cardíaco ontem à noite. — Ashley arfa, cobrindo a boca com as mãos, e não consigo me conter, pois coloco meu braço em volta de seus ombros rígidos. — Sinto muito, Ash, mas ele se foi.

— Não! — ela chora, sua voz trêmula. — Não. Não, não, não. Não. Por favor, não.

— Ah, querida — diz Gus, inclinando-se para a frente na cadeira, os olhos castanhos cheios de lágrimas. — Eu sinto *tanto* por isso.

Ela está balançando a cabeça, balançando violentamente seu pequeno corpo enquanto reproduz a palavra "não" repetidamente. A profundidade de sua tristeza é chocante e terrível, e eu gostaria de poder dividi-la, compartilhá-la com ela e fazê-la desaparecer.

Mas não posso.

Olho para Gus e, para minha grande consternação, percebo que ele não terminou. Ele tem mais a dizer.

— O que mais? — indago, deslizando para mais perto de Ashley e esfregando suas costas.

— Eu perguntei... — Gus faz uma pausa antes de começar de novo. — Falei com a irmã James. Ela disse que ele estava bem ontem. Ela o viu no jantar, e ele pediu que orasse por ele. Disse que ia se encontrar com o padrasto de uma aluna às oito e meia da noite e chamou isso de "questão complicada". Quando não apareceu na missa na manhã seguinte, ela enviou um aluno para a reitoria. Encontraram-no em sua mesa. Ele estava morto. — Gus suspira. — Segundo o médico legista, a hora da morte foi aproximadamente às nove da noite anterior.

Ashley está com a cabeça nas mãos, mas agora seu pescoço se contrai e ela olha para Gus.

— O quê?

Gus parece estar lamentando muito por ter que compartilhar essas informações, mas ele concorda com a cabeça enquanto Ashley une os fatos em sua cabeça.

— Ele morreu enquanto Mosier ainda estava lá ou imediatamente depois que ele saiu.

— O que você quer dizer? — Ashley exige, levantando-se. — Mosier o machucou? — ela grita. — Mosier o *matou*?

Agora Gus está de pé.

— Boneca, seu Padre Joe não era jovem.

— A irmã James disse que ele estava bem na noite anterior!

Eu também me levanto, olhando para Gus.

— Você sentiu algo estranho? Da freira com quem falou?

Gus parece pensativo por um segundo, depois balança a cabeça.

— Não. Ela não me disse que tinha algo errado, além do fato de que ele parecia preocupado no início da noite. — Ele inspira fundo e solta o ar lentamente, cruzando os braços à frente do peito, sua expressão sombria. — Mas está perguntando se eu desconfio? Não sei como você induziria alguém a ter um ataque cardíaco, mas a resposta é sim. A situação está cheirando mal.

Eu assinto porque me sinto da mesma maneira.

— Existem medicamentos não rastreáveis que induzem um ataque cardíaco — digo. — Não são fáceis de encontrar, mas alguém como Răumann, que lida com importação de drogas ilegais, não teria problemas para colocar as mãos nisso. Com uma agulha minúscula, seria praticamente impossível detectar um ferimento por punção. — Respiro fundo, imaginando uma alternativa. — Ou ele poderia ter sido ameaçado e ficado assustado a tal ponto que seu coração acelerou a níveis perigosos e cedeu. De qualquer jeito...

— Você acha que Mosier o matou — murmura Ashley, seu corpo caindo frouxamente de volta no assento. A cabeça dela tomba para a frente, os ombros tremendo de soluços. — Oh, meu Deus. Mosier o matou. Mosier o matou...

Gus diz:

— Estamos trabalhando com uma pessoa do FBI que se interessou muito pelo caso. Agente Especial Simmons. Jock telefonou hoje, e ele virá para cá de Langley hoje à noite. Jock já foi buscá-lo no aeroporto. É por isso que eu peguei um Uber até aqui. Vamos hospedá-lo em nossa casa hoje à noite e trazê-lo para cá amanhã. Precisamos descobrir o que virá a seguir.

— Que bom — digo, agradecido por haver um plano em andamento. — Tudo o que você precisar, eu estou dentro.

Gus olha para Ashley, movendo-se ao redor da mesa de café para se sentar ao lado dela, para abraçá-la enquanto ela chora. E, embora uma parte de mim queira ser a pessoa que a conforta, sei que tenho um trabalho muito mais importante pela frente: protegê-la do que quer que esteja por vir.

Então, enquanto Gus esfrega suas costas e a deixa chorar, eu vou para o celeiro para limpar e carregar minha arma.

Não vou deixar ninguém machucá-la.

Mesmo que tenha que protegê-la com a minha vida.

Dia 32 da NOVA VOCÊ!

Louca.

Eu sou louca.

Tudo começou naquela noite à mesa: a cabeça de Damon na sopa de beterraba e um olhar de Anders que eu poderia ter perdido se não tivesse erguido meus olhos para ele.

Mas eu ergui.

E ele capturou meu coração com aquele olhar.

E tornou-se quase um jogo.

No começo, era tudo tão avassalador — sentir-me conectada a alguém novamente. Meu coração trovejava toda vez que estávamos na mesma sala juntos. Eu prendia a respiração. Meu corpo inteiro zumbia, como se eu estivesse viva.

Lembro-me de um jogo antigo, Operando, que minha mãe e meu pai compraram para mim em uma loja de departamentos quando eu era criança. Você colocava uma pinça de metal em torno de um órgão do corpo e tentava extraí-lo sem fazer a campainha tocar.

Nosso jogo é mais ou menos assim, mas esse jogo se chama Atração. Ele por mim. Eu por ele. Como ímãs. E, se formos apanhados — se fizermos a campainha tocar —, estaremos perdidos e perderemos o jogo. Então, ficamos quietos. Aprendemos a ficar quietos, a tomar cuidado, a ser... impecáveis em nossa extração silenciosa de sentimentos.

Não podemos conversar.

Não podemos nos tocar.

Podemos apenas olhar.

E eu me tornei muito boa em olhar.

De fato, Tig — que já foi uma vaca barulhenta e prepotente — tornou-se uma ESPECIALISTA em olhar.

Ele tem cem olhares diferentes quando algo é engraçado. Mais cem para frustração. Mil para tristeza. Dez mil para raiva. Olhares. Sorrisos. Os muitos humores da boca e as expressões dos olhos. Descobri cada uma delas durante todo esse ano. Conheço todas as nuances de seu rosto, cada contração, cada vinco, a manifestação de toda emoção possível que você pode imaginar pintada na tela de seu rosto.

Eu os destranquei, estudei e memorizei.

Eu vivo por eles.

Eu vivo por ele.

Os dias em que ele está fora são o meu purgatório. Os dias em que ele está aqui são meu paraíso e meu inferno. Porque eu quero muito mais. Mas não posso viver sem o que tenho.

Hoje foi um dia normal.

Anders partiu cedo para Albany. M. e Damon foram para Newark.

Não haverá ninguém por três dias. Graças a Deus. Um pouco de paz.

M. deixou uma pequena equipe para trás — apenas quatro homens, um dentro e outro fora o tempo todo.

Boian fez o serviço de perímetro de manhã. Costin estava ao lado da porta da frente. Após o jantar, Sandu e Marku assumiram as doze horas seguintes. Como cachorros. Meu canil de bandidos.

Grosavu, aquela maldita bruxa do mal, ficou de olho em mim o dia todo. O que eu poderia fazer? Iniciar um caso ilícito com Costin barrigudo e fedorento? Ser fodida no balcão da cozinha durante a madrugada? Ela sabe que M. esconde o álcool sempre que estou sozinha. Essa é a piada de tudo. Eu <u>não</u> posso me encrencar, e ela ainda me vigia, digitando mensagens para M., seu senhor e mestre, toda vez que ando do meu quarto para a cozinha, seguindo-me por aí como se fosse a porra da minha sombra.

De qualquer forma, à meia-noite, estou no meu quarto assistindo a um filme de terror idiota, em que as garotas correm para o porão em vez de para o carro, e ouço uma batida na porta. Eu sei que é Grosavu vindo me checar, e eu já estou de saco cheio das besteiras dela.

Eu grito:

— Se entrar aqui, sua maldita ogra, jogarei este vaso de cristal na sua cabeça. — Sei que ela dirá a M. que eu estava gritando e xingando, e ele me telefonará e me dirá para esperar uma punição especial. Ele dirá que uma boa esposa não xinga e não grita. E eu serei destruída quando ele chegar em casa.

Mas pode valer a pena apanhar só para ver Grosavu na casa do caralho.

Ouço a porta abrir e fechar, e penso comigo mesma: essa cadela vai mesmo entrar no meu quarto?

Pego o vaso na mesa de cabeceira e é como um bloco de cimento de tão pesado. Jogo as rosas brancas no tapete, ignorando os espinhos que cravam na palma da minha mão e a água na parede à minha frente. E juro por CRISTO que estou prestes a arremessar aquela monstruosidade de quatro mil dólares nela, quando ouço uma voz dizer:

— Eu me rendo.

Porra.

Não é Grosavu, é um homem.

A princípio, não reconheci. Eu não sabia quem era.

Eu não sabia. Juro.

Porque quase nunca ouço a voz dele e, quando ouço, ela é direcionada ao pai ou irmão dele, não para mim.

Então, eu me pergunto qual dos quatro idiotas lá debaixo perdeu a cabeça, entrando no meu quarto à noite, quando ele aparece.

E...

O mundo... para.

Não é um dos guardas idiotas de M.

É o Anders. De pé no meu quarto. Sorrindo para mim. E eu conheço esse sorriso. Eu conheço, como conheço minha própria alma, e ele transmite: "Olá. Como você está? Mantenha-se forte. Eu te amo. Estou aqui".

E é isso que me ouço sussurrar em voz alta, as palavras espanando meus lábios como uma pena macia:

— Olá. Como você está? Mantenha-se forte. Eu te amo. Estou aqui.

Ele coloca as mãos na cintura, lançando um rápido olhar para o vaso que estou segurando acima da cabeça.

— Quer largar isso, assassina?

Coloco o vaso ao meu lado, sobre o edredom, e pergunto:

— Como chegou aqui?

Ele pega o controle remoto da minha mesa de cabeceira e desliga a TV, depois pressiona o botão que fecha as persianas das janelas.

— Albany fica a duas horas de distância — diz, observando as sombras sumirem, as engrenagens fazendo um zumbido suave enquanto a escuridão nos envolve lentamente. — Na verdade, não estou aqui. Estou lá. No meu quarto de hotel. Dormindo.

— Você não está aqui?

Ele balança a cabeça.

— Não. Eu não posso estar aqui.

— Ok, você nunca esteve aqui. Como entrou?

— O túnel para a adega — revela, soltando o controle remoto. — Meu irmão e eu o descobrimos anos atrás.

— Quanto tempo nós temos? — pergunto, ficando de joelhos e estendendo os braços. Eles estão tremendo porque querem muito abraçá-lo.

Ele se aproxima de mim, segurando meu rosto como se me amasse.

— Duas horas.

— Está disposto a dirigir por quatro horas para ficar duas sozinho comigo?

— Teagan — diz ele ternamente, inclinando-se para beijar minha testa —, eu dirigiria mil horas para ter dois minutos sozinho com você.

Oh, meu coração.

Cada parede dentro de mim foi demolida. Cada barreira desapareceu. Todos os desejos terríveis e proibidos que silenciamos por um ano receberam uma voz.

Ele me teve.

E eu o tive.

De novo, e de novo, e de novo. Em todos os sentidos. De todas as maneiras que os cantores escrevem em canções de amor e atores tentam capturar na tela.

Ele me tratou como se eu fosse amada. Como se eu fosse uma pessoa. Uma pessoa real. Não uma modelo, nem atriz, nem prostituta comprada pelo pai. Não uma vadia bonita para experimentar como joias. Ele me tocou como se me amasse. Tudo de mim. As partes ruins, as partes despedaçadas, as partes assustadas e as partes bonitas.

Eu nunca fui tocada assim. Nunca antes. E talvez nunca mais.

Foi como um renascimento. Ou um batismo. Como se sua ternura tivesse o poder de acalmar ou... ou até mesmo apagar todos os horrores da minha vida — pais que não me amaram, uma filha que eu nunca quis, uma carreira que tentou me comer viva, um marido que quer arrancar a minha alma.

Anders simplesmente... me amou. E, meu Deus, se for preciso, reviverei essas duas horas pelo resto da minha vida miserável.

Depois de duas horas, o alarme do relógio disparou. Ele rolou de cima de mim sem dizer uma palavra e colocou as roupas de volta no escuro.

— Isso não pode acontecer com frequência — diz ele.

— Eu não ligo. Vou aproveitar o quanto puder.

Ele verifica seu telefone e assente para mim, um de seus milhares de olhares tristes roubando seu rosto, suave à luz ambiente de seu telefone. Seus olhos agarram os meus.

— Fique forte — pede. — Eu te amo. Estou aqui.

Pisco para ele porque meus olhos estão queimando. Ninguém. Ninguém, exceto Gus, nunca disse que me amava, e não sei o que responder. Mas isso me assusta porque é o presente mais precioso que já recebi, o que significa que alguém o levará embora.

— E se ele descobrir...

Ele cambaleia para a frente, cobre minha boca e balança a cabeça.

— Não diga isso. Ele não pode. Nunca, Teagan. Ele nos mataria.

Assinto, porque ele está certo.

— Voltarei quando puder.

— Fique forte — sussurro. — Eu também te amo. Estou aqui.

Ele me beija, examinando meu rosto com cuidado, ferozmente.

— Nós vamos encontrar uma saída.

E então ele se foi.

E estou sozinha de novo, mas meu corpo está doendo por sentir falta do toque dele, e me pergunto se sou uma atriz boa o suficiente para agir como se nada tivesse acontecido quando ele se sentar à minha frente no jantar na noite de quarta-feira.

Oh, Deus. Oh, Deus. Oh, Deus.

Não me deixe ser uma vadia burra que é morta.

Que faz Anders ser morto.

Por favor, deixe-me ter esta minúscula felicidade.

Teagan

214   KATY REGNERY

CAPÍTULO DEZESSETE

Ashley

Estou deitada na minha cama, meus olhos tão inchados de tanto chorar que mal consigo enxergar as palavras.

O Padre Joseph está morto e minha mãe não apenas estava apaixonada pelo meu meio-irmão, mas parece que ela se envolveu em um caso completo com ele que começou anos atrás.

... e isso me dá um motivo possível para sua morte súbita e suspeita.

Meu peito aperta, e eu coloco a mão sobre meu coração.

Eu sabia que Mosier era um homem mau. Mas matar minha mãe? Matar o Padre Joseph? Uma mulher — sua esposa — e um padre? Ele é pior do que jamais imaginei, e isso faz meu sangue gelar. Encosto meus joelhos no peito e os abraço, esmagando meu corpo em uma posição fetal e tentando me aquecer, mesmo que seja uma noite amena.

Minha resposta às trágicas notícias de Gus foi vir para cá e ler o diário da minha mãe, e isto não é algo que eu saiba explicar. Talvez para encontrar conforto. Talvez para mergulhar ainda mais em angústia.

Faz uma hora que o Uber chegou para levar Gus e, desde então, Julian está no celeiro. Estou enrolada na cama, lendo o diário de Tig e me perguntando como minha vida acabou aqui.

— Padre Joseph — digo, mais lágrimas escorrendo pelo meu rosto para umedecer meu travesseiro. — Eu sinto muito. Sinto muito, se eu trouxe a morte à sua porta.

— Você não fez isso — soa a voz de Julian da porta do meu quarto.

Suspiro de surpresa, tão aliviada por vê-lo, e estendo meus braços para ele sem pensar. Ele atravessa o quarto e se senta na minha cama, na minha frente, preocupação e tristeza gravadas em seus belos traços.

— Você não fez nada de errado — continua, com os olhos fixos nos meus enquanto gentilmente segura meu rosto.

Meus ombros tremem com soluços e baixo a cabeça. Ele solta meu rosto, e eu o ouço deitar-se, afundando o colchão com seu peso. Um segundo depois, ele me puxa contra seu peito enquanto se senta com as costas contra a cabeceira da cama. Eu choro aninhada em seu tórax, envolvendo meus braços nele enquanto ele me abraça com força.

— Você não fez nada errado, querida.

CORAÇÃO VALENTE 215

Ele diz repetidamente enquanto me abraça, esfregando minhas costas e ocasionalmente dando beijos no topo da minha cabeça.

— Tudo isso começou muito antes de você, minha doce menina — ele sussurra. — Ouça-me: a culpa não é sua.

— M-mas se eu tivesse s-só... s-s-simplesmente...

— Simplesmente o quê? Aceitado se casar com um monstro? — Uma lâmina rastejou no timbre suave de sua voz. — Deixado que ele a comprasse? Que te possuísse? Te tornasse uma reprodutora? — Ouço o nojo em seu tom, e isso ressoa em mim, porque eu também o sinto. — Não, baby. Essa não é a sua vida. Essa é a versão de outra pessoa da sua vida. Você nunca concordou com isso.

— V-você acha que ele matou o padre J-J...

— Não sei — diz ele, respirando tão fundo que posso sentir sob minha bochecha. — O *timing* parece coincidir.

— Ele só estava conversando com Mosier por mim, Julian! — Eu me inclino, olhando nos olhos dele. — Foi m-minha culpa!

— NÃO! — ele grita. — Não foi! — Ele segura meu rosto, seus olhos ferozes enquanto olham profundamente nos meus. — Não foi sua culpa. Nem um pouco. Diga-me que você entendeu. Diga-me que entende isso.

Olho em seus olhos, indo e voltando, enxergando a verdade neles, querendo desesperadamente confiar neles.

— Diga-me, Ashley, porque a culpa por algo assim é muito pesada para suportar. É muito pesada para carregar.

— M-mas se foi m-minha... — Soluço, estendendo a mão para cobrir as dele com as minhas.

— *Não* é — diz ele, seus próprios olhos se enchendo de lágrimas. — Não é, querida. Não é sua culpa.

— N-não... n-não é minha culpa — murmuro.

— Não é sua culpa — ele repete. — Me diga de novo.

Assinto para ele, fungando.

— Não é minha culpa.

— Está certo.

Julian coloca as mãos debaixo dos meus braços e me arrasta de volta para ele. Deito meio no peito dele com o quadril pressionado contra sua lateral, onde algo duro incha no meu osso pélvico. Afasto-me e vejo o contorno de uma arma enfiada na sua cintura.

Ele levanta a camisa e a tira, mostrando para mim.

— Não vou deixar nada acontecer com você.

Olho para a arma preta, que quase parece um brinquedo de criança. Não estou desacostumada com armas — os homens de Mosier as carregavam. Mas nunca vi uma de tão perto.

— De que tipo é essa?

— Uma Beretta — explica, colocando-a debaixo do travesseiro não utilizado do outro lado da cama. — Só para garantir.

— Não gosto de armas — comento. Aninho minha bochecha em seu peito novamente, bocejando quando meus olhos pesados se fecham. — Mas estou feliz que você tenha uma.

— Durma, querida — ele fala baixinho, passando os dedos nos meus cabelos e deslizando-os pelas minhas costas em movimentos longos e lentos. — Apenas durma. Conversaremos mais depois.

— Obrigada. — Suspiro, tentando respirar fundo, mas ainda acho difícil conseguir ficar bem. — Obrigada, Julian.

— Estou aqui — diz ele, seu coração forte batendo debaixo do meu ouvido como uma canção de ninar. — Estou aqui.

E a última coisa que penso antes de adormecer é:

Mantenha-se forte. Eu te amo. Estou aqui.

Julian

Ela dorme em alguns minutos, com a respiração regular e profunda, e fico feliz porque não consigo entender o que ela passou na última hora. Ela perdeu alguém que realmente amava e que, acredito, a amava. E pelo que pude compreender, a lista de pessoas que têm boas intenções em ajudar Ashley está ficando muito curta.

Gus. Jock. Eu.

É isso aí.

Bem, penso, parando de acariciar o cabelo dela, que talvez esse cara, Simmons, também faça parte do time Ashley. Deus, espero que sim. Ela precisa de toda a ajuda que puder neste momento.

E precisamos de um plano. Um bom plano. Um que a manterá segura, não apenas por enquanto, mas para sempre. O que significa que preciso bolar meu plano A amanhã.

Se acho que Răumann matou o padre? Encobri minha resposta por ela, porque ela já está assustada o suficiente. Mas acho, sim. Cento e cinquenta por cento, sim.

Não sei se ele foi lá com uma seringa e a intenção de matar ou se acabou assustando o velho, mas tenho quase certeza de que o Padre Joseph estava perdido no momento em que Răumann entrou em seu escritório. O plano de Răumann não funcionará se alguém se opuser ao casamento. Se o padre não pudesse ser útil — dizendo a Răumann onde ela estava escondida — e se opusesse categoricamente ao casamento, seria melhor matá-lo.

Como Răumann fez isso? Não sei. E, francamente, não me importo.

Tudo o que sei é que esse bastardo fará o que for preciso para recuperar Ashley, o que significa que preciso estar preparado para fazer o que for necessário a fim de mantê-la segura.

Ela se mexe dormindo, aconchegando-se mais em mim, e meu coração se enche com algo que já senti antes, mas apenas em pequenas doses. É como comparar a primeira vez que você se masturba com a sensação de se afundar em uma mulher disposta pela primeira vez. O primeiro é como um soco, claro, mas o outro deixa você sem fôlego e mudo para sempre.

Eu me sentia protetor antes — por Noelle, por namoradas no Ensino Médio, até por Magdalena —, mas isso é diferente. É mais profundo e cresce de uma maneira que não consigo explicar. Quando penso em manter a vida de Ashley segura, há uma parte de mim que deseja ser incluída nessa vida, para sempre. Há uma parte de mim que não deseja prever um futuro no qual não possa tê-la ou que não a inclua. Não apenas porque proteger uma jovem como ela é a coisa certa e nobre a fazer, mas porque estou me apegando a ela. E não conhecê-la — não poder ou não ver o que pode acontecer entre nós, se tivermos tempo, espaço e liberdade — deixa-me indizivelmente triste.

E é aí que percebo:

Estou apaixonado por ela. Demais.

O que não é conveniente.

Ela é muitos anos mais nova do que eu, quase completamente sozinha no mundo e sendo caçada por um louco. Não precisa de mais complicação emocional, não é? Sem mencionar que a conheço há alguns dias.

Mas, apesar dessas razões lógicas para manter distância, não posso evitar me sentir assim. Eu me preocupo com ela. E, mesmo sabendo que sentimentos podem se aprofundar rapidamente em condições estressantes, isso não torna os meus menos reais.

Eu a seguro com mais força e descanso meus lábios em sua cabeça, perguntando-me quanto tempo temos e como tudo isso vai acabar, e esperando que me apaixonar por alguém novamente não me custe tanto quanto na última vez.

Ashley

Quando acordo, meu quarto está escuro, e posso dizer, pelo movimento do peito sob minha bochecha, que Julian está dormindo.

Nunca dormi ao lado de um homem, e me permito maravilhar-me com isso por um instante, mantendo meus pensamentos sombrios afastados até que eles não se contenham mais e explodam ao meu redor.

Minha mãe teve uma morte suspeita e estou começando a me perguntar se Mosier a matou.

O Padre Joseph também está morto, e parece que Mosier também o matou.

Ele está se aproximando da minha porta, incendiando qualquer um que fique no seu caminho. Eu deveria me sentir aterrorizada, mas uma profunda tristeza supera meu medo. Minha respiração falha quando minha mente reproduz uma montagem de memórias sobre meu amado Padre Joseph.

Lembro-me do primeiro dia em que cheguei à Academia da Santíssima Maria — como ele me recebeu calorosamente e como, com o tempo, ele se tornou um amigo querido e avô substituto. Lembro-me dele abençoando as refeições e usando o boné do Mets nos jogos de softbol. Consigo ouvir sua voz de absolvição na minha cabeça, perdoando minhas transgressões. Penso no rosto dele quando me levou para a estação de trem em Poughkeepsie e se despediu de mim. Ele morreu me mantendo em segurança, e eu serei eternamente grata.

— Obrigada, padre — sussurro. — Por tudo.

Julian suspira enquanto dorme e murmura:

— Você está bem?

— Hum-hum. — Assinto com a cabeça em seu peito, sentindo-me um pouco tímida. Inclino-me para ir ao banheiro, mas ele segura meu pulso com força.

— Aonde você vai? — ele pergunta, seus olhos bem abertos na escuridão, brilhando à luz da lua que incide através da minha janela.

— Apenas vou fazer... xixi.

Ele relaxa o aperto.

— Claro. Desculpe.

Pisco para ele, um pouco surpresa por ele ter me segurado.

— Você está bem?

— Sim. Eu só... desculpe — ele diz, soltando-me para esticar a mão e esfregar os olhos. — Sonhos vívidos.

— Ruins?

Ele assente.

— Nada bons.

Faço xixi e lavo as mãos, depois espirro um pouco de água fria no rosto porque meus olhos e bochechas estão inchados de tantas lágrimas.

Quando volto, Julian está deitado de costas, segurando o celular, o brilho iluminando seu rosto.

— O que está fazendo? — pergunto.

— Verificando as notícias. Encontrei o obituário do Padre Joseph no site da escola. Parece que ele era um grande homem.

— Não posso ir ao funeral dele — lamento, percebendo tristemente. Eu gostaria de honrar sua memória participando do culto.

— Quando tudo isso acabar, vou levá-la ao cemitério para que você possa prestar seus respeitos.

— Obrigada — murmuro, sentando-me de costas para ele.

Julian limpa a garganta, sentando-se atrás de mim.

— Você quer que eu saia? Que lhe dê algum espaço, talvez?

— Não!

— Não?

— Por favor, não vá. Eu não quero ficar sozinha.

— Estarei lá embaixo.

— Você pode ficar, Julian? — sussurro. — Só por esta noite?

Ele sorri um pouco e assente, colocando o telefone com a tela para baixo na mesa de cabeceira. Os dedos deslizam para o diário de Tig e param diante do sorriso de Marilyn por um momento.

— Seu diário?

— Não — respondo, pegando-o. — Da minha mãe. Estou conhecendo-a.

Julian ajusta o travesseiro atrás dele, depois se recosta, chamando-me para me juntar a ele. Pego outro travesseiro e o coloco ao lado dele, recostando-me a seu lado.

— Você não a conhecia? — ele pergunta.

É bom sentar lado a lado assim, embora parte de mim sinta falta da intimidade de estar deitada sobre ele, com minha bochecha apoiada em seu peito, sobre seu coração.

Dou de ombros.

— Ela era muitas pessoas diferentes. Acho que não a conhecia muito bem.

— Eu não conhecia muito bem minha mãe — diz Julian com um suspiro. — Mas meu pai foi incrível.

Fico comovida pelo tom de sua voz, cheia de amor e admiração.

— Ele era?

— Sim. Era um bom homem, sabe? Ele ouvia uns velhos discos franceses, uma música dos anos sessenta chamada yé-yé.

— Yé-yé?

— Aham. Era uma mistura de rock inglês e, não sei, talvez... bossa nova? Suave, mas com uma batida leve de rock. Principalmente mulheres cantoras. Começou na França e passou pela Europa. Havia uma cantora, Françoise Hardy. Ela tinha uma voz que era como manteiga. — Ele ri baixinho. — Meu pai costumava dizer: *"Elle estsi bellequelle me brise le coeur"*.

— O que isso significa?

Ele olha para mim.

— Ela é tão bonita que parte o meu coração.

Sei que ele está traduzindo as palavras de seu pai, mas também sinto que está falando comigo. A expressão em seus olhos é tão suave, tão intensa, que não aguento mais e desvio o olhar. Coloco o diário de Tig de volta na mesa de cabeceira e encosto a cabeça no ombro de Julian. Eu gosto de ouvi-lo. Parece mais seguro do que olhar diretamente em seus olhos.

— Conte-me mais — digo através de um bocejo.

— Humm. Ela cantava uma música chamada *Dans Le Monde Entier* (*All Over the World*). E essa música... era bonita. Triste e bonita. Meu pai a colocava para tocar o tempo todo depois que minha mãe foi embora.

— Você a tem? — pergunto. — No seu celular?

Ele estende a mão para mim em busca de seu celular, passando a tela algumas vezes e, de repente, a escuridão do quarto se enche com a voz baixa e suave de uma mulher cantando em francês. E Julian está certo. É tão bonita que só quero ficar aqui para sempre, apoiando minha cabeça em seu ombro, escondida do mundo, em uma bela casa de fazenda, no meio do nada, com uma música de amor de 60 anos de idade tocando apenas para nós.

— O que ela diz? — murmuro.

— Ela está separada de alguém que ama e se pergunta se ele está se esquecendo dela. Está partindo seu coração.

— Sua mãe partiu o coração do seu pai?

— Não sei — diz ele, pressionando os lábios na minha cabeça e beijando meu cabelo. — Talvez. — Ele suspira. — É triste.

Não tenho certeza se ele está falando sobre a música ou seus pais. Ou talvez, me ocorre, ele também esteja falando de si mesmo.

— Você já amou alguém assim? — indago.

É uma pergunta incrivelmente pessoal, mas há algo em estar aqui com Julian que me faz sentir como se não houvesse regras. Dizemos o que precisamos. Perguntamos o que queremos. Sei que ele vai me responder com sinceridade.

— Não — ele responde. — Não amei. E você?

— Não — sussurro, sentindo-me inesperadamente satisfeita com sua resposta. — Ainda não.

A música termina, e Julian desliza a tela antes de se inclinar por cima de mim novamente para colocá-la em cima do diário de Tig.

— Que tal dormirmos um pouco? — ele sugere.

Prendo a respiração porque nunca passei a noite sozinha com um homem.

— Hum... Ok.

— Ou posso ir agora. — Sua voz hesita.

Tenho vergonha de passar a noite com ele, mas sei — com todas as minhas forças — que não quero que ele se vá. Quero que ele fique comigo, e uma paz me domina quando percebo que nada acontecerá entre nós se eu não quiser.

Aí é que está o problema.

Quero dele coisas que não deveria, das quais me arrependeria, que poderiam me machucar mais tarde, daqui a alguns anos, quando ele fizer parte do meu passado, e gostaria que tivéssemos nos encontrado em circunstâncias que pudessem permitir que ele fosse uma parte do meu futuro. Mas eu não sou boba. Não há homem na Terra que queira a bagagem que eu carrego. E entendo. Sei que é verdade.

Ele começa a se levantar, mas coloco a mão em seu peito e o empurro para trás.

— Não.

Embora eu seja mais jovem e muito menos experiente do que ele, seus olhos parecem vulneráveis ao luar enquanto ele olha para mim.

— O que você quer, Ashley?

— Não sei.

— Diga-me.

— Tire isso — sussurro.

Minhas mãos se embolam no tecido de sua camiseta, e deslizo o algodão pelo peito, sobre as ondulações de seus músculos, a base da minha mão roçando contra a pele quente e os pelos finos que percorrem o meio de seu peito.

Ele olha fixamente para mim e estica a mão atrás do pescoço e tira a camisa.

Meus olhos deslizam para baixo. Para os lábios dele. Para a garganta. Para seu peito. Inclino-me para a frente e pressiono os lábios contra sua pele, cantarolando baixinho de prazer com o contato. Suas mãos pousam nos meus quadris, e ele me levanta até seu colo para que eu fique montada em sua cintura. Enquanto encho seu peito com beijos, ele passa as mãos pelos meus cabelos. Sob meus lábios, seu coração dispara, sua pulsação pulsa contra um milhão de receptores sensoriais e envia a mensagem ao meu cérebro de que esse homem, esse coração pulsante, está sob meu controle. Pelo menos por enquanto.

É uma sensação inebriante conhecer toda a força da minha feminilidade pela primeira vez, o poder que posso exercer sobre o ser humano deitado debaixo de mim. Por apenas um segundo, o rosto de Tig brilha em minha mente, e me pergunto se foi por isso que ela entreteve tantos homens. Porque sua vida parecia tão caótica, mas, por alguns minutos, enquanto um homem estava deitado sob ela, ela era onipotente?

Meus pensamentos se dispersam quando outra parte dele palpita contra outra parte minha. Um músculo diferente contra lábios diferentes. E de repente me lembro que, por mais poderosa que eu seja, provavelmente tenho metade do tamanho de Julian. Qualquer controle que conquistei é ele que está me concedendo. E, aceitando, confio que ele não irá virar o jogo. Acho que é aí que decência e emoção entram nessa equação. Ele é decente. E estamos nos apaixonando.

Ergo o rosto e colo meus lábios aos dele, beijando-o loucamente enquanto ele alcança a barra da minha camiseta. Ele a segura, claramente duvidando, apesar da distração ofuscante do nosso beijo apaixonado. Levo minhas mãos às dele e o ajudo a retirá-la. Ele a joga por cima da minha cabeça, e ela cai no chão com um ruído suave, deixando-me apenas de sutiã. Suas mãos pousam no fecho e eu afasto meus lábios dos dele para sussurrar:

— Tire isso.

A peça segue o mesmo destino da minha camiseta — voa acima da minha cabeça, para o chão — e Julian se senta, segurando-me firmemente contra ele. Ainda estou montada em seu colo, meu peito nu contra o dele enquanto sua língua desliza na minha. Gemo baixinho, arqueando as costas, os pelos de seu peito fazendo cócegas nos meus mamilos latejantes. Seguro seu rosto, meus dedos em garras em suas bochechas enquanto nos beijamos ferozmente.

De repente, ele nos vira, e eu estou de costas, seus quadris ainda aninhados entre minhas pernas, e sua respiração falha quando ele rebola suavemente contra mim, o zíper duro de seu jeans colidindo com o meu. A pressão contra os lugares secretos entre minhas coxas é gloriosa, e eu grito, mordendo seu lábio inferior quando ele rebola contra mim novamente.

— Ashley — ele rosna, jogando a cabeça para trás, sua língua disparando para lamber o lábio que começou a sangrar.

— Desculpe — ofego, meu peito arfando no dele. — Eu sou... sinto muito.

Seus lábios se abrem, seus olhos se mostrando gentis quando ele estende as mãos para embalar meu rosto.

— Você nunca fez isso.

Este não é um comentário por conta da minha falta de habilidade. É dito com admiração, até com emoção. É uma percepção de que a experiência é desnecessária quando a química é perfeita. E a nossa é excelente.

— Nem você — digo, arriscando que a maneira como nos sentimos um pelo outro seja tão única para ele quanto para mim.

— Não fiz, não. Assim não. Não com alguém como você. — Ele ri baixinho, inclinando-se para me beijar suavemente antes de girar de lado. — Mas acho que devemos fazer uma pausa aqui.

Como uma criança petulante, quero exigir: por quê? Mas já sei a resposta. Porque tudo que vai muito, muito rápido leva ao arrependimento.

Ele me aninha contra ele — minhas costas contra seu peito e seu braço enlaçado protetoramente em volta de mim, descansando sob meus seios. Sua respiração está quente perto do meu ouvido quando ele sussurra:

— Tente dormir um pouco.

Sua ereção pressiona contra o meu traseiro, o que eu gosto. Isso me faz sentir estranhamente atrevida.

— Você que tente.

Ele ri de novo — apenas um suave estrondo de diversão — e o som me faz sorrir.

— *Doudou* baby, não me provoque.

Inacreditavelmente, depois do dia horrível que tive, isso me faz sorrir e adormeço sentindo algo que sempre desejei sentir... segurança.

Pela primeira vez na minha vida e contra todas as probabilidades:

Sinto-me segura.

226   KATY REGNERY

CAPÍTULO DEZOITO
Ashley

Estamos sentados na sala de estar, onde arrumei um café da manhã simples com broinhas de morango recém-assadas, café quente, creme e açúcar. Não é chique, mas quero ser útil enquanto esses homens — Julian, Gus, Jock e o Agente Especial Simmons — discutem meu destino e a melhor maneira de me salvar das garras de Mosier. E, francamente, não sei como ser útil para eles. Sinto-me jovem e vulnerável, portanto, infinitamente grata por estarem interessados em me proteger.

Sento-me no sofá entre Julian e Gus, enquanto Jock e Simmons sentam-se nas cadeiras laterais à nossa frente.

— Vamos falar sobre isso? — diz o agente Simmons, limpando a boca antes de colocar o prato vazio sobre a mesa de centro. — Ótimo bolinho, a propósito.

Ele tem cabelos loiros avermelhados, com mechas cinzentas nas têmporas e um punhado de sardas no nariz, e usa uma aliança na mão esquerda. Não sou boa em adivinhar idades, mas falaria que ele tem entre trinta e quarenta.

Jock assente.

— Vamos atualizar Julian e Ashley.

O agente Simmons pigarreia antes de falar.

— A agência acompanha Răumann há anos. Sabemos que ele está envolvido em negociações obscuras. Principalmente tráfico e contrabando. Ele traz armas da Rússia e do Oriente Médio através de seus contatos na Moldávia, Romênia e Bulgária. Com mais de noventa por cento dos opiáceos do mundo agora originários do Afeganistão, as operações no exterior de Răumann na Europa Oriental estão estrategicamente formadas. Suspeitamos que uma boa quantidade de heroína em Nova York esteja sendo importada e distribuída pela família Răumann e seus associados. — Ele faz uma careta. — Isso além do tráfico de pessoas... rouba crianças de grupos étnicos menores na Albânia e na Romênia e as leva aos Estados Unidos para trabalhar no comércio sexual. Das cerca de quatro mil crianças exploradas em Nova York, suspeitamos que uma porcentagem significativa tenha sido contrabandeada por alguém da rede de Răumann.

Meu estômago revira enquanto ouço o agente Simmons falar,

lembrando-me do quarto da princesa preparado para mim no complexo de Mosier e do luxuoso conjunto de quartos onde minha mãe morava. Coisas bonitas compradas com o terrível sofrimento dos outros. Eu sabia que ele era uma pessoa má, mas não tinha ideia do quanto era ruim. De repente, odeio ter comido de sua comida, lavado meu corpo em seu chuveiro e dormido em sua casa. Eu era criança, é claro, não cúmplice nos negócios de Mosier, mas, neste exato momento, sinto-me enjoada por ter aceitado algo dele.

— Pare — peço. — Por favor.

Simmons suspira, parecendo um pouco irritado.

— Srta. Ellis, desculpe se esta informação é agoniante. Realmente sinto muito. Mas você precisa saber quem ele é.

— Eu sei — digo. Sei melhor do que ninguém aqui do que ele é capaz.

— Vamos seguir em frente — sugere Jock. — Diga a eles o que você me contou esta manhã.

— Certo — aceita Simmons, olhando para mim. — Eu me infiltrei na *dark web* para conversar. Sabe o que isso significa?

— *Dark web*? Não.

Os lábios dele se apertam.

— Pense nisso como uma camada abaixo da internet.

Para ser franca, tenho um conhecimento muito limitado da internet, mas concordo que ele continue.

— As pessoas podem usá-la anonimamente. Postar mensagens. Enviar sensores para obter informações. Comprar armas. Vender drogas. Pense nisso como um imenso bazar, onde há barracas sem fim e, em cada uma delas, você pode comprar ou vender qualquer coisa: pessoas, crianças, armas, drogas. Sem leis, sem regras.

— Ela entendeu — diz Julian bruscamente ao meu lado, pegando minha mão na dele. Sou grata pelo conforto da mão quente e forte que envolve a minha. — O que você encontrou?

— Ele a está procurando. Răumann tem enviado mensagens desde a noite passada. Sua foto, sua descrição e uma recompensa de cem mil dólares por informações que levem ao seu paradeiro.

— Ele a está caçando — conclui Julian, apertando meus dedos.

— Sim — diz Simmons. — Ativamente. Com agressividade.

Jock limpa a garganta.

— Ashley, conte-nos sobre sair da escola. Conte-nos todos os detalhes até Gigi e eu te buscarmos em Charlotte.

Conto sobre a mulher que me acordou quando o trem parou em Westport, sobre o condutor que me chamou de vadia, sobre o motorista de táxi que comentou sobre minhas boas maneiras e sobre a vendedora de passagens no ferry de Charlotte que me reconheceu.

Simmons balança a cabeça com uma expressão sombria.

— Eu me lembro da sua irmã. O rosto dela é memorável, e você se parece com ela. São pelo menos quatro pessoas que se lembram de você. E, francamente, srta. Ellis, provavelmente existem inúmeras outras que não causaram uma impressão em você, mas em quem você causou uma impressão.

— O que isso significa? — pergunto.

— Significa que ele vai te encontrar — diz Simmons, sem amenizar as palavras. — Não sei quando, mas estimo que você tenha menos de duas semanas até ele aparecer em Charlotte procurando você. — Ele olha para Jock, depois para Gus. — Seu nome é Gus Egér? Esse é o seu nome oficial? Seu nome legal?

— Não. É Augustus Edgerton.

Olho de soslaio para Gus, com os olhos arregalados, porque realmente pensei que soubesse tudo sobre ele.

— Edgerton?

Ele encolhe os ombros.

— *Egér* soa melhor, boneca.

Simmons pergunta:

— Sua casa está registrada com o nome de Egér ou Edgerton?

— Era minha antes de nos conhecermos — informa Jock. — Ainda está no meu nome.

— Isso é bom. E a galeria? — continua Simmons. — É registrada sob Egér ou Edgerton?

— Edgerton — fala Gus.

— Isso pode atrasar um pouco — conclui Simmons —, mas não muito. Quando Rāumann descobrir que Gus Egér e Augustus Edgerton são a mesma pessoa, Ashley estará a um passo de distância. — Simmons olha para Jock. — Vocês dois deveriam sair da cidade. De férias. Fiquem longe até que tudo seja resolvido.

— Não! — reage Gus, colocando o braço em volta de mim.

Jock limpa a garganta.

— Gus, querido...

— Não me venha com querido, sr. Mishkin. Eu não vou deixar Ash! Como pode sugerir isso?

— Porque eu te amo — diz Jock simplesmente. — Porque, se um padre é dispensável, você é menos do que dispensável. E eu não posso te perder, querido. E não vou.

Meu coração dispara quando olho para Gus. *Seja corajosa, Ashley. Seja corajosa.*

— Gus-Gus, você precisa fazer o que Jock diz. Se ele diz que precisa ir, você precisa ir.

— Não vou deixar você.

Simmons interpõe:

— Você deve. É burrice ficar.

— Desculpe — Jock lança um olhar furioso para o agente —, mas isso não é necessário.

— Sabe — Gus interrompe Jock quando ele se vira para Simmons, com os olhos castanhos brilhando de irritação —, você apareceu aqui ontem à noite nos dando ordens, dizendo que precisamos fechar as galerias. Agora está me dizendo que preciso deixar minha afilhada...

— Você quer uma solução para o problema ou não? — Simons exige. — Quer ajudá-la ou não? Porque sinto que estou apenas gastando saliva aqui.

— Você tem um plano? — pergunto, afastando-me de Gus e encarando o agente do FBI.

— Tenho.

— E acha que vai funcionar?

Ele inclina a cabeça por um segundo, depois a endireita e faz uma careta.

— Acho que é sua melhor chance.

— Então nos conte.

— Ash, querida.

— Gus! — choramingo. — Nós precisamos de ajuda! Precisamos ouvi-lo!

Seu rosto está estoico e magoado quando ele olha de volta para mim.

— Tudo bem.

— Conte-nos o plano, Simmons — pede Julian, sentando-se no sofá, ainda segurando minha mão.

— Jock e Gus fecham suas galerias e deixam a cidade. Saem daqui. Para algum lugar desconhecido. Algum lugar isolado. — Ele olha para Jock, que assente, evitando o suspiro exasperado de seu parceiro do outro lado da sala.

— Vou me mudar para o celeiro. Ducharmes — ele diz, olhando para Julian.

— Fiquei sabendo que você era do Serviço Secreto.

— Era.

— Li seu arquivo.

Julian resmunga baixinho.

— Não fiquei impressionado.

— Está no passado — diz Julian, seu corpo tenso ao lado do meu.

— É mesmo? Você consegue seguir o plano desta vez? — pergunta Simmons, seu tom intencional e tingido de dúvida. — Ou vai se distrair?

Deslizo os olhos para Julian, perguntando-me novamente por que esse homem, cujo sonho era ser um agente do Serviço Secreto, acabou perdendo o emprego.

— Sim, consigo seguir o plano — rosna Julian. — Aprendi minha lição. Pode contar comigo.

— Espero que sim — diz Simmons —, porque vamos usar Ashley como isca. Ficarei no celeiro, vigiando as galerias e a casa. Vou saber quando ele agir e quando estiver se aproximando. Você gruda nela como cola. Juntos, vamos prendê-lo.

— Combinado — aceita Julian, seu tom grave.

— É uma questão de dias, uma semana ou duas, no máximo, para Răumann seguir Ashley até Shelburne e de Shelburne até Gus. Quando ele o fizer, vai enviar homens para as galerias procurando Gus, pressionando-o por informações sobre o paradeiro de Ashley. Vamos plantar a localização desta casa na mesa de Gus e esperaremos. Se conheço bem Răumann, e eu o conheço, ele próprio virá buscar Ashley. Isso é pessoal para ele, não vai permitir que um lacaio execute seu plano. Ele virá. E, quando tentar levá-la, nós o prenderemos por tentativa de sequestro. Com o testemunho adicional de Ashley sobre Dragomir Lungu, poderemos registrar uma acusação de assassinato. Intimaremos os funcionários e os registros financeiros dele. Quando os pegarmos, obteremos um mandado de busca para a propriedade de Westchester. Vamos apanhá-lo e toda a sua operação. Ele ficará preso por toda a vida. Os filhos dele também. E, como Răumann nunca confiou em ninguém além de seus filhos... ao contrário de outros chefes do crime organizado, Răumann não tem ninguém para substituí-lo... o negócio entrará em colapso. — Ele está empolgado, com os olhos brilhando quando termina o plano. Olhar ao redor da sala para nós quatro o faz se acalmar um pouco, e seus ombros relaxam. — Mas Ashley é a chave. Ela torna isso pessoal. Ele virá buscá-la.

— Eu não gostei — diz Gus.

Mas a voz de Julian é mais forte:

— Se funcionar, vale a pena.

Jock se inclina para a frente, encarando Julian, procurando seu rosto.

— Você consegue protegê-la? Tem certeza?

— Tenho — responde Julian. — Com a minha vida, se for preciso.

— Está bem, então. — Inclinando a cabeça, Jock lança um olhar amoroso para Gus. — É a única maneira, Gigi.

— O que acontece com Ash depois disso? — indaga Gus. — Enquanto o monstro do padrasto dela estiver vivo, ele ainda virá atrás dela!

— Da prisão? — pergunto.

— É possível. — Simmons faz uma careta. — Ela pode entrar no programa.

— Proteção à testemunha? — questiona Julian.

— Sim — diz Simmons. — É a única maneira de garantir a segurança dela.

Engulo em seco.

— Então vou ter que sair? Sair daqui?

Deixar Julian, Gus e Jock? Deixar este lugar maravilhoso? Começar de novo em um ambiente totalmente desconhecido e completamente sozinha?

— Receio que sim — confirma o agente. — Ou pode se arriscar aqui, é claro. Não podemos forçá-la a ir a qualquer lugar. Mas, se ele te encontrar, você será uma presa fácil. Boa sorte.

Inspiro trêmula, e todos os meus sonhos de ficar e construir uma vida aqui desaparecem com um *puff* impiedoso.

— Não há outra maneira? De jeito nenhum eu posso ficar aqui depois?

— Lembra quando eu disse que você é um caso pessoal para Răumann? É possível, mesmo da prisão, que ele consiga não deixar você em paz, imaginá-la com outra pessoa — diz Simmons. — Ele pode preferir que você morra.

Jock bufa baixinho.

— Por favor, Simmons.

— Você quer que eu minta para ela? — reage o agente, prendendo Jock com um olhar impaciente. Ele se vira para mim. — Goste ou não, proteção à testemunha será a melhor maneira de mantê-la segura a longo prazo. Mas depende de você.

— Ela entrará no programa — diz Gus baixinho. — Não irá, querida?

Levanto meus olhos para Gus, mas não consigo vê-lo porque eles estão nadando em lágrimas. Acabei de recuperá-lo e estou prestes a perdê-lo novamente? E o Julian? Será que vou vê-lo novamente depois que tudo isso acabar?

No entanto, este é o problema de ficar sem opções: você faz o que precisa. E não tenho mais opções. Meus avós se foram. Minha mãe está morta. Meu confessor está morto. Meu querido amigo está em perigo. Um louco não vai parar por nada até chegar a mim. Aqui e agora é o fim da linha e, como eu suspeitava, não inclui um final feliz.

Mas pelo menos estarei livre.

— Irei — sussurro, tirando minha mão da de Julian para que eu possa secar meus olhos.

— Então está resolvido — diz o agente Simmons, inclinando-se para pegar outro bolinho, como se todo o curso da minha vida não tivesse sido alterado para sempre.

Gus se levanta.

— Bem, estou chateado *pra caramba*. Preciso de uma bebida forte.

Jock se levanta também, olhando para o agente.

— Espero que dê certo, Simmons.

— Estou confiante — diz ele entre mordidas de bolinho. — Ei! Por acaso, vocês dois pescam?

— *Parecemos* pescadores? — pergunta Jock, que está usando uma gravata de seda com uma camisa de botões e calça cinza-carvão.

— Não. Não, na verdade, não — responde Simmons, encolhendo os ombros. — Mas Montana é do caralho nesta época do ano, sabe. Com o salmão em alta e tudo o mais.

— Ótima dica — murmura Jock, balançando a cabeça enquanto se dirige para a cozinha.

Simmons termina seu bolinho com um gemido satisfeito, depois se vira para mim e Julian e sorri como se fôssemos velhos amigos.

— Então, quem quer ser meu guia turístico?

Julian

Embora eu esteja feliz por ele estar aqui e aprecie sua confiança peculiar, não sou grande fã do Agente Especial Simmons.

Além de não ter sutileza e assustar Ashley e Gus essa manhã, ele passou a tarde reorganizando meu celeiro como seu novo escritório. Mandou técnicos instalarem câmeras nos dois locais da galeria e um *feed* ao vivo está sendo enviado para um monitor de computador que ele instalou no celeiro. Mais quatro câmeras estão sendo colocadas aqui na casa de Jock, e ele também estará monitorando.

E, sim, acho que ter olhos nesses lugares — as galerias Shelburne e Burlington, além da entrada de automóveis, a frente e a lateral da casa e a parte de trás do celeiro — é importante, mas sinto que a privacidade minha e de Ashley foi completamente invadida, e não estou curtindo a ideia.

Além disso, ele me pediu para comprar alguns mantimentos para ele, como um garoto de recados, e a quantidade de *M&M's, Cheetos e cup cakes* (de laranja, não de chocolate) na lista me surpreende.

Na loja, compro algumas coisas extras para Ashley — uma vela que cheira a biscoitos de Natal e um livro de romance de Kristan Higgins. Faço uma pausa na frente de uma prateleira de preservativos, olhando para eles por um segundo antes de pegar uma caixa e jogá-la no carrinho.

Enquanto espero na fila, meus olhos deslizam para o caixa várias vezes e me repreendo por ser presunçoso e depois por ter esperança. Sim, ontem à noite dormimos juntos nus da cintura para cima, mas ainda está muito longe de fazer sexo, não é? Sem mencionar que Ashley desistiu com muita facilidade quando Simmons sugeriu que ela entrasse no Programa de Proteção às Testemunhas, largando minha mão exatamente ao mesmo tempo.

Não vou mentir. Doeu um pouco.

Porque, se Ashley precisar sair e se esconder em algum lugar, estará perdida para mim para sempre, um fato que ela parecia processar e aceitar na velocidade da luz.

Não posso ir com ela — tenho uma irmã de 20 anos que não tem mais ninguém e, além disso, só conheço Ashley há algumas semanas. Nosso relacionamento não é forte o suficiente para eu considerar segui-la, no entanto, meu coração dói quando penso em perdê-la. Inclino-me e tiro a caixinha do carrinho, prestes a enfiá-la na prateleira de chicletes e balas ao meu lado quando percebo que o cara do caixa está falando comigo, provavelmente já faz algum tempo:

— Senhor? Senhor! Você vai passar as compras?

— Ãh, sim — respondo, jogando os preservativos na esteira e adicionando os outros itens do meu carrinho.

Quando o caixa me chama, lembro-me de Simmons me perguntando sobre minha capacidade de proteger Ashley e continuar focado. Que vergonha do caralho. Sim, ele tinha o direito de perguntar, mas me exibir como incapaz na frente da mulher com quem estou comprometido não foi nada bom. Na verdade, talvez seja por isso que ela ficou com tanta pressa de largar minha mão. Talvez não quisesse se envolver com um perdedor que não consegue manter um emprego de verdade porque se "distraiu".

Pago as compras e levo o carrinho até a caminhonete, perguntando-me quanto tempo temos até Răumann aparecer na fazenda, e depois me odeio um pouco por desejar mais alguns dias juntos. Mas a verdade é que me apaixonei por Ashley nas duas últimas semanas e não quero que nosso tempo termine.

Quando chego em casa, entrego as sacolas de Simmons para ele no celeiro, pelas quais sou recompensado com um breve "obrigado" — ele ainda está montando monitores e se colocando no espaço que costumava ser meu — e então vou até a casa com o resto.

Ashley não está em lugar algum, então eu guardo as compras, pego seus pequenos presentes — a vela e o livro — e fico no pé da escada. Será que ainda sou bem-vindo lá em cima? A noite passada foi incrivelmente íntima, é claro, e eu gostaria de pensar que podemos nos movimentar livremente agora. Além disso, Simmons disse que eu deveria grudar nela como cola. Mas será que ela ainda me quer depois das insinuações de Simmons sobre o motivo de eu ter perdido o emprego?

Só há uma maneira de descobrir.

Subo as escadas.

Ashley

Ouço passos nas escadas e fico sentada na cama, de olhos fechados.

Enquanto Julian está na loja, tenho me enchido de autopiedade. Gus e Jock pararam a caminho do aeroporto. Eles voarão para algum lugar no Canadá chamado Lake Louise pelas próximas duas semanas e, enquanto eu abraçava Gus, tive a sensação terrível de que nunca mais o veria. Meu coração trovejou de medo e tristeza, mil lembranças bombardeando minha mente enquanto eu me agarrava a ele.

— Vai ficar tudo bem, pequena Ash — disse ele, piscando para conter as lágrimas.

— Você não tem como saber — choraminguei.

— Ah, entendi. Você quer fatos sólidos, não é?

Senti sua mandíbula se contrair enquanto assentia.

— Tudo bem — disse Gus. — Então, este é o fato mais sólido que conheço, boneca: eu te amo. Você e sua mãe maluca trouxeram mais amor à minha vida do que eu jamais poderia encontrar sozinho. Ela era minha família. Você também. Eu a amava e amo você. — Ele se inclinou para trás, olhando ferozmente nos meus olhos. — Vamos nos ver novamente.

Assisti da janela do andar de cima enquanto ele acenava e fiquei lá, com lágrimas escorrendo pelo meu rosto, até que o carro saiu de vista. Então me deitei na minha cama e chorei.

— Ash? — Vem a voz de Julian da sala de estar. — Está aqui em cima?

Fungo.

— S-sim.

— Posso entrar?

— Claro — respondo, questionando-me por que ele está perguntando. Depois da noite passada, deveria saber que é bem-vindo onde quer que eu esteja... a menos que a noite passada tenha sido um lapso. Ah, não. Espere. É isso que está acontecendo? Agora que sou a isca de Mosier, prestes a ser levada à proteção de testemunhas, ele decidiu que não está mais interessado em mim? Dói meu coração até considerar esse pensamento, e eu estremeço, pressionando minha mão contra o peito.

— Ashley, você está bem? — ele pergunta da porta.

Olho por cima do ombro, levantando os olhos para ele.

— A noite passada foi um lapso?

Seu rosto, que estava sereno há um momento, muda completamente.

Primeiro, ele se encolhe. Então seus olhos se estreitam para mim.

— Foi para você?

— N-não. Quero dizer, eu não queria que fosse.

— Nem para mim — diz ele, seu rosto relaxando um pouco.

— Mas eu entenderia — tento ser corajosa por ele. — Se você achasse que era melhor não... não...

— Não darmos mais uns amassos?

Amassos.

Oh, oh, meu Deus. Ok. Respiro através da dor de suas palavras maliciosas e desdenhosas. Aqui estava eu, com sonhos de eternidade, quando estávamos apenas... dando uns amassos.

Eu me afasto dele, olhando o celeiro pela janela, onde o Agente Especial Simmons está montando câmeras — armadilhas para Mosier cair.

— É — sussurro, a única sílaba soando amarga na minha língua.

Fecho meus olhos porque sinto mais lágrimas chegando, mas, porra, estou desesperada pra caralho para impedi-las. Procuro mais palavrões em minha — *idiota, babaca, imbecil, porra, porra, porra...*

— Ash.

Ele entrou tão silenciosamente no meu quarto e se aproximou da minha cama que nem percebi que ele estava agachado na minha frente. Contudo, quando abro os olhos, lá está ele, no chão, olhando para mim.

Seus olhos — com seus lindos e longos cílios — são tão verdes que acho que nunca mais voltarei a ver um tom como aquele, e isso me faz prender a respiração, olhando para eles, concentrando toda a minha atenção, de modo que minha memória fotográfica nunca os esquecerá.

— *Significou* algo para mim — diz ele.

— O quê?

— A noite passada. Ficar com você. Não foram *apenas* uns amassos. A noite passada significou algo para mim. *Você* significa algo para mim. Eu... Tenho sentimentos por você, Ashley.

Pisco para ele.

— Mas não existe futuro para nós, existe?

Ele estremece, depois balança a cabeça, suas palavras baixas e tristes.

— Provavelmente, não.

Engulo em seco, porque sei que ele está dizendo a verdade, mas odeio isso. Fecho os olhos novamente, respirando apesar da minha tristeza.

CORAÇÃO VALENTE 237

— Tudo o que temos é agora — diz ele.

— Agora — murmuro.

— ... se quisermos — acrescenta. — Se *você* quiser. Se você me... quiser.

— Eu quero — digo, inclinando-me para a frente até minha testa tocar a dele. — Quero o tempo que nos resta. — Faço uma pausa, prendo a respiração, medindo as palavras que estou prestes a dizer e expirando antes de dizer: — Quero você, Julian.

Sua testa se afasta da minha, e um momento depois seu corpo afunda o colchão ao meu lado. Abro os olhos e olho para ele.

— Eu *quero* você.

Busco seus olhos e encontro tanta ternura neles, tanta esperança, que faz meu coração cansado cantar com um tiro repentino de energia renovada.

— O que você quer dizer? — ele pergunta, sua voz baixa e feroz. — De que maneira?

Mais uma vez, penso no que vou dizer antes de fazê-lo, apenas para ter certeza, porém não demoro muito para compreender minha mente, para que eu seja dona da minha verdade. Parece que meu coração e minha mente já estão em comunicação sobre o que querem e estão em perfeita comunhão.

— De *todas* as maneiras — digo, alcançando seu rosto com as mãos. A barba por fazer em sua mandíbula faz cócegas nas minhas mãos e me faz sorrir. — Em todos os sentidos.

— Está falando sério, Ash? — ele sussurra, sua respiração soprando em mim como se ele a estivesse segurando.

Concordo com a cabeça, lentamente a princípio, depois com cada vez mais confiança.

— Quero que você seja meu primeiro, Julian. Não tenho ideia do que acontecerá amanhã, mas sei o que quero hoje: quero que você seja o meu primeiro.

Ele começa a sorrir, depois morde os lábios por um segundo antes de perguntar:

— Tem certeza, baby?

Penso em Tig transando com todos aqueles homens que nada significavam para ela. E então olho nos olhos do homem diante de mim. Não o conheço há tanto tempo, é verdade. Mas, em alguns dias, ele se tornou meu amigo, meu protetor e meu primeiro amor. E, em mais alguns dias, provavelmente o perderei — para uma vida com um homem que odeio ou uma vida de incógnitas que não podem incluí-lo. Estamos no meio disso agora, em uma ilha entre o passado e o futuro. É finito e frágil, e não importa o que aconteça a seguir, quero aproveitar ao máximo esse momento com ele.

— Tenho certeza — confirmo, inclinando-me para pressionar meus lábios nos dele.

Caímos na cama juntos, nos beijando, lutando com nossas roupas. Suas mãos vão para a bainha da minha camiseta enquanto as minhas pousam na fivela de seu cinto. Porém, depois de um momento de luta, ele se afasta de mim e se levanta.

Sorrindo para mim, ele pega o botão na minha cintura e abre o zíper, puxando o jeans pelas minhas pernas. Então ele puxa a camiseta por trás do pescoço e por cima da cabeça. Seu peito é sólido e bonito, e eu suspiro.

— Você malha?

Seu sorriso se amplia.

— Sim. — Ele flexiona seu peitoral de propósito, e eles ficam salientes. — Tenho pesos no celeiro.

Sento-me e corro os dedos dos ombros até a cintura. Ele não é exagerado como um jogador de futebol ou fisiculturista. Ainda é humano, mas muito definido, incluindo um V de músculo que desaparece na cintura da calça jeans. Eu amo esse V. Quero ver aonde isso leva.

Tiro a fivela do cinto e desabotoo o jeans, que ele desliza pelas suas pernas. Por baixo, ele usa um short de algodão apertado azul-marinho, e seu sexo, o... — minhas bochechas ficam vermelhas quando penso nesta palavra — pau dele é uma coluna rígida sob o tecido fino, abaulando-se e inclinando-se levemente para a direita. Meus olhos se fixam nele, imaginando como isso vai caber dentro de mim.

Como se ele pudesse ler minha mente, Julian sussurra:

— Está tudo bem. Nós vamos devagar.

Olho para ele, prendendo seus olhos enquanto deslizo meus dedos no elástico de sua cueca e a puxo para baixo. Meu coração está batendo forte quando ele se abaixa para me ajudar a passar o tecido por sobre sua ereção e por suas pernas.

Fico tentada a olhar para baixo, para olhá-lo — ele *inteiro* —, mas um sentimento de vergonha, ou talvez de timidez, me domina e, de repente, não consigo olhar para lugar nenhum. Fecho os olhos, cerrando-os. Um calor intenso toca minhas bochechas, e imagino como devo parecer ridícula, empoleirada na beirada da cama, de calcinha branca e camiseta, com um homem nu parado na minha frente.

— Ash — ele diz baixinho, e sua voz está tão perto dos meus ouvidos que sei que ele não está mais em cima de mim.

Quando abro os olhos, ele está agachado diante de mim, como estava antes.

— Podemos parar por aqui.

— Não! — reajo, pegando a barra da minha camiseta e tirando-a pela minha cabeça. O que Gus disse? *Não é errado querer alguém. Não é errado gostar dele. E não é errado se entregar e amar se houver uma chance.*

— Eu quero. Por favor. — Alcanço minhas costas e abro o sutiã. — Me ajude, Julian.

Seus dedos deslizam desde os meus braços até as alças do meu sutiã e, suave e lentamente, ele os puxa para baixo dos meus braços, descobrindo meus seios e me deixando quase nua. Seus olhos observam os meus por um momento antes que ele os volte para o meu peito. Ele se encolhe, mordendo o lábio inferior.

— Você é linda. — Ele olha para os meus olhos. — Sei que odeia ouvir isso, mas é verdade.

— Não odeio — digo. — Não de você.

— Deite-se, querida.

Deito-me na cama, deslizando a cabeça até o travesseiro e observando Julian se juntar a mim, ajoelhado em ambos os lados dos meus quadris. Ele se inclina e me beija, seus lábios gentis e macios nos meus. Chupa meu lábio inferior com os dele e depois o superior. Lambe o contorno da minha boca, e ela se abre, minha língua procurando a dele onde eu alcanço, passando os dedos pelos cabelos e puxando-o para mais perto. Entre nós, esfregando-se no vale do meu sexo através da calcinha, posso sentir o pau dele, duro e com fome, e estou com medo, mas também quero isso.

Seus lábios deslizam pela minha garganta até a clavícula, depois mais baixo, até os meus seios. Sinto sua língua, quente e úmida, lambendo um círculo em volta do meu mamilo esquerdo e ofego de surpresa, embora meus dedos, ainda em seus cabelos, pressionem sua cabeça contra o meu peito. Ele beija o mamilo sensível, lavando-o com a língua, sugando-o entre os lábios, e meus quadris saltam da cama. Ele se move para o meu seio direito, estendendo a mão para massagear o esquerdo e chupa meu mamilo direito, lambendo e chupando até que eu esteja choramingando com a sensação.

— Exagerei? — ele murmura, sua respiração quente contra a minha pele.

— N-não. Só é... novo — suspiro, minha voz baixa e ofegante.

Ele me chupa de novo, seus dedos brincando com o mamilo que não está sendo amado com a boca, enquanto a outra mão desliza pela minha barriga até o cós da minha calcinha.

Um de seus dedos, quente e úmido do meu mamilo, desliza entre as dobras macias de pele entre minhas pernas, encontrando sua marca, e eu grito baixinho, um som a meio caminho entre um queixume e um gemido. Enquanto ele toca meu seio com a língua, seu dedo se move em círculos lentos, deslizando pela minha pele lisa e excitada. Meus joelhos se erguem e meus dedos do pé se curvam. Meus olhos estão fechados, e eu pressiono a nuca no travesseiro. Meu corpo é o playground dele, e ele está fazendo coisas que nunca imaginei. Além disso, meu corpo está respondendo como se tivesse esperado para ser tocado assim desde sempre. Ele sabe o que quer e, quando meus quadris começam a se arquear suavemente contra a mão dele, sinto algo se avolumar dentro de mim. Prendo a respiração, da mesma maneira que faria se estivesse no raso com uma onda enorme vindo direto para mim. Espero... espero... espero... e então ela quebra, e eu suspiro, fogos de artifício estourando em minha mente enquanto meu corpo relaxa em tremores e encho meus pulmões. Estou desmoronando debaixo dele, fora da cama, flutuando nas estrelas, apenas o som de seu riso baixo e satisfeito me devolvendo à Terra.

— Você está... rindo de mim — murmuro.

— Estou apreciando você — ele responde, sua voz baixa e cálida, mas ainda tingida de diversão.

— O que foi? — sussurro, percebendo que ele está deslizando minha calcinha pelas pernas, e também percebendo que não tenho vergonha de estar deitada nua diante dele. — Por quê?

— Por ser tão sensível. Porque tudo isso é novo para você, o que torna novo para mim. — Ele abre minhas pernas, ajoelhando-se entre elas. — Porque aposto que você tem um sabor tão doce quanto parece.

Ele baixa a cabeça, abre meus lábios vaginais com os dedos e me prova com uma lambida lenta e longa.

— Aham. Eu tinha razão.

Meus dedos se apertam nos lençóis de cada lado dos meus quadris. Ele faz com o meu sexo, o que fez com meus mamilos. Lambendo, beijando e chupando minha pele macia, ele me leva ao orgasmo número dois, mas sua voz soa mais tensa e menos divertida do que antes, quando ele me pergunta:

— Você tem certeza de que quer transar, baby?

Abro os olhos para vê-lo engatinhar por cima de mim. Ouço o tilintar do cinto dele e depois a dobra de plástico. Ele segura uma camisinha.

— Você sabe o que é isso?

Lembrando o aviso de Gus, dou risada.

— Sem camisinha, sem sexo?

Os olhos de Julian se arregalam.

— Onde você ouviu isso?

— Cubra a salsicha antes de transar?

Ele pisca para mim, ainda segurando a camisinha.

— Onde uma colegial católica comportada aprende uma expressão como essa?

— De um homem gay atrevido.

— Ah. Gus.

— Gus — confirmo. Inclino-me sobre um cotovelo, sentindo-me ousada. Aponto para o pacote em seus dedos. — Isso é um preservativo.

— Estou limpo — diz ele rapidamente, do nada.

Olho para ele. Não sei por que sente a necessidade de me dizer isso, mas talvez eu deva tranquilizá-lo também.

— Tomei banho mais cedo.

Ele parece confuso por um segundo e, então, seus lábios se contraem.

— Não. Quero dizer... Não tenho nenhuma doença. Não saio transando por aí.

— Oh. — Agora minhas bochechas ficam vermelhas de vergonha, e olho para os lençóis brancos, sentindo-me ingênua. — Isso é bom. Nem eu.

Ele se deita ao meu lado e desliza os dedos sob o meu queixo, forçando-me a olhar para ele.

— Vou usar camisinha porque não quero engravidar você.

Fui ensinada que tentar impedir a gravidez quando você é casada é um pecado, mas, por outro lado, tudo o que estou fazendo hoje é pecado e, além disso, Julian e eu não somos casados. O mais estranho de tudo, no entanto, é que não me sinto culpada pelo que estamos fazendo. Não me sinto suja e nem me sinto mal. Parece certo, e uma onda de paz, de bondade, me inunda como uma bênção.

— Não estou pronta para ser mãe — digo, pensando em Tig. Ela tinha apenas dezesseis anos quando me teve, solteira, sem apoio, sozinha. Eu quero fazer as coisas de maneira diferente. Quando tiver meu primeiro filho, quero estar pronta.

— Não estou pronto para ser pai — concorda Julian, embora ele esteja me olhando de maneira peculiar, como se estivesse olhando para o futuro e gostando de como se parece. — Um dia.

— Eu também. Um dia.

— Gosto de você, Ashley — declara ele, olhando nos meus olhos. — Bastante.

— Sei disso. Sinto o mesmo. — Deito-me de costas. — E, sim, tenho certeza de que quero transar.

Ele rasga a embalagem com os dentes e, presumivelmente, coloca-a no pênis. Eu não olho. Parte de mim quer, mas, de repente, mesmo depois de dois orgasmos que me fizeram sentir como geleia, estou tensa e um pouco tímida. Quero fazer isso, mas parte de mim também está um pouco assustada.

Ele ainda está ajoelhado entre as minhas pernas, mas agora sua cabeça está acima da minha e ele se inclina, beijando meus lábios.

— Vou o mais devagar possível.

— Ok.

Apoiando um cotovelo à altura da minha orelha, ele abaixa a outra mão, guiando sua ereção para a abertura do meu sexo. Sinto-o lá, roçando contra mim, buscando entrada, mas ainda não me penetrando.

— Pode... — Julian ofega — doer um pouco.

— Eu sei — digo, engolindo em seco nervosamente quando olho para ele. — Tudo bem.

Ele começa a deslizar para dentro de mim, devagar, suavemente, e tento ficar relaxada, mas a sensação é tão nova, tão diferente. Sinto-me vulnerável, mas não de uma maneira ruim. Exposta, mas não em exibição. Estou compartilhando algo com ele que é apenas meu, e ele está tornando tudo o mais terno possível. Inspiro fundo e expiro devagar, desejando relaxar.

Algo facilita que Julian deslize para dentro de mim, mas outra coisa está bloqueando seu caminho. Olho para cima e vejo uma gota de suor em sua testa. Ele estremece, então deixa cair seus lábios nos meus em um beijo apaixonado, enquanto avança para dentro do meu corpo, enterrando-se dentro de mim ao máximo, até que seu osso pélvico esteja nivelado contra o meu.

Eu choramingo, mas sua língua está massageando a minha, suas mãos segurando meu rosto enquanto ele me beija faminto, desesperadamente, e eu percebo que seu beijo está me distraindo das ondas de dor que sinto conforme ele passa pela barreira da minha virgindade.

A dor vem e vai. Vem e vai. Vai.

Acabou agora. Sou uma mulher. Sou a mulher *dele*.

— Você está bem? — ele me pergunta, seus olhos preocupados e suaves, dilatados em enormes esferas negras que parecem pesadas, mas permanecem focadas nas minhas.

— Estou bem.

— Se doer, diga-me para parar — diz ele, afastando os quadris de mim e mergulhando lentamente de volta para dentro.

E então sinto algo completamente diferente. O zumbido entre minhas pernas está de volta. Mas é muito mais elevado do que antes. É diferente da maneira como ele me agradou com os dedos e a língua. É tão íntimo que me deixa ainda mais emotiva e lágrimas brotam nos meus olhos. Eu o puxo para baixo para mim, entrelaçando meus dedos atrás de seu pescoço e beijando-o enquanto ele investe em meu corpo de novo e de novo.

Quando grita meu nome, estremecendo e ofegando em cima de mim, eu não gozo com ele. Não fisicamente. Mas meu coração, que ele não sabe que eu lhe dei, martela ao ritmo da devoção total e completa. Ele olha para mim como se eu soprasse fogo no sol, como se as estrelas me pertencessem e cada uma delas fosse um milagre.

— *Elle est si belle qu'elle me brise le coeur* — ele sussurra reverentemente, rolando para o meu lado e me puxando para o santuário de seus braços.

Enquanto adormeço, minha mente repete essas palavras diversas vezes e, em algum momento, lembro o que ele me contou sobre a música favorita de seu pai — a música que ele ouvia depois que a mãe de Julian fora embora.

Lembro-me do que as palavras significam:

Ela é tão bonita que parte meu coração.

Dia 45 da NOVA VOCÊ!

Esta noite é o aniversário de dois anos da primeira vez que Anders me procurou.

Dois anos de momentos roubados, olhares roubados, amor roubado.

O amor verdadeiro.

É um milagre que M. nunca tenha descoberto.

Mas, por outro lado... houve uma mudança com ele no último ano, mais ou menos, como se ele estivesse cansando de mim. Não me fode mais. Nunca me elogiou, mas também não me critica mais. Mal fala comigo e me olha ainda menos. Não me lembro da última vez em que saí de casa com ele. Tenho certeza de que ele tem uma namorada em Newark porque seu apetite sexual é forte, e alguém o deve estar saciando, mas não sou eu.

Se não fôssemos casados, diria que estávamos na fase de desaceleração do relacionamento e que, a qualquer momento, ele me chamaria em seu escritório, me entregaria um cheque de cem mil, me diria que todas as roupas e joias são minhas e me diria para dar o fora.

Mas nós <u>somos</u> casados.

Então, realmente não sei o que acontecerá a seguir. Para M., quero dizer.

Mas foda-se ele.

Sei exatamente o que acontecerá a seguir para mim...

Anders comprou uma ilha remota na Baía de Hudson, a milhares de quilômetros ao norte daqui. Ele a comprou em dinheiro, com um nome falso, da Nação Cree, de modo que não há rastro de documentos. Há uma pequena casa na ilha. Um gerador. Um barco. E é nossa.

Ele argumentou que deveríamos fugir o mais rápido possível, em abril, após o degelo, mas não irei sem minha filha, e Ashley merece terminar a escola primeiro. Eu nunca consegui meu diploma do Ensino Médio. Ela tem o direito de obter o dela. E meu amor, minha razão de viver, concordou.

Ele chegará em breve... e mal posso esperar para vê-lo, tocá-lo, abraçá-lo, ouvir mais sobre esse belo plano que ele está preparando para nós.

Mal posso esperar para ser livre para amá-lo, sem medo, sem olhar por cima do ombro.

E a criança, Ashley, eu gostaria de conhecê-la. Gostaria que ela me conhecesse agora — a pessoa que me tornei desde que Anders faz parte da minha vida. Estou mais estável do que nunca. Não estou drogada. Não estou perdida. Agora que sou amada — verdadeiramente amada, pela primeira vez na minha vida —, talvez eu seja forte o suficiente para ser alguém para ela.

Alguém bom. Alguém que não é um caos.

Gostaria que fôssemos amigas. Talvez isso seja possível agora que ela cresceu. Talvez possa conhecer algo sobre mim que possa gostar. Acredito que sim. De verdade.

Anders chegou.

Teagan

CAPÍTULO DEZENOVE
Ashley

Estou deitada nua, apoiada em Julian na banheira branca vitoriana do meu banheiro, minhas costas nuas contra seu peito nu, seus braços nas laterais da banheira e bolhas nos cobrindo como um cobertor de nuvens. Enquanto eu dormia, ele abriu a água quente e acendeu cerca de cem velas votivas, de modo que o cômodo está aquecido e aconchegante, banhado por um brilho mágico que combina perfeitamente com o meu humor.

Nas muitas vezes em que ouvi Tig em seu quarto fazendo sexo, com gemidos e grunhidos ultrapassando as paredes, nunca imaginei que ela estivesse experimentando algo tão bonito quanto Julian e eu acabamos de compartilhar. Mas duvido que ela tenha se sentido com muitos desses homens... se é que com algum, do jeito que me sinto com Julian. E talvez, penso, essa seja a diferença entre o vazio que sempre senti em nosso bangalô em Los Angeles e a sensação de totalidade que estou experimentando agora.

Em uma de suas páginas recentes no diário, Tig escreveu que Anders a tocava como se ela fosse amada. Disse que a ternura dele tinha o poder de acalmar os horrores de sua vida, e agora — *agora* — eu entendo o que ela quis dizer com isso, porque, caçada como estou por Mosier, deveria estar aterrorizada, mas não estou. Sinto-me segura. Calma. E amada.

Seria absurdo Julian dizer que me ama, ou eu responder: *Eu também te amo... tanto que está explodindo dentro de mim a cada momento que estou com você!* —, mas é possível se sentir amada, mesmo que você não tenha certeza de que está realmente apaixonada. E, para mim, por enquanto, é o suficiente.

Também sinto uma rara sensação de comunhão com minha mãe, ao longo dos tempos, apesar de sua morte. Eu a imagino deitada contra Anders em sua banheira, como agora estou deitada contra Julian, e estou estranhamente feliz por ela ter sabido o que é ser amada por alguém. No funeral dela, eu me perguntei se alguém realmente a amava. Agora tenho a minha resposta. Anders a amou. E sou grata a ele por lhe dar esse presente antes que ela morresse.

— Minha mãe planejava fugir comigo — conto, descansando as mãos sob a água, nas coxas de Julian, enquanto ele passa os braços em volta de mim.

— Como sabe? Ela te disse?

Balanço a cabeça.

— Li no diário dela.

— Para onde ela planejava te levar?

— Para uma cabana no Canadá. Com o filho de Mosier, Anders.

— O quê?

Sua voz é incrédula, e eu viro a cabeça para olhar em seus olhos.

— Minha mãe estava apaixonada por ele. Acho que ele também a amava.

— Eles tiveram um caso?

— Sim... Não... Foi mais do que isso.

Pensar em um *caso* parece tão indecoroso e barato, e não combina com o que houve entre minha mãe e Anders, ou mim e Julian, nesse caso.

— Mas ela era...

— Madrasta dele — completo. — Sim. Mas era mais próxima de Anders do que do pai dele.

— Como eles mantiveram isso em segredo todo esse tempo?

Apoio a nuca em seu ombro e suspiro.

— Não sei se mantiveram.

— Você acha que Răumann descobriu?

— Não sei. Seria um motivo para ele matá-la, e tenho cada vez mais certeza de que ele matou. Matou-a. Da mesma maneira como provocou um ataque cardíaco no Padre Joseph, tenho certeza de que ele injetou heroína suficiente na minha mãe para matar um cavalo. Porque ela estava limpa, Julian. Eu juro.

— Seria um motivo.

Penso em Anders no funeral. Ele não tinha uma marca nele.

— Não — murmuro, profundamente pensativa.

— Não?

— Não. Acho que Mosier não descobriu. Ele teria espancado Anders até quase matá-lo, se soubesse. Uma vez, há muito tempo, ele me encontrou nadando com seus filhos e quebrou o nariz de Damon e deixou Anders de olho roxo. Se ele descobrisse que um deles estava dormindo com minha mãe, sua esposa, Anders teria passado semanas na UTI. Mas ele estava bem. No funeral... fisicamente, ele estava bem.

— Então por que Răumann a matou?

Em algum momento, a terrível verdade deve ter me ocorrido, e eu escolhi não olhar para ela, não examiná-la, não aceitá-la. Mas agora? Segura como me sinto nos braços de Julian? Eu tenho força para admitir a verdade.

— Por mim — sussurro, o horror das palavras fazendo meus olhos se encherem de lágrimas. Eu sou o motivo da morte da minha mãe. — Ele a matou algumas semanas depois do meu aniversário. Mosier matou Tig para abrir caminho para mim.

— Ah, querida — ele suspira, o horror denso em sua voz. — Você não tem certeza disso.

— Tenho — digo, pensando na leitura do testamento da minha mãe. Meus avós não ficaram surpresos com os acordos e condições para uma vida de conforto. Mosier já havia falado com eles. Planejou tudo, até sua visita ao meu quarto. Na verdade, eu provavelmente já estaria casada com ele agora se Tig não tivesse insistido que minha educação fosse concluída. — Eu sei. E também sei que estaria nas garras dele agora, se não fosse por Tig... por minha mãe.

— Como assim?

— Ela só teve uma chance de falar publicamente do túmulo... através de seu advogado na leitura do testamento. Ele insistiu que era seu desejo final que eu terminasse a escola. Essa é a única razão pela qual me foi permitido voltar à Santíssima. Você entende? Se eu não tivesse voltado, o Padre Joseph não teria sido capaz de me ajudar.

Lágrimas escorrem pelo meu rosto, e eu permito porque estou descobrindo que, às vezes, o amor não está nas palavras que dizemos, mas na maneira como damos e o que sacrificamos, e nas centenas de ações silenciosas e desconhecidas que fazemos em nome de alguém, alguém de quem gostamos mais do que a nós mesmos.

— Ele tinha razão — comento, fechando os olhos. — Anders disse que ela me amava, e não acreditei nele na época. Mas agora estou começando a pensar, bem, que é verdade.

— Claro que sim — diz Julian, beijando meu ombro. Ele mantém os lábios lá por um momento, e eu fecho os olhos, aproveitando o consolo que ele me oferece de maneira tão altruísta, deixando-o inundar-me como uma brisa quente.

Nenhuma parte de mim esperava ouvir o que ele diz a seguir.

— Foi uma mulher — ele sussurra, as palavras tão baixas que quase não as ouço.

— O quê? — murmuro, abrindo os olhos.

— Perdi o emprego por causa de uma mulher.

A água balança ao nosso redor quando o encaro.

— O que você quer dizer com isso?

Seus olhos estão assombrados, e ele olha *através* de mim, mas então pisca, balançando a cabeça como se precisasse clareá-la.

Sua voz soa estável quando ele diz:

— Desculpe. Não sei de onde veio isso. Você estava falando sobre sua mãe.

— Terminei. — Estou ansiosa para que ele não se esquive desse assunto agora que realmente o abordou. — Você disse que foi uma mulher... que perdeu o emprego por causa de uma mulher?

Ele suspira.

— Não quis dizer isso.

— Mas você disse — pressiono. Viro meu corpo para ficar de frente para ele, ajoelhada, para que possa olhar diretamente em seus olhos. — Pode confiar em mim, Julian. Conte-me o que aconteceu. Que mulher? Quando?

Ele respira fundo e estende as mãos, alcançando meus ombros enquanto exala. Por um instante, acho que ele vai me puxar para um beijo, mas depois percebo que ele está me colocando de volta onde eu estava. Ele me vira para que eu fique sentada no V de suas pernas abertas, com as costas contra seu peito.

— Vou te contar — anuncia ele, descansando os braços nas laterais da banheira. — Mas será mais fácil assim.

Inclino-me contra ele, minha cabeça em seu ombro. Ele vira a cabeça um pouco para que seus lábios estejam perto da minha orelha.

— Quis fazer parte do Serviço Secreto a vida toda — começa. — No Halloween, os outros meninos se vestiam de zumbis e super-heróis. Eu colocava um terno preto, gravata preta, camisa branca, óculos de sol e um falso comunicador no ouvido. — Ele ri baixinho. — Meu pai costumava manter essa foto em sua mesa. Era Noelle em um triciclo, e eu correndo atrás dela a toda velocidade, fingindo que ela era a presidente e eu fazia parte da segurança do comboio. Até colei uma bandeira americana no guidão. Ela era chamada de Senhora Presidente bastante naqueles dias.

Sorrio com a lembrança dele, pegando suas mãos e as colocando na minha barriga, debaixo dos meus seios. Mantenho meus braços sobre os dele, para nos abraçarmos.

— Estudei Justiça criminal na faculdade. Fui aceito no programa do Serviço Secreto e fui para a Geórgia treinar em agosto, depois que me formei. Dez semanas de investigação criminal básica e dezoito semanas de treinamento de agentes especiais fora de DC. Em março, fui nomeado agente ativo e designado para o escritório da Rua L, em DC. Todos os meus instrutores me acharam promissor. Eu estava seguindo meu caminho.

— Continue — digo, acariciando suas mãos sob a água.

— Você tem que entender. Para a maioria dos agentes, trabalhar no campo por alguns anos é padrão. É um trabalho de investigação, com agentes mais experientes. Na realidade, são coisas muito monótonas, mas é quase como treinamento no trabalho. Você aprende a cultura da agência, a maneira como as coisas funcionam. Não recebe sua primeira tarefa de proteção por anos. Não deve receber sua primeira missão de proteção por anos. Eu aprendi isso da pior maneira. — Ele respira fundo e afasta as mãos. — Está com frio? A água está esfriando.

— Eu posso adicionar um pouco de água quente.

— Não — ele responde. — Vamos voltar para a cama?

Quando ele me afasta gentilmente, sinto-o se levantar atrás de mim e o ouço sair da banheira. Sua mão aparece diante do meu rosto, e eu a pego, deixando-o me ajudar a sair da banheira funda. Ele sorri para mim à luz das velas, seus olhos carinhosos, mas tristes.

— Você é tão linda, Ash.

Deixo meus olhos percorrerem seu corpo — os músculos de seu peito, o profundo V de músculo que leva ao pênis e suas pernas longas e fortes. Quando olho para ele, sorrio de volta.

— Você também.

— Faça amor comigo — pede, suas mãos pousando nos meus quadris. Ele me puxa para mais perto, de modo que meus seios pressionem seu peito, e sua ereção crescente pulse no triângulo de cabelos cacheados louros e macios entre minhas pernas.

Eu me inclino para trás.

— Conte-me o resto primeiro.

Ele geme, soltando-me. Estendendo o braço e passando-o para trás da minha cabeça, ele pega duas toalhas brancas macias, me entrega uma e depois envolve a outra na cintura, prendendo a ponta solta.

— Vamos, então — diz ele, pegando minha mão enquanto seguro minha toalha debaixo dos braços. — Sente-se. Vou acender o fogo, ok?

Acomodo-me no sofá, encolhendo-me em um canto e observando os músculos de suas costas ondularem quando ele se inclina, remove a tela e joga um fósforo aceso no jornal debaixo da grade. O fogo pega rapidamente, e ele começa a falar de novo.

— A febre tifoide é disseminada através de alimentos contaminados, de modo que os agentes em serviço na América do Sul não devem comer as mesmas coisas no mesmo local, mas, em maio, dois meses após o término do treinamento, um dos agentes em Cartagena a pegou, pouco antes de o vice-presidente chegar para uma visita diplomática. Oito agentes adoeceram ao mesmo tempo. Eles entraram em pânico no escritório de Washington e foram enviados oito homens. Entre eles? Eu. Como? Porque o cara com quem fui designado para trabalhar, Javier Fuentes, era fluente em espanhol. Ele foi escolhido para ir até lá imediatamente e decidiu que eu deveria ir também. Falou que seria uma ótima experiência para mim. Ele me colocou no transporte no último minuto.

"Meus olhos brilharam. Quero dizer, provavelmente, eu ainda teria que passar anos antes de um serviço internacional e mais quatro antes de me tornar um agente de proteção. E lá estava eu, indo para a Colômbia com caras muito mais experientes. Eu era o maioral naquele dia. Estava no topo do mundo."

Ele para de cutucar o fogo e se vira para mim.

— Me dê espaço.

Eu faço isso, e ele toma meu lugar no canto do sofá, descansando as pernas na mesa de centro e me puxando contra seu peito. Ele beija o topo da minha cabeça.

— Ainda estou bem excitado.

— Cá entre nós? — comento, aconchegando-me contra ele enquanto ele pega um cobertor na parte de trás do sofá e o puxa sobre nós. — Eu acho você muito gostoso.

— Tem certeza?

— Absoluta.

— Quero te foder, Ash — ele murmura, mordendo o lóbulo da minha orelha.

— Então termine sua história — incentivo, uma emoção me inundando pela combinação de suas palavras sujas e dentes afiados.

— Ok. Então, lá estou eu em Cartagena, o agente mais jovem de todos. Nunca estive fora do país. Inferno, era agente há apenas dois meses. Sinceramente, eu não sabia o que estava fazendo. — Ele respira fundo. — Não há escritório de campo em Cartagena... o único na Colômbia está em Bogotá... então entramos no hotel e conhecemos a equipe de segurança, principalmente composta por fuzileiros navais designados para a visita do vice-presidente. Revisamos a agenda na sala de conferências do hotel, mas a reunião terminava às oito. Supus que todos íamos ter uma boa noite de sono, mas um dos fuzileiros navais era velho amigo de Javi, e eles começaram a conversar sobre esse clube ao qual precisávamos ir.

"Então percebi que todos iríamos. E, caramba, eu tinha vinte e um anos, e as mulheres lá eram bonitas demais, e com certeza, sim, eu estava disposto a beber um pouco e dançar. Por que não?"

"Chegamos ao clube, estava escuro, a música, alta, e o uísque começava a me entorpecer. Eu estava mamado duas horas depois, e vi Javi e esse outro agente, Mark, conversando com essas duas garotas em uma mesa. Então percebi que havia mais uma mulher na mesa, mas os olhos dela estavam baixos. Ela estava vestida como as outras duas, mas não estava falando, nem tocando em sua bebida. E sabe... Deus, eu era tão burro, pensei que ela parecia jovem. Pensei que ela parecia... perdida."

"Javi acenou para mim, então eu me sentei ao lado daquela garota, usando meu espanhol do Ensino Médio..."

Pigarreio, surpresa pela onda aguda de ciúme que experimento.

— Sinta-se livre para pular os detalhes desta parte...

Ele riu baixinho.

— Não transei com ela.

— Ah — suspiro, sentindo-me aliviada.

— Mas queria.

— *Exatamente* o tipo de detalhe que você pode excluir.

— Fiquei com os caras por um tempo, mas continuei olhando para ela, que olhava furtivamente para mim, e foda-se, mas lá estava eu: eu era um maldito agente do Serviço Secreto, ia proteger o vice-presidente no dia seguinte, enquanto ele visitava Cartagena. Eu estava no topo do mundo. Tinha conseguido. Pensava que, se tudo corresse bem, poderia acelerar toda a minha carreira. Eu seria uma lenda. E aquela garota era tão bonita, eu apenas... eu só...

— O quê? — sussurro.

— Não previ — completou. — Pense em alguém burro.

CORAÇÃO VALENTE

— Não é burro — insisto, agarrando seu antebraço e puxando-o contra o meu peito. Descanso meus dedos nos cabelos finos que pontilham sua pele. — Inexperiente. Talvez arrogante. Mas burro, não.

— Você não ouviu o resto.

— Não importa — digo. — Seja o que for, isso não mudará o fato de você não ter culpa. Você não estava pronto. O que aconteceu não foi só sua culpa.

— Humm — ele murmura. — Pode pensar diferente quando eu terminar. Meus superiores, com certeza, pensaram.

Eu sei que não, mas não falo nada.

— Nós seis estávamos voltando para o hotel, com Magdalena e eu atrás, e percebi que as outras duas garotas eram prostitutas negociando seu preço pela noite. Olhei para Magdalena e a vi enxugando os olhos, e disse que não esperava nada dela. Falei para Javi e Mark seguirem em frente, que os veria no hotel dali a pouco, e Magdalena e eu nos sentamos em um banco. Ela ainda estava chorando, conversando comigo em espanhol, e eu percebi que o pai dela estava doente. Ela não queria ser puta, prostituta. Me contou que era sua primeira noite fora e estava aterrorizada. Eu disse que ela não era uma puta, porque ainda não tinha feito nada. Ela chorou, falou sobre remédios e seu pai, e eu perguntei de quanto dinheiro ela precisava. Ela me disse que cem dólares compraria o remédio de que seu pai precisava, e eu os tinha em dólares americanos, mas no cofre do meu quarto de hotel. Falei que lhe daria o dinheiro; ela não precisava fazer nada para ganhá-lo. Só queria ajudá-la. E então começamos a voltar para o hotel.

— Você só ia lhe dar o dinheiro?

— Por cem dólares, pensei que poderia salvar a vida dele — explica Julian. — Meu pai... Quero dizer, meu pai tinha morrido no ano anterior e eu faria qualquer coisa para salvá-lo. Não poderia negar a ela.

— Julian... — murmuro, segurando seu braço com força, sabendo que este é o tipo de homem por quem estou me apaixonando: alguém que dá desinteressadamente, que é cego pela necessidade de proteger os outros, mesmo à custa de sua própria segurança, e a ternura que sinto por ele é... avassaladora.

— Burro demais, não é?

— Não é burro — insisto, virando em seus braços para olhar para ele. — De modo algum. — Inclino-me e pressiono meus lábios nos dele. — Você é o melhor homem que já conheci.

Ele me beija de volta, sua língua passando contra a minha, seus lábios quentes e famintos. Minha toalha desliza um pouco, e meus seios, agora quentes e secos, pressionam contra seu peito nu, e suspiro pelo contato. Quero que ele termine de falar. Quero voltar para a cama. Quero que ele me foda como sugeriu alguns minutos atrás.

— Termine — peço, embora ache que sei como esta história vai terminar. Isso explica por que ele não me queria aqui, por que lutou contra seus sentimentos iniciais. Mais uma vez, uma mulher que parecia vulnerável e com problemas estava sendo seu calcanhar de Aquiles.

— Voltamos para o meu quarto, e eu abri o cofre enquanto ela nos servia duas bebidas. Isso deveria ter me dado a pista. Deveria ter me dito que algo estava errado. Uma garota como ela? Que alegou não ser prostituta? Por que estava subitamente preparando bebidas? Sentindo-se confortável no meu quarto? A garota que eu pensei que sequer bebia. Ela teria me esperado no corredor, agradecida pelo dinheiro, e saído assim que o pegasse. Mas eu ainda estava um pouco bêbado... e talvez parte de mim esperava que, ajudando-a com tanta coragem, houvesse algo para mim.

— E houve?

— Não. — Ele olha para mim, balançando a cabeça. — Lembro-me de dar a ela o dinheiro e devolver a bebida. Ela sugeriu que nos sentássemos na cama e conversássemos. Tudo o que ouvi foi a palavra cama. Depois disso... Não me lembro de nada. Ainda. Até hoje.

— Ela te drogou.

Ele assente.

— E limpou meu cofre. Meu dinheiro. Meu passaporte. Minha arma. Meu distintivo. Meu telefone. Meu notebook. E, o mais importante, um mapa do itinerário do vice-presidente. Onde ele ficaria hospedado, para onde iria, com quem se encontraria. Tudo.

— Oh, Deus.

— Sim. Quando acordei algumas horas depois e percebi o que havia acontecido, corri pelo corredor e bati na porta de Javi. A amiga de Magdalena havia limpado a carteira, mas não o cofre, que ele manteve trancado enquanto ela esteve em seu quarto. Eu precisei... Eu tive que contar a ele o que aconteceu. Foi ruim. Ele ficou chateado. Tipo, ele mal podia acreditar e...

— E o quê?

— Eles tiveram que cancelar a visita do vice-presidente à Colômbia.

— Ele faz uma pausa e acrescenta: — Fui enviado para casa em um voo comercial. Quando cheguei a Washington, fui demitido.

— Sinto muito — digo, meu coração se partindo por ele. — Sinto muito.

— Fui burro. Fui muito idiota ao pensar que ela era uma mulher abandonada que precisava da minha ajuda. Quero dizer, como pude ser tão idiota? E, é óbvio, ficou claro que os agentes do Serviço Secreto estavam dormindo com prostitutas em um hotel pago pelos contribuintes americanos. Caras como Javi e Mark... tipo, eles tinham grandes carreiras, sabia?... foram colocados em liberdade condicional. O chefe da agência foi substituído. Muita merda aconteceu. Mas tudo começou comigo.

— Você não foi burro — insisto, estendendo a mão para segurar seu rosto. Ele não olha para mim, seus cílios longos protegendo os olhos da minha vista. — Julian, olhe para mim. Por favor.

Quando ele ergue os olhos, sua expressão é sombria. Triste. Dolorida. Envergonhada.

— Acabei com meu sonho, Ash. Em uma noite, acabei com ele.

Meus olhos lacrimejam enquanto balanço minha cabeça.

— Não, você não fez isso. Ela acabou com ele. Você estava apenas tentando ser gentil.

Ele pisca, o pomo de adão se movimentando enquanto ele baixa os olhos.

— Não importa. Eu perdi meu emprego. Envergonhei a agência. Nunca mais vou conseguir mostrar meu rosto em Washington.

— Não estava na minha lista de lugares para visitar — digo, inclinando-me para a frente e pressionando meus lábios nos dele. Beijo seus lábios, depois a ponta do nariz, as pálpebras e a testa. — Além disso, se você não estivesse aqui, quem me manteria segura? Quem me protegeria? Quem salvaria a minha vida?

Ele levanta a cabeça, e seus olhos encontram os meus. A expressão dele é inescrutável, e penso no que acabei de dizer, em como fui egoísta.

— Não... não que me proteger valesse a pena você perder o emprego. Não quis dizer isso. Eu não quis dizer isso...

Ele estende os braços, erguendo-me e colocando-me sentada em seu colo. Sua toalha se solta e, quando ele me vira, a minha também escapa. Eu me inclino para a frente, depois me acomodo de volta contra ele, deslizando meu corpo em sua ereção, esperando e choramingando baixinho enquanto sou empalada.

— Está tudo bem — ele murmura, sua respiração superficial e rápida. — Pela primeira vez... desde que aconteceu... Estou feliz.

Coloco minhas mãos em seus ombros e arqueio as costas, deslizando contra ele enquanto ele aperta meus quadris.

— Obrigada... por me contar — digo enquanto ele investe em mim, seu sexo latejante me preenchendo de explosão.

— Obrigado... por me dar uma chance... de mantê-la segura — ele devolve, ofegando entre suas palavras, seus olhos fixos nos meus com uma força intensa.

— Obrigada... obrigada... obrigada... — murmuro em uma ladainha sussurrada. Fecho os olhos e continuo, enquanto ele estoca em meu corpo, sua pele quente e sedosa se unindo à minha.

Sinto a paixão que se avoluma entre nós, a conexão, o quente e doce ponto culminante de nossa união acelerando até que eu mal me aguento, e, quando ele se inclina para a frente, arranhando meu pescoço com os dentes, percebo que ele está dizendo algo também:

— Ashley... Ashley... Ashley... — ele sussurra meu nome com reverência, como se fosse uma palavra sagrada, como se fosse sua única oração.

Nós chegamos ao orgasmo juntos dessa vez e, depois que a onda de prazer cai sobre nós, deixando-nos agarrados um ao outro, sob o brilho suave da luz do fogo, saciado e exausto, Julian descansa a cabeça no meu ombro.

Segurando-me firmemente contra si, ele sussurra:

— Ashley... você está segura.

E, no fundo do meu coração, onde estou me apaixonando por ele, sei que é verdade.

Estou, sim.

Estou segura com você.

Julian

No fim de semana passado, quando Ashley e eu estávamos na banheira e fizemos amor antes da confissão, quando compartilhei minha maior vergonha com ela, e ela me ofereceu absolvição, encontrei um novo significado no caminho que minha vida seguiu.

Desde então, vejo o que aconteceu em Cartagena não como uma desgraça, mas como um meio para um fim que eu escolheria, dada a chance.

Isso me trouxe aqui, para ela. E, pela primeira vez desde que aconteceu, sou grato por um episódio da minha vida que esperava que fosse sempre doloroso.

Sem meu espaço de trabalho disponível, esta semana foram longas férias e nós a tratamos como tal.

Fizemos longas caminhadas, até a lagoa.

Assistimos a filmes em francês, enrolados juntos na minha cama, com Bruno aos nossos pés.

Comemos deliciosos jantares que Ashley fez para nós, flertando um com o outro à luz de velas e compartilhando histórias sobre nossas vidas.

Fizemos amor em toda parte: na minha cama, na dela, no meu chuveiro, na banheira, em frente à lareira e sob as estrelas.

Ignoramos o fato de que nosso tempo é limitado... que a chegada de Răumann para morder a isca significa que esses dias preciosos logo terminarão. Provavelmente para sempre.

Eu tento aproveitar cada momento com ela — memorizar seus sorrisos e a maneira como ela fala meu nome. Olho profundamente em seus olhos quando ela goza. Eu a abraço com força enquanto dormimos.

Se eu pensar na partida dela, ficarei louco.

Então não o faço.

E ela não fala disso.

Estamos vivendo em um mundo de contos de fadas, meu amor e eu.

Mas chegará o dia em que, como um pedaço de vidro frágil jogado no chão, nosso mundo se despedaçará à nossa volta. Até então, roubamos nosso pedaço do céu, esperando silenciosamente que a força do nosso amor crescente possa derrotar os cães do inferno, sabendo o tempo todo que não é verdade.

Nada pode segurar o que está por vir.

A batida na porta da frente é urgente, e Ashley, que está deitada ao meu lado na cama, senta-se e olha para mim.

— Quem será?

— Provavelmente Simmons — respondo, estendendo a mão para pausar o filme e enfiar minha arma na parte de trás do jeans. — Vou ver.

— Eu também vou — ela diz, ajeitando a blusa. Quando ela está deitada ao meu lado, gosto de puxar a blusa para cima e descansar a palma da mão na pele quente e macia da sua barriga. Acho que ela também gosta.

Eu a beijo rapidamente antes de sair do meu quarto, bem a tempo de ouvir outra batida na porta.

— Estou indo!

Simmons está de pé na varanda da frente, e, cara, eu odeio a expressão em seu rosto. Odeio tanto que mal consigo me forçar a abrir a porta da frente e a tela. Quando faço isso, ele corre para dentro.

— Aconteceu — diz ele, olhando de um lado para outro entre mim e Ashley. — A galeria em Shelburne foi invadida hoje à noite.

— Quando? — indaga Ashley.

— Meia hora atrás. Três homens com máscaras de esqui. Eles saquearam o lugar.

— Você viu? — pergunto. — No monitor?

Simmons assente.

— Sim. Não foi bonito. Eles destruíram o lugar. E um deles passou muito tempo na mesa de Gus. Ele encontrou o endereço. Eu o vi anotá-lo e depois fazer uma ligação com o celular.

Ashley engasga e dá um passo para trás.

— Eles estão vindo.

Coloco meu braço em volta dela.

— Está tudo bem, baby.

— Não, baby — diz Simmons, dando-me uma olhada. — Não está tudo bem.

— Não seja idiota — murmuro.

— Então tente ser realista — ele sugere.

— Você ligou para a polícia? — indago.

Simmons assente.

— Liguei, mas eles usaram a sirene, é claro. São os *justiceiros* nestas pequenas cidades. Os caras de Răumann saíram antes da chegada da polícia. Mas, quanto mais, melhor. Na verdade, eu não queria pegá-los. Só queria que Jock e Gus tivessem um relatório policial para a reivindicação de seguro.

— E então? — pergunto. — Quando acha que Răumann vai aparecer aqui?

— Pode ser mais tarde hoje à noite. Pode ser amanhã. Pode ser daqui a uma semana. Não faço ideia.

— Qual é o seu instinto?

— Amanhã — responde Simmons com um suspiro pesado. — Liguei

para o escritório de campo em Albany. Eles estão enviando apoio.

— Quando chegarão aqui?

— Eles precisam encarregar alguém. Além disso, são três horas de viagem de lá para cá.

— Mas você falou que era urgente, certo?

— Eu pedi suporte — diz Simmons, parecendo irritado. — Não dá para saber quando chegarão.

— E a polícia local? — pergunto. — Vai alertá-los?

— Eles sabem que estou aqui — diz Simmons —, mas esta é uma operação delicada. Quanto menos souberem, melhor. — Ele levanta um dedo e imita uma sirene, cantando: — Uh, Uh, Uh.

Esse filho da puta.

— Qual é o próximo passo? — questiono.

— Não durma esta noite. — Ele pega um walkie-talkie do cinto e entrega para mim. — Mantenha isso com você. Vou ligar se vir alguém chegando na garagem.

— E quanto a mim? — indaga Ashley.

— Você é a isca — diz Simmons. — Faça o que sempre faz. Quando a campainha tocar, você atende. Ducharmes, você a cobrirá da sala de estar. Vou guardar o celeiro. Nós os cercaremos.

— E vai ficar tudo bem? — quer saber Ashley.

— Espero que sim — responde Simmons.

Ao mesmo tempo, grito:

— Sim!

Simmons revira os olhos, e estou começando a me perguntar se esse anel no dedo dele é apenas um adereço de merda. E se fosse a sua esposa em perigo? Ele agiria como um idiota?

— Sim — garanto outra vez, apertando-a um pouco. — Tudo ficará bem. *Vou mantê-la segura, baby. Juro. Juro com a minha vida.*

— Entrarei em contato — diz Simmons, voltando para a varanda no exato momento em que um par de faróis ilumina a entrada de automóveis.

CAPÍTULO VINTE
Ashley

O agente Simmons volta para casa e apaga as luzes da sala.

— Carro se aproximando. Merda. Mais cedo do que eu pensava. — Ele dá um tapinha no peito, mas o coldre está vazio. Podemos ouvir Bruno latindo no celeiro. — O cachorro está trancado, e eu deixei minha arma no celeiro. Vou sair pela porta da cozinha e me esgueirar de volta para lá. Ashley, você abre a porta. Nós não vamos deixá-lo te levar. Vamos intervir antes que isso aconteça. Julian, tudo bem?

— Tudo bem — diz ele, mas seus olhos estão arregalados e preocupados quando ele os vira para mim. — Você vai se sair bem, querida. Estarei do lado de dentro da porta. Não deixarei nada acontecer com você.

Meu coração acelerado me faz sentir tonta. Não estou pronta para ficar cara a cara com Mosier.

— Ok — falo. — Vou apenas...

O carro entra na garagem e estaciona em frente à casa.

Julian me puxa para seus braços e me beija com força.

— Seja forte. Vai ficar tudo bem. Estarei bem atrás de você.

Então ele dá um passo para o lado da porta, para ficar escondido quando eu a abrir.

Ouço passos nas escadas. Mais três até a porta.

Toc, toc.

Fecho os olhos e respiro fundo, contando a partir de cinco. Cinco... quatro... três... dois...

Toc, toc.

— Estou indo! — grito.

Olho de relance para Julian, que está com a arma apontada, encostado na parede atrás da porta. Ele acena para mim.

Esteja comigo, Tig. Por favor, esteja comigo, mamãe.

Pego a fechadura e viro, depois giro a maçaneta, abrindo a porta. Há uma tela entre nós, mas foi destrancada durante a visita do agente Simmons.

E aí está ele. Meu padrasto.

Vestido com um terno escuro e uma camisa branca, aberta no pescoço, ele cheira a loção pós-barba e fumaça de charuto, os cabelos estão lustrados, o rosto, feio. Um arrepio percorre meu corpo e meus braços à frente do peito.

— *Cenuşă* — saúda Mosier, com os olhos escuros e zangados, os lábios se erguendo em um sorriso sem humor. — Surpresa.

— *Frate* — respondo, engolindo em seco suavemente. — Como... Como você me encontrou?

— *Frate*? — Ele ri como se algo fosse engraçado. — Não, não, não. Você não quis dizer... *papai?*

Olho para ele, percebendo que essa é uma informação que ele só poderia ter obtido do Padre Joseph, e isso aperta meu coração.

— Você encontrou o Padre Joseph — sussurro.

— Pobre homem. Ouvi dizer que ele faleceu. Ataque cardíaco, não foi?

— Sim.

— Os velhos morrem. Acontece.

— Especialmente quando entram em contato com você — digo, desejando não chorar.

— *Cenuşă*, minha querida... ele me contou mentiras sobre sua querida irmã. — Ele sorri. — Tais mentiras sobre minha amada esposa.

— Que mentiras?

— Ele me disse que ela teve um bebê há dezoito anos. Uma menininha que ela apresentou como irmã.

Ergo meu queixo.

— É verdade. Ela era minha mãe.

— O nome dela não está na sua certidão de nascimento.

— Minha avó não deixou que ela me registrasse.

— Ah, sim. Sua... avó, que agora está feliz vivendo longe do outro lado do mar. Não há ninguém para corroborar sua história, *cenuşă*.

— É a verdade! — choramingo. — Você... você *não pode* se casar comigo, Mosier. Eu sou sua enteada.

Seu rosto muda de diversão para raiva em um instante.

— Eu não me importaria se você fosse filha de sangue, sua putinha piedosa — ele brada. — Ainda *vai ser* minha esposa.

Ele pega a maçaneta da porta de tela, mas, antes que possa entrar, eu a abro e dou um passo para fora na varanda. Olho por cima do ombro e vejo Anders parado na entrada, ao pé da escada. Meus olhos encontram os dele, e ele se encolhe.

Toda a minha vida me disseram que eu me pareço com ela, mas nunca senti isso tão forte como agora, cara a cara com o amante da minha mãe morta.

Finalmente — talvez quando não aguenta mais —, Anders desvia o olhar.

— Onde está Damon? — pergunto.

Mosier não sai de casa sem Damon, seu segundo em comando.

— Ele está lidando com o agente federal — revela Mosier, passando os olhos pela minha camiseta e calça jeans e depois voltando para o meu rosto. Ele olha por cima do meu ombro para a sala escura. — Quando ele morrer, acho que vou te foder aqui. Esta noite. Sem camisinha. Talvez possamos começar nossa família mais cedo, hein, *cenuşă*?

Minha pele se arrepia e me aproximo dos degraus, de Anders. Inclinando-me contra o parapeito, lembro a mim mesma de que, dentro, atrás da porta da frente, Julian tem uma arma. Ele não me deixará ser levada.

— Eu não estou com nenhum agente federal — rebato, mas, um segundo depois, assusto-me com tiros vindos do celeiro. Dois tiros são disparados, e eu suspiro, esperando para ver quem sai do celeiro: Damon ou Simmons.

A porta se abre e, a princípio, fico aliviada, porque vejo o agente Simmons... mas então percebo que suas mãos estão atadas atrás da cabeça, e ele é seguido por Damon, que aponta uma arma nas suas costas. Há uma mancha escura no ombro de Simmons, e ela está aumentando e pingando. Ele foi baleado.

— Bom trabalho, filho! — grita Mosier.

— Nocauteei o cachorro. O que você quer que eu faça com *esse aqui*?

— Traga-o aqui — diz Mosier, olhando para mim. — Talvez a *cenuşă* precise de um lembrete de como lidamos com homens que ousam olhar para nossas mulheres.

Simmons atravessa a entrada de automóveis, e seus olhos nos meus não mostram nada. Ele deve estar com dor, mas seu rosto não tem expressão. Talvez ele esteja assustado. Eu certamente estou. Nada está indo conforme o planejado. Como Julian vai enfrentar três homens?

— Ele não olhou para mim — falo, pensando rápido. — Ele ficou no celeiro. Estava lá apenas para me proteger.

Simmons para na frente do carro, de cabeça baixa.

— *Proteger* você? Então ele é inútil — desdenha Mosier, lançando um olhar para Damon. — Foda-se ele.

Observo enquanto Damon pega a coronha da arma e a bate na têmpora de Simmons. Ele suspira de dor, caindo de joelhos. Damon aproveita a oportunidade para chutar Simmons no estômago repetidamente. Ele recebe os golpes sem fazer barulho, deitado no chão, protegendo-se enrolando-se na posição fetal.

Damon faz uma pausa, passando a mão pelo cabelo escuro, que está despenteado pelos seus esforços.

— Mais?

— Sim — diz Mosier, sacudindo os dedos. — Ele não está gritando. É melhor quando eles gritam. — Ele suspira, depois se vira para mim. — Você sabe quem dava um grito infernal? Sua irmã. Ah, me perdoe. Sua mãe vagabunda. Ela gritava como uma maldita campeã.

Meu estômago revira quando me lembro do som de seus gritos vindos do escritório dele.

— Você é um monstro.

Ele estende a mão e me agarra pela nuca.

— Eu serei seu maldito marido, e você vai me respeitar.

— Não! — grito. — Vá se foder!

— Ahhh, vejam essa boca suja! A maçã não cai tão longe da árvore, hein? *Cum e mamã, e si fiicã.* — Ele puxa meu rosto para o dele e lambe minha bochecha lentamente, começando no meu queixo e parando na minha testa. E sussurra perto do meu ouvido: — Vou fazer você gritar também.

Eu luto, mas seu aperto é forte, e ele mantém meu rosto perto dele.

— Sua mãe era uma cadela burra. — Ele ri, seus dedos puxando meu cabelo, machucando-me. — Ela veio para Nova York, pensando que eu ia facilitar a vida dela. Pensou que poderia usar suas drogas e fazer suas merdas estúpidas e, bem, não funcionou assim, não é? A vadia idiota. Eu só a queria por você.

Pelo canto do olho, vejo Anders. Ele está olhando para os degraus da varanda, seu queixo tremendo de raiva enquanto seu pai fala sobre Tig.

— Eu sonhava com você enquanto estava transando com ela — continua Mosier. — Ashley. Ashley, eu pensava. Um dia, eu vou te encher com meu esperma e ver sua barriga crescer. Vou te foder enquanto suas tetas estão cheias de leite. Vou te usar como uma vaca.

Suas palavras são tão repulsivas que engulo um bocado de vômito.

Olho de relance para Anders, depois de volta para Mosier.

— Ela te odiava.

— Ah, é? Bem, adivinhe. Eu não dou a mínima. Gritava bem, no entanto. Muito bem.

— Ela gritou quando você a matou? — exijo com lágrimas escorrendo pelo meu rosto.

— Ah! Você tem alguma alma agora, hein? — ele diz, sua voz admirada e enojada. — Tsc, tsc, tsc, belezinha. Isso não vai funcionar para mim. Vou ter que tirar isso de você, *cenuşă*. Te criei do jeito que quero. Pura. Obediente. Pronta para foder sempre que eu a quiser.

— Admita — soluço. Fecho minhas mãos em punho e grito com ele. — Admita que você a matou!

Ele se inclina para perto de mim. Tão perto que sinto o cheiro do charuto que ele fumou no carro.

— Ela não gritou quando coloquei a agulha no braço dela. Ficou quieta pra caralho. Por uma única vez.

Minha cabeça cai para a frente, meus ombros tremendo com a força dos meus soluços.

— Sinto muito, Tig. Eu sinto muito.

— O que *você* sente? Eu acabei com aquela cadela de merda. Eu estava pronto para...

Um tiro soa, e Mosier cambaleia para trás. Tropeço quando ele cai no chão da varanda. Sua mão no meu pescoço se afrouxa, e eu me levanto de novo quando Julian sai da casa e agarra meu braço, puxando-me para trás dele.

— Ash! O que aconteceu?

Olho para Anders, que está no pé da escada, com a arma na mão exalando fumaça.

— Anders! — arfo.

Julian aponta sua arma para o meu meio-irmão, que joga a dele no chão.

— Ele a matou — diz Anders suavemente, como se estivesse em transe. — Ele a matou.

— Que porra é essa, Anders? — grita Damon, esquecendo Simmons, que ainda está deitado no cascalho. — Você atirou nele! Atirou no nosso pai, seu desgraçado louco!

— Mas... — Anders, atordoado, se vira para o irmão. — Ele a matou, Damon. Ele matou Tig.

— Quem se importa? Eu não me importo!

— Você deveria se importar! — grita Anders. — Você deveria, seu maldito...

Outro tiro interrompe os irmãos, e eu assisto horrorizado enquanto Anders cambaleia para trás, um grande ponto sangrento estragando o azul-claro da camisa. Ele alcança seu coração, depois afasta a mão, encarando o sangue enquanto cai no chão.

— Anders! Não! — Damon cai no chão ao lado de seu irmão gêmeo. — Porra. Ai, Jesus. Porra! Não!

Aos meus pés, Mosier está segurando uma arma. Com uma voz baixa e ofegante, ele diz:

— Ela era minha. Minha para foder. Minha para...

Se ele desmaia ou morre, não tenho certeza, mas Julian me empurra para o lado, chutando a arma de Mosier para longe e apontando a dele para o meu padrasto. O peito de Mosier não sobe nem desce. Acho que ele está morto. Acho que usou seu último segundo vivo para matar seu filho, e estou cheia de tanta tristeza por esta família perturbada que me sinto fraca.

O agente Simmons fica de pé e sai na direção do celeiro, enquanto Damon coloca a cabeça do irmão no colo, chorando.

Desço correndo as escadas em direção aos meus irmãos adotivos, e Damon olha para mim, com as bochechas molhadas e brilhando à luz da lua.

— Faça alguma coisa, Ashley. M-me ajude. Ajude-o!

Eu me ajoelho no outro lado de Anders, olhando para seu rosto, seus olhos, que ele está lutando para manter abertos. Ele olha para mim, seu rosto suavizando, relaxando.

— Teagan — ele fala baixa e lentamente, seus lábios se erguendo em um sorriso.

— É... Ashley — soluço.

— Ashley... — Ele suspira, seu sorriso desaparecendo. — Você está segura agora... criança.

— Anders — chamo através das lágrimas. — Ela amava você. Ela te amou muito.

— Eu... a amava — ele diz, sua voz mais rouca a cada segundo.

— Você não pode me deixar! — chora Damon, suas lágrimas caindo no rosto moribundo de seu irmão. — Por favor, Anders! Fica comigo! Fica comigo!

— A ajuda está chegando — avisa Simmons, correndo do celeiro. — Uma ambulância está a caminho.

Ouço Julian perguntar sobre Bruno e sinto uma pequena e breve explosão de alívio quando Simmons diz que ele ficará bem. O agente se abaixa e pega a arma de Damon.

— Estou pegando sua arma, filho.

— Eu não quero isso — murmura Damon, sua atenção focada em seu irmão gêmeo.

— Você vai... ficar... bem — diz Anders ao irmão, sua voz agora um sussurro. — Vá para casa. Deixe a... América e vá para... casa. — Seus olhos, mal conseguindo se concentrar, observam o céu estrelado de Vermont. — Ela está segura... Tea... gan. Ela está... livre. — Ele chia baixinho, um suspiro moribundo. — Eu te amo... Estou chegando...

Damon enfia a mão sob os ombros de Anders, puxando seu irmão para o colo e batendo nele. Por meio de lágrimas de descrença e agonia, ele canta uma canção de ninar sombria:

— *Hai Luluțu, dormi un picu'... Dragul mamii, puiut' micu'*[6]...

Na varanda, Julian mantém sua arma apontada para o corpo sem vida de Mosier.

Na entrada de automóveis, Damon canta baixinho enquanto seu irmão gêmeo passa desta vida para a próxima.

E, à distância, ouço sirenes, cada vez mais perto.

Ela está segura, Teagan. Ela está livre.

— Obrigada, mamãe. — Respiro fundo, olhando para o céu, onde Tig e Anders ficarão finalmente juntos. — Obrigada.

---

6   Vamos lá, Luluțu, durma um pouco… Querida mamãe, bebê. (N.T.)

Dia 50 da NOVA VOCÊ!

Nós vamos embora amanhã.

Um mês mais cedo do que eu queria.

Eu <u>queria</u> que Ashley terminasse o Ensino Médio. Mas Anders insiste que amanhã — quando M. e Damon partirem para sua viagem semanal a Newark — deve ser o dia. E, depois de descobrir o que ele sabe, eu concordo. Precisamos sair daqui, porque, se as suspeitas de Anders estiverem corretas, M. está fazendo planos. Planos dos quais eu não sabia nada. Planos que desejo impedir.

Anders me disse que, logo após a Páscoa, seu pai começou a agir de maneira estranha — dizendo coisas sobre mim, sobre Ashley, sobre como uma irmã é tão boa quanto a outra. Já faz um tempo que sinto a distância entre mim e M. Sinto que ele se afasta. Eu me perguntava o que acontecia em um casamento como o nosso, quando um marido como M. decide que está cansado de uma esposa como eu.

É possível que ele pretenda me substituir por Ash?

Divorciar-se e casar com ela?

DE JEITO NENHUM.

PORRA NENHUMA.

NUNCA.

Eu morreria primeiro.

Ele não pode tê-la. Não, nunca. Porra. Porra. Porra. Como não percebi? Eu não sabia que esse era seu plano. Talvez fosse o plano dele o tempo todo. Fico doente só de pensar em minha bebê com ele. Isso me faz querer matá-lo.

Graças a Deus por Anders. Ele tem um plano.

Ele me deu um laxante para colocar no chá de Grosavu. A quantidade que vou dar a ela vai mantê-la cagando por horas.

Uma hora depois que M. e D. saírem de casa, Anders e eu também vamos embora.

Para sempre.

O plano é me vestir com roupas quentes e não levar nada. Entrarei sorrateiramente na garagem, no carro de Anders, atrás do banco do passageiro, sob uma lona preta que ele deixará no chão.

Quando ele sair para Albany, como de costume, não vai parecer que alguém ou alguma coisa está na traseira do carro. Nada vai parecer errado quando ele dirigir para o portão da frente, acenando — para sempre — para os cães de M.

Ficarei debaixo da lona por todo o caminho até a escola de Ashley. Anders assinará sua saída para uma consulta com o dentista, e ela entrará no carro.

Anders tem três passaportes falsos para a família Cerne. Eu sou Marie Cerne. Ashley é Pauline. Anders é Jacques. Somos três irmãos de Vermont, visitando a família em Montreal.

E depois? E depois? (Oh, meu Deus... mal consigo escrever porque minha mão está tremendo. Estamos tão perto. Estamos tão perto da felicidade, da liberdade.)

Dirigiremos para o norte. Até os confins da Terra. Tão longe ao norte que ninguém mais nos encontrará.

Em uma ilha nossa, no lugar mais frio do mundo, nos manteremos aquecidos.

Bem longe deste lugar terrível, manteremos um ao outro em segurança.

Eu, meu amor e minha filha.

Uma mulher que ama um homem.

Um homem que ama uma mulher.

Uma mãe que ama — à sua maneira fodida, sempre amou — sua filha.

E pelo resto desta doce vida, estarei livre.

Finalmente estarei livre.

Alguém está vindo... Merda...

270   KATY REGNERY

EPÍLOGO
Ashley

Fecho o diário da minha mãe, mas o seguro no meu colo, cerrando os olhos e virando o rosto para o sol do final da tarde, que aquece minhas bochechas. Esse local na varanda dos fundos ainda é o meu favorito para relaxar, e o diário de Tig, especialmente os últimos capítulos, é a minha leitura preferida.

Uma mãe que sempre amou sua filha.

Até ler essas palavras, não percebi o quanto precisava delas. E, agora que as li, lamento a perda dela de uma maneira diferente. Mas também celebro a mãe que nunca soube que tinha. Ela me amou. Ela não conhecia os planos de Mosier para mim e teria dado a vida para detê-los. Sinto tanta paz em saber disso — em saber que minha mãe me amava.

Uma brisa fria vem do norte, e eu abro os olhos, imaginando como seria a vida dela na pequena ilha que Anders havia comprado para a nova vida juntos.

Julian me levou lá algumas semanas atrás, só para ver. Pegamos um barco de Waskaganish para a pequena ilha e, enquanto o vento frio chicoteava meus cabelos, conversei com Tig, dizendo que ela teria sido feliz lá, desejando que tivesse conseguido.

Ainda não sei *exatamente* como ela morreu, se sabia o que estava acontecendo e o que estava pensando enquanto desfalecia. Os detalhes específicos de sua morte morreram com Mosier, mas, naquela noite — a noite de sua última página escrita no diário quando ela escreveu que alguém estava chegando —, ele se livrou dela. Eu a imagino empurrando o diário para debaixo do colchão e fingindo estar dormindo. Minha esperança é que ele tenha usado uma pequena agulha que não tenha doído e que ela tenha morrido rapidamente e sem dor. Penso no diário dela — debaixo do colchão onde ela deu o último suspiro —, cheia de esperança, cheia de pensamentos de segundas chances, cheia de amor, cheia de bons sonhos por uma vida que ela nunca conseguiria viver.

Meu coração sangra quando penso em como ela chegou perto de escapar dele.

Eu respiro fundo o ar fresco do outono e suspiro.

Pensar nisso só vai me deixar triste. E eu não quero ficar triste. Ao encontrar seu diário, ela voltou para mim. Descobrir que ela me amava e me protegia à sua maneira me deu um contentamento mais silencioso do que eu já conheci.

Sinto o cheiro de fogo à distância — folhas ardentes, como uma fogueira —, e isso me faz sorrir.

É época de abóbora.

Temporada de maçã.

O Dia de Ação de Graças está chegando, e Noelle, Gus e Jock vão passá-lo aqui conosco. Às vezes, lembro-me daquela noite de primavera em que Gus e eu colocamos a mesa para o jantar, enquanto Jock, Noelle e Julian brincavam no gramado. Lembro-me de desejar que nós cinco pudéssemos ser uma família. Ainda sinto esse desejo em meu coração alguns dias... e então me lembro de que os sonhos podem se tornar realidade. Gus não é o único com um príncipe encantado. Eu também tenho um.

Quando Julian me levou a New Paltz para visitar o túmulo do Padre Joseph, duas semanas após o tiroteio na casa da fazenda, ele disse que queria conversar comigo a caminho de casa. Senti medo, imaginando o que estava em sua mente, imaginando se nosso relacionamento estava chegando ao fim. Realisticamente falando, ficamos juntos apenas por algumas semanas e sob pressão. Agora que Mosier e Anders estão mortos, e Damon foi extraditado para Bucareste para responder pelos crimes da família Răumann na Europa Oriental, eu não precisava mais da proteção de Julian. As joias da minha mãe conseguiram um preço decente num leilão, deixando-me tranquila. Talvez ela quisesse me dizer que era hora de seguirmos caminhos separados.

Mas não foi o que aconteceu.

Enquanto dirigíamos do Estado de Nova York para casa, ele respirou fundo e disse:

— Você tem a vida toda pela frente agora, Ashley.

Engoli em seco e assenti, preparando-me para sua rejeição — para ele me libertar, mesmo que a única liberdade que eu desejasse incluísse o espaço e a permissão para amá-lo.

— Eu só... Eu só queria dizer que se você optar por ir embora... se estiver pronta para seguir em frente, não vou impedi-la.

— Não vai?

— Não. Não tenho o direito de mantê-la comigo, se quiser ser livre.

Eu me virei para ele, encarando seu belo perfil.

— Você não me ama?

Ele respirou fundo, sua voz baixando de tom pela emoção.

— Eu te amo com tudo o que sou. É por isso que nunca ficaria no seu caminho. Você não me deve nada, baby. É a sua vida. O que virá a seguir, a escolha é sua.

— E se eu quiser ficar com você? E se eu quiser viver minha vida com você?

O pomo de adão dele se moveu, uma revelação de que ele estava nervoso. Quando falou, sua voz estava rouca, como se estivesse tentando desesperadamente ficar calmo e reservado.

— Seria uma escolha sua também.

Foi glorioso, por um lado, tomar uma decisão importante na minha vida... mas enlouquecedor por outro, porque eu não queria ficar, a menos que ele me quisesse com ele. Não queria impor minha presença. Pela primeira vez na vida, eu estava livre. Precisava ficar em algum lugar onde eu era desejada.

— Julian — eu disse. — O que *você* quer?

Ele girou o volante, os pneus gritando quando derrapou na beira da estrada. Depois de parar o carro, virou-se para olhar para mim.

— O que você *acha* que eu quero? — perguntou, sua voz cheia de emoção. — Fui demitido do meu trabalho. Falhei nisso. Alugo uma casa no meio do nada. Sopro vidro para viver de forma bastante lamentável. Não sou bom o suficiente para você, Ashley. Não sou...

— Pare. Por favor, pare de me dizer por que eu não deveria te querer. Isso dói.

— Estou apenas tentando dizer que... você pode conseguir alguém melhor do que eu.

— Não — eu disse baixinho —, não posso.

E finalmente — *finalmente* — eu vi no rosto dele, na maneira como ele estava me olhando como algo tão amado, que ele preferia desistir a me prender. *Ele me ama, e eu sou desejada.*

— Amo que você faça coisas bonitas — eu disse a ele, mudando suas palavras. — Amo a casa que compartilhamos. Não preciso que me sustente, só preciso que me ame. Preciso que me deixe te amar.

— Tem certeza? — ele me perguntou, suas mãos apertando e soltando o volante.

— Tudo o que quero — eu disse, estendendo a mão para segurar as dele nas minhas — é a vida que temos juntos. Não sei como será daqui a um mês ou daqui a um ano ou cinco anos. Nem sei quem serei daqui a cinco anos. Mas aqui, agora, tudo o que eu quero... é você.

Ele soltou seu cinto de segurança e o meu e me puxou para seu colo.

— Graças a Deus, graças a Deus, graças a Deus — ele sussurrou várias vezes até que seus lábios encontraram os meus, e nós ficamos parados no acostamento. Finalmente, Bruno começou a latir, dizendo que estava impaciente para ir para casa.

Casa.

Gus e Jock nos alugaram esta casa por um contrato de cinco anos com uma taxa anual que cobre os impostos e nada mais. É nossa, Jock nos disse, enquanto quisermos morar aqui juntos. É a nossa casa, minha e de Julian, penso, quando o temporizador da cozinha toca.

Coloco o diário de Tig na mesa ao lado da minha cadeira e entro para tirar minhas tortas do forno.

A Santíssima Maria me enviou meu diploma em junho. Faz dois meses, em setembro, que me matriculei no Instituto de Culinária da Nova Inglaterra, em Montpelier, onde frequento as aulas na faculdade três dias por semana.

Uma das minhas coisas favoritas a fazer é experimentar em casa. A receita de hoje é uma torta de abóbora com um topo trançado e uma torta de maçã e passas com uma crosta de aveia. Às vezes, até faço assados para Jock e Gus venderem na galeria. Entre os vidros de Julian e meus muffins, vamos assumir o lugar. Noelle, com sua perspicácia nos negócios, aprova.

— É aquela torta de abóbora que estou sentindo o cheiro?

Eu me viro e sinto — como sempre acontece — em mim, ao meu redor e através de mim... o quanto amo esse homem.

— Para depois — digo, virando-me para encará-lo.

Seus braços estão cobertos de pó de diamante e seus olhos são cheios de amor por mim.

Quando suas mãos pousam na minha cintura, ele coloca seus lábios nos meus, mas nosso beijo é de curta duração quando Bruno se coloca entre nós.

— Acho que alguém quer dar um passeio — diz Julian com uma risada.
— Vem conosco?

— Claro.

Quando a porta da varanda se fecha atrás de nós e deixamos o cheiro apimentado de tortas à espera, eu entrelaço meus dedos nos de Julian e penso em como a vida pode ser doce quando você é amada, quando é desejada, quando está segura.

Aperto sua mão e seguro firme.

Minha doce vida está apenas começando.

FIM

Entre em nosso site e viaje no nosso mundo literário.
Lá você vai encontrar todos os nossos
títulos, autores, lançamentos e novidades.
Acesse www.editoracharme.com.br

Você pode adquirir os nossos livros na loja virtual:
loja.editoracharme.com.br

Além do site, você pode nos encontrar em nossas redes sociais.

https://www.facebook.com/editoracharme

https://twitter.com/editoracharme

http://instagram.com/editoracharme